La huella de la noche

Guillaume Musso

LA HUELLA DE LA NOCHE

Traducción de Amaya García Gallego

AdN Alianza de Novelas

PASADENA LIBRARY, CENTRAL
1201 Jeff Ginn Memorial Drive
Pasadena, TX 77506-4895

Título original: *La jeune fille et la nuit,*
by Guillaume Musso

Diseño de colección: Estudio Pep Carrió

Reservados todos los derechos. El contenido de esta
obra está protegido por la Ley, que establece penas
de prisión y/o multas, además de las correspondientes
indemnizaciones por daños y perjuicios, para quienes
reprodujeren, plagiaren, distribuyeren o comunicaren
públicamente, en todo o en parte, una obra literaria,
artística o científica, o su transformación, interpretación
o ejecución artística fijada en cualquier tipo de soporte o
comunicada a través de cualquier medio, sin la preceptiva
autorización.

© Calmann-Lévy, 2018
© de la traducción: Amaya García Gallego, 2018
© AdN Alianza de Novelas (Alianza Editorial, S. A.)
Madrid, 2018
Calle Juan Ignacio Luca de Tena, 15
28027 Madrid
www.AdNovelas.com

ISBN: 978-84-9181-262-3
Depósito legal: M. 26.600-2018
Printed in Spain

Para Ingrid y Nathan

Para Flora,
en recuerdo de las conversaciones
que tuvimos aquel invierno tomando
el biberón de las cuatro de la madrugada...

El problema de la noche sigue intacto.
¿Cómo atravesarla?

HENRI MICHAUX

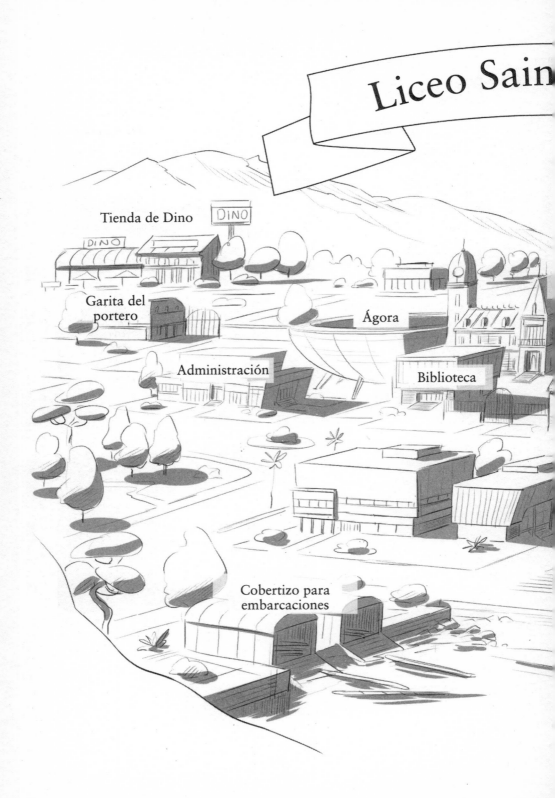

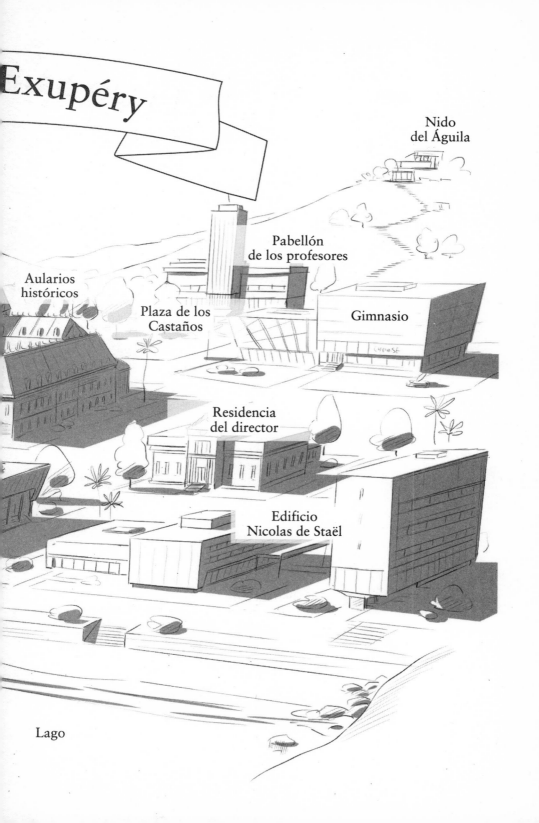

La senda de los contrabandistas

La doncella:
¡Vete, ay, vete!
¡Desaparece, esqueleto cruel!
¡Aún soy joven, mejor vete!
Y no me toques.
La muerte:
¡Dame la mano, tierna y hermosa criatura!
Soy amiga tuya y no vengo a castigarte.
Confía en mí, no soy cruel,
Ven a dormir plácidamente entre mis brazos.

MATTHIAS CLAUDIUS (1740-1815)
La muerte y la doncella

2017

Punta sur del cabo de Antibes
13 de mayo

Manon Agostini aparcó al final del camino de la Garoupe. La agente de la policía local cerró la vieja Kangoo de servicio de un portazo mientras despotricaba en su fuero interno contra la sucesión de circunstancias que la habían llevado hasta allí.

A eso de las nueve de la noche, el portero de una de las lujosas mansiones del cabo llamó a la comisaría de Antibes para avisar de que se había oído un disparo o un petardazo (un ruido extraño, en cualquier caso) por el sendero rocoso que lindaba con el parque de la finca. En la comisaría no se tomaron muy en serio la llamada y la derivaron al puesto de la policía local, donde no se les ocurrió nada mejor que llamar a Manon, aunque ya no estaba de servicio.

Cuando su superior la llamó para pedirle que fuera a echar un vistazo al camino costero, estaba ya lista para salir, con vestido de noche y todo. Le hubiera gustado mandarlo a paseo, pero no podía negarle ese favor. Esa misma mañana, el buenazo del jefe le había dado permiso para usar la Kangoo después del curro. El coche particular de Manon acababa de pasar a mejor vida y ese sábado por la noche necesitaba a toda costa un vehículo para acudir a una cita trascendental.

El liceo en el que había estudiado, el Saint-Exupéry, celebraba, con ocasión de su quincuagésimo aniversario, una velada de antiguos alumnos donde estarían reunidos sus compañeros de clase. Manon albergaba en secreto la esperanza de volver a ver allí a un chico que le había dejado huella. Un chico distinto a los demás, al que en su momento no hizo ni caso, pues le llamaban más la atención los tíos mayores, que a la postre resultaron ser unos capullos. Aquella esperanza era del todo irracional, ni siquiera tenía la certeza de que él fuera a estar presente, y sin duda no se acordaría de que ella existía, pero necesitaba creer que por fin le iba a pasar algo en la vida. Manicura, pelu y ropa nueva: Manon se había pasado la tarde arreglándose. Se gastó 300 eurazos en un vestido recto de encaje y punto de seda azul noche, le cogió prestado un collar de perlas a su hermana y unos zapatos de salón a su mejor amiga (un par de Stuart Weitzman de ante que le hacían daño).

Encaramada a los tacones, Manon encendió la linterna del móvil y se metió por el angosto camino que bordeaba la costa a lo largo de más de dos kilómetros, hasta la Villa Eilenroc. Conocía bien ese lugar. De pequeña, su padre la llevaba a pescar a las caletas. Antes, los lugareños llamaban a esa zona la senda de los aduaneros o de los contrabandistas. Luego, aquel sitio apareció en las guías de viajes bajo el pintoresco nombre de senda de «Tire-Poil». En la actualidad, se lo conocía con el nombre, más soso y aséptico, de senda costera.

Al cabo de unos cincuenta metros, Manon topó con una barrera y la correspondiente advertencia: «Zona peligrosa: Prohibido el paso». A mediados de semana hubo una fuerte tormenta. Los violentos golpes de mar habían causado derrumbes y algunos tramos del paseo resultaban intransitables.

Manon se lo pensó un momento antes de decidirse a pasar por encima de la valla.

1992

Punta sur del cabo de Antibes
1 de octubre

Con el corazón alborozado, Vinca Rockwell pasó dando saltitos por delante de la playa de la Joliette. Eran las diez de la noche. Para ir hasta allí desde el liceo había logrado convencer a una amiga, alumna como ella de la clase preparatoria a la rama de letras de la Escuela Normal, para que la dejara allí camino de la Garoupe.

Al enfilar la senda de los contrabandistas, notó un vacío en el estómago. Iba a encontrarse con Alexis. ¡Iba a encontrarse con su amor!

A pesar del vendaval que soplaba, la noche estaba tan bonita y el cielo tan claro que se veía casi igual de bien que a la luz del día. A Vinca siempre le había encantado ese rincón porque se conservaba salvaje y no se parecía a la manida imagen estival de la *French Riviera*. A pleno sol, el resplandor blanco y ocre de las rocas calcáreas resultaba subyugante, así como las variaciones infinitas del mar que bañaba las caletas.

Una vez, mirando en dirección a las islas de Lérins, Vinca había llegado a divisar delfines.

Cuando arreciaba el viento, como esa noche, el paisaje cambiaba radicalmente. Las rocas escarpadas se volvían peligrosas, los olivos y los pinos parecían retorcerse de dolor, como si quisieran descuajarse. Pero a Vinca le traía sin cuidado. Iba a encontrarse con Alexis. ¡Iba a encontrarse con su amor!

2017

«¡Me cago en todo!»

A Manon se le acababa de partir un tacón. «Pues vaya.» Antes de ir a la velada, tendría que pasar por casa, y mañana su amiga le echaría la bronca. Se quitó los zapatos, los metió en el bolso y siguió adelante descalza.

Continuó avanzando por el trazado angosto pero asfaltado que coronaba los acantilados. El aire era puro y vivificante. El mistral había despejado la noche y cuajado el cielo de estrellas.

La vista apabullante abarcaba desde las murallas del casco viejo de Antibes hasta la bahía de Niza, pasando por las montañas de tierra adentro. Resguardadas detrás de los pinos estaban algunas de las fincas más hermosas de la Costa Azul. Se oía cómo las olas arrojaban espuma y se notaba toda la fuerza y la potencia de los embates.

Antaño, aquel lugar había sido escenario de trágicos accidentes. El oleaje ya se había llevado a varios pescadores, turistas o enamorados que iban a besuquearse a la orilla del mar. Ante la avalancha de críticas, a las autoridades no les quedó más remedio que mejorar la seguridad del camino construyendo escaleras sólidas, señalizando el trayecto e instalando barreras de seguridad que limitasen las veleidades de los excursionistas de acercarse demasiado al borde. Pero bastaba con que se desencadenase el viento unas cuantas horas para que el lugar volviera a ser muy peligroso.

Manon llegó precisamente a un punto donde un pino carrasco caído había arrancado la baranda de la rampa e impedía el paso. No se podía ir más allá. Pensó en dar media vuelta. Ahí no había ni un alma. La fuerza del mistral había desanimado a los paseantes.

«Lárgate, bonita.»

Se quedó muy quieta y escuchó el bramido del viento. Arrastraba como una especie de quejido, lejano y próximo a la vez. Una sorda amenaza.

Aunque estaba descalza, se subió a una roca para rodear el obstáculo y siguió avanzando sin más iluminación que la linterna del móvil.

Un bulto oscuro se dibujaba a los pies del acantilado. Manon entornó los ojos. No, estaba demasiado lejos para distinguir nada. Intentó bajar con muchísimo cuidado. Se oyó un crujido. El bajo del vestido de encaje acababa de desgarrarse, pero ni siquiera se fijó. Ahora ya veía la forma que la había intrigado. Era un cuerpo. El cadáver de una mujer, abandonado encima de las rocas. Cuanto más se acercaba, mayor era su espanto. No se trataba de un accidente. A esa mujer le habían machacado la cara, que ya no era más que una papilla sanguinolenta. «Dios mío.» Manon sintió que le flojeaban las piernas y que estaba a punto de desplomarse. Desbloqueó el móvil para pedir ayuda. No tenía cobertura, pero en la pantalla ponía: «Solo emergencias». Estaba a punto de hacer la llamada cuando se percató de que no estaba sola. A cierta distancia estaba sentado un hombre, presa del llanto. Sollozaba, derrotado, con la cara entre las manos.

Manon estaba aterrorizada. En ese momento, echó de menos no llevar un arma encima. Se acercó con prudencia. El hombre se incorporó. Cuando alzó el rostro, Manon lo reconoció.

—Lo he hecho yo —dijo señalando el cadáver con el dedo.

1992

Vinca Rockwell saltaba por las rocas, grácil y liviana. El viento soplaba cada vez más fuerte. Pero a Vinca le gustaba. El oleaje, el peligro, el aire marino que se le subía a la cabeza, el vértigo de los precipicios. En toda su vida nunca le había pasado nada tan embriagador como conocer a Alexis. Un profundo y absoluto deslumbramiento. Una fusión de ambos en cuerpo y alma. Aunque viviera cien años, nunca nada podría rivalizar con ese recuerdo. La perspectiva de volver a ver a Alexis de forma clandestina y de hacer el amor en los huecos de las rocas la trastornaba.

Notaba el aire cálido que la envolvía por completo, que soplaba en torno a sus piernas, levantándole el vuelo del vestido. Le parecía sentir un preludio del cuerpo a cuerpo tan esperado. El corazón que se desboca, la oleada de calor que te arrastra y te zarandea, la sangre que late, las palpitaciones que te estremecen cada centímetro del cuerpo. Iba a encontrarse con Alexis. ¡Iba a encontrarse con su amor!

Alexis era la tormenta, la noche y el instante. Muy en el fondo, Vinca sabía que estaba haciendo una tontería y que todo aquello acabaría mal. Pero por nada del mundo habría cambiado la emoción de ese momento. La espera, la locura del amor, el doloroso deleite de que se la llevara la noche.

—¡Vinca!

La silueta de Alexis se recortó de pronto en el cielo claro donde brillaba la luna llena. Vinca dio unos pasos para reunirse con aquella sombra. En un abrir y cerrar de ojos, casi le pareció que podía sentir todo el placer que se avecinaba. Intenso, ardiente e incontrolable. Los cuerpos que se entremezclan y se disuelven hasta fundirse en las olas y el viento. Los gritos que se suman a los de las gaviotas. Las convulsiones, la explosión que te derrota, el destello blanco y cegador que irradia de ti y te da la sensación de que todo tu ser se desparrama.

—¡Alexis!

Cuando Vinca abrazó por fin al objeto de su amor, una voz interior le susurró de nuevo que todo acabaría mal. Pero a la muchacha le importaba un bledo el futuro. El amor o lo es todo o no es nada.

Solo contaba el momento presente.

La seducción ardiente y ponzoñosa de la noche.

Ayer y hoy

(*Nice-matin,* lunes 8 de mayo de 2017)

El liceo internacional Saint-Exupéry
celebra su 50.º aniversario

El centro de referencia del parque tecnológico de Sophia Antipolis apagará 50 velas el próximo fin de semana.

Este liceo internacional, fundado en 1967 por la Mission Laïque Française para escolarizar a los hijos de trabajadores expatriados, es un centro atípico de la Costa Azul. Famoso por su nivel de excelencia, se articula en torno a la enseñanza de lenguas extranjeras. Las ramas bilingües desembocan en la obtención de diplomas internacionales y actualmente acogen a casi un millar de estudiantes franceses y extranjeros.

Las celebraciones darán comienzo el viernes 12 de mayo con una jornada de puertas abiertas durante la cual alumnos y docentes presentarán las creaciones artísticas (exposiciones de fotografía, películas y representaciones teatrales) que han realizado con motivo de este acontecimiento.

La fiesta proseguirá al día siguiente a las doce del mediodía con un cóctel que reunirá a los antiguos alumnos y trabajadores del centro. Durante esta ceremonia se colocará la primera piedra de un nuevo edificio, bautizado como «la Torre de Cristal», cuyas cinco plantas se alzarán en el mismo lugar que ahora ocupa el gimnasio que se va a demoler en breve. Este edificio ultramoderno acogerá a los alumnos de las clases preparatorias a las *Grandes écoles* (CPGE). Y las promociones de 1990-1995 tendrán el honor de ser los últimos usuarios de dicho gimnasio, esa misma noche, durante el «fiestón de los exalumnos».

Con motivo de este aniversario, la directora del liceo, la señora Florence Guirard, cuenta con que se sumen a la conmemoración cuantas más personas, mejor. «Invito afectuosamente a todos los antiguos alumnos y empleados a compartir este momento de cordialidad. Conversar, reencontrarnos y rememorar juntos nos recuerda de dónde venimos y resulta indispensable para saber hacia dónde vamos», añade la directora, con un estilo algo manido, antes de indicar que se ha creado un grupo de Facebook especial para la ocasión.

STÉPHANE PIANELLI

Forever young

1
Coca-Cola Cherry

Cuando se viaja en un avión que se va a estrellar,
el cinturón no sirve para nada.

HARUKI MURAKAMI

1.

Sophia Antipolis
Sábado 13 de mayo de 2017

Aparqué el coche de alquiler debajo de los pinos, cerca de la gasolinera, a trescientos metros de la entrada del liceo. Había ido directamente desde el aeropuerto después de un vuelo de Nueva York a Niza sin pegar ojo.

El día anterior había salido precipitadamente de Manhattan, tras recibir por correo electrónico un artículo dedicado al quincuagésimo aniversario de mi antiguo liceo. El mensaje, que me llegó a través de mi editor, lo enviaba Maxime Biancardini, que en tiempos fue mi mejor amigo, aunque llevábamos veinticinco años sin vernos. Me indicaba su número de móvil, que dudé en marcar antes de concluir que no me quedaba otra.

—Thomas, ¿has leído el artículo? —me preguntó sin más preámbulos.

—Por eso te llamo.

—¿Sabes lo que significa?

En su voz resonaban entonaciones antaño familiares, pero que ahora deformaban el nerviosismo, la prisa y el miedo.

No contesté enseguida a la pregunta. Sí, sabía lo que significaba. Que suponía el final de la existencia que cada uno había llevado hasta ahora. Que nos íbamos a pasar el resto de la vida entre rejas.

—Tienes que venir a la Costa Azul, Thomas —me espetó Maxime al cabo de unos segundos de silencio—. Tenemos que organizar una estrategia para evitarlo. Tenemos que intentar hacer algo.

Cerré los ojos mientras volvía a evaluar las consecuencias de lo que iba a suceder: el alcance del escándalo, las implicaciones judiciales, la onda expansiva que iba a golpear a nuestras familias.

En lo más hondo, siempre supe que existía una probabilidad de que llegara este día. Había estado viviendo casi veinticinco años (o fingiendo que vivía) con esa espada de Damocles sobre mi cabeza. Cada cierto tiempo, me despertaba en mitad de la noche, sudoroso, pensando en los sucesos que tuvieron lugar entonces y en la posibilidad de que alguien los descubriera. Esas noches me tragaba un bromazepam con un lingotazo de Karuizawa, pero rara vez me volvía a dormir.

—Tenemos que intentar hacer algo —repitió mi amigo.

Yo sabía que se hacía vanas ilusiones. Porque esta bomba que amenazaba con arrasar el transcurso de nuestras vidas respectivas la habíamos colocado nosotros una noche de diciembre de 1992.

Y ambos sabíamos que no había forma de desactivarla.

2.

Después de bloquear las puertas del coche, di unos pasos hacia la gasolinera. Era una especie de *General store* de estilo estadounidense que todo el mundo llamaba «la tienda de Dino». Detrás de los surtidores de carburante se alzaba una construcción de madera pintada, un edificio de estilo colonial que albergaba una tiendecita y un café agradable con una amplia terraza cubierta con una marquesina.

Empujé la puerta oscilante. El lugar no había cambiado tanto y seguía teniendo un toque atemporal. En el fondo del local, unas banquetas muy altas rodeaban una barra de madera encerada en cuyo extremo había expuestos bollos coloridos bajo unas campanas de cristal. El resto de la sala lo ocupaban bancos corridos y mesas que llegaban hasta la terraza. De la pared colgaban anuncios antiguos de chapa esmaltada de marcas que ya no existían y carteles de la Riviera en los «años locos». Para que cupieran más mesas, habían retirado el billar y las máquinas recreativas en las que tantas veces había dilapidado mi paga: Out Run, Arkanoid y Street Fighter II. Solo había sobrevivido el futbolín: un viejo Bonzini de competición con el terreno de juego desgastado hasta la trama.

Mis manos no pudieron resistirse a acariciar la caja del futbolín de haya maciza. En ese mismo lugar, Maxime y yo habíamos recreado durante horas todos los grandes partidos del Olympique de Marsella. Me acudían los recuerdos sin orden ni concierto: los tres goles de Papin en la Copa de Francia de 1989; el gol con la mano de Vata contra el Benfica; Chris Waddle golpeando con el exterior del pie en el partido contra el AC Milan, la famosa noche en que en el estadio del Velódromo se fue la luz. Por desgracia, no celebramos juntos la victoria que tanto habíamos esperado (la consagración de la Liga de Campeones de 1993). Por entonces, yo ya me había marchado de la Costa Azul para estudiar en una escuela de negocios en París.

Me dejé llevar por el ambiente del café. Maxime no era el único con el que yo acostumbraba a ir allí después de clase.

Los recuerdos que más huella me habían dejado estaban asociados a Vinca Rockwell, la chica de la que estaba enamorado por entonces. La chica de la que todos los chicos estábamos enamorados por entonces. Fue ayer. Fue hace una eternidad.

Según avanzaba hacia la barra, noté que el vello de los brazos se me erizaba a medida que en mi memoria iban cobrando nitidez algunas instantáneas. Recordaba la risa cristalina de Vinca, las paletas separadas, los vestidos livianos, la belleza singular, el distanciamiento con el que quería aparentar que miraba las cosas. Me acordé de que, en la tienda de Dino, Vinca bebía Coca Cherry en verano mientras que en invierno pedía tazas de cacao con nubecitas dulces flotando.

—¿Qué le pongo?

No me lo podía creer: el café lo seguía regentando la misma pareja italopolaca (los Valentini), y en cuanto los vi me volvieron a la memoria sus nombres. Dino (claro está...) había dejado de limpiar la cafetera exprés para atenderme, mientras que Hannah hojeaba el periódico local. Él tenía más peso y menos pelo. Ella estaba menos rubia y más arrugada. Pero con el tiempo, parecía que formaban una pareja más equilibrada. Era el efecto igualador de la vejez: ajaba las bellezas demasiado deslumbrantes y, en ocasiones, otorgaba algo de pátina y porte a los rasgos más anodinos.

—Un café, por favor. Un expreso doble.

Dejé que revoloteasen unos segundos y provoqué al pasado invocando el fantasma de Vinca:

—Y una Coca Cherry con hielo y una pajita.

Por un instante, creí que uno de los Valentini iba a reconocerme. Mi padre y mi madre habían sido los directores del Saint-Ex entre 1990 y 1998. Del liceo y de las clases preparatorias, respectivamente; y, como tales, disfrutaban de un alojamiento en el recinto del centro. Así que yo siempre estaba metido en el café. A cambio de unas partidas gratis del Street Fighter, a veces ayudaba a Dino a ordenar el sótano o a preparar las famosas *frozen custards* cuya receta había heredado de su padre. Mientras su mujer seguía enfrascada en el periódico, el viejo italiano me cobró la consumición y me sirvió las bebidas sin que ni una sola chispa le iluminara los ojos cansados.

Más de la mitad del local estaba vacío, lo cual resultaba sorprendente incluso para un sábado por la mañana. En el Saint-Ex vivían muchos internos y gran parte se quedaba en el liceo los fines de semana. Aproveché para dirigirme hacia la mesa favorita de Vinca y mía: la última en el extremo de la terraza, bajo las fragantes ramas de los pinos. Como los astros se reconocen entre sí, Vinca siempre elegía la silla que estaba cara al sol. Con la bandeja en las manos, me senté en mi sitio de siempre, de espaldas a los árboles. Cogí el café y puse el vaso de Coca Cherry delante de la silla vacía.

En el altavoz sonaba un viejo éxito de REM, *Losing my Religion,* que, aunque la mayoría de la gente cree que habla de la fe religiosa, en realidad habla del sufrimiento de un amor doloroso y no correspondido. El desamparo de un chico que le grita a la chica de la que está enamorado: «¡Ey, mira, estoy aquí! ¿Por qué no me ves?». La historia abreviada de mi vida.

Un vientecillo agitaba las ramas, el sol espolvoreaba de luz las tablas del suelo. Durante unos segundos, un efecto mágico me transportó a principios de la década de 1990. Ante mí, bajo la luz primaveral que se filtraba por las ramas, el fantasma de Vinca cobró vida y el eco de nuestras animadas conversaciones retornó a mis oídos. La estaba oyendo contarme, entusiasmada, *El amante* y *Las amistades peligrosas.* Yo replicaba con *Martin Eden* y *Bella del Señor.* En esa misma mesa solíamos hablar durante horas de las películas que habíamos visto el miércoles por la tarde en el Star, en Cannes o en el Casino de Antibes. A ella le entusiasmaban *El piano* y *Thelma y Louise*; a mí me gustaban *Un corazón en invierno* y *La doble vida de Verónica*.

Concluyó la canción. Vinca se puso las Ray-Ban, sorbió un trago de Coca con la pajita y me guiñó un ojo detrás de los cristales de color. Su imagen se fue desvaneciendo hasta desaparecer del todo, poniendo fin a nuestro paréntesis encantado.

Ya no estábamos en el calor despreocupado del verano de 1992. Estaba yo solo, triste y sofocado, persiguiendo las quimeras de mi juventud perdida. Hacía veinticinco años que no había vuelto a ver a Vinca.

En realidad, hacía veinticinco años que nadie la había vuelto a ver.

3.

El domingo 20 de diciembre de 1992, Vinca Rockwell, de diecinueve años, se fugó a París con Alexis Clément, su profesor de filosofía, de veintisiete años, con el que mantenía una relación secreta. La última vez que los vieron a los dos fue a la mañana siguiente, en un hotel del distrito VII, cerca de la basílica de Santa Clotilde. Luego, se perdió el rastro de su presencia en la capital. Nunca más volvieron a dar señales de vida, nunca más se pusieron en contacto con sus respectivas familias ni con sus amigos. Se habían evaporado, literalmente.

Esa era la versión oficial.

Me saqué del bolsillo el artículo del *Nice-matin* que ya había leído unas cien veces. Bajo una apariencia anodina, incluía un dato cuyas consecuencias dramáticas iban a cuestionar lo que todo el mundo sabía sobre aquel caso. Hoy en día se nos llena la boca de «verdad» y «transparencia», pero la verdad rara vez es lo que parece y, en este caso concreto, no llevaba aparejados ni alivio, ni proceso de duelo, ni auténtica justicia. La verdad solo traería desgracia, persecución y calumnia.

—¡Uy, lo siento, señor!

Un estudiante asalvajado que iba corriendo entre las mesas le dio un empujón con la mochila al vaso de Coca. Tuve el reflejo de atraparlo al vuelo para evitar que se rompiera. Sequé la superficie de la mesa con unas servilletas de papel, pero el refresco me había salpicado el pantalón. Crucé el local hacia el aseo. Tardé no menos de cinco minutos en limpiar del todo las manchas y otro tanto en secar la prenda. Prefería no plantarme en la reunión de antiguos alumnos con pinta de haberme meado encima.

Volví a la terraza para coger la chaqueta que había dejado colgada en el respaldo de la silla. Al mirar la mesa, noté que se me aceleraba el corazón. En mi ausencia, alguien había doblado por la mitad la fotocopia del artículo y puesto encima un par de gafas de sol. Unas Ray-Ban Clubmaster con los cristales de color. ¿Quién me estaba gastando esa broma pesada? Miré a mi alrededor. Dino estaba hablando con un hombre junto a los surtidores de gasolina. Hannah estaba regando los geranios en el otro extremo de la terraza. Aparte de los tres basureros que disfrutaban de su descanso apoyados en la barra, los escasos clientes eran alumnos del liceo que estudiaban en el MacBook o chateaban en el móvil.

«Mierda...»

Tuve que coger las gafas con mis propias manos para convencerme de que no eran una alucinación. Al levantarlas, me fijé en que habían anotado algo en el recorte de periódico. Una sola palabra, escrita con letra redondilla y pulcra: «Venganza».

2

El primero de la clase y los *bad boys*

Quien controla el pasado, controla el futuro.

George Orwell

1.

Paint it Black, No Surprises, One...
Ya desde la entrada del recinto, la orquesta del centro recibía a los invitados interpretando temas de los Stones, de Radiohead y de U2. La música (espantosa y pegadiza a partes iguales) los acompañaba hasta el corazón del liceo: la plaza de los Castaños, donde se iban a celebrar los festejos matutinos.

Sophia Antipolis, que se encuentra a caballo entre varios municipios (Antibes y Valbonne, entre otros) y a la que a menudo se describe como el Silicon Valley francés, era un marco de verdor en medio de una Costa Azul demasiado urbanizada. Miles de empresas emergentes y grandes grupos especializados se habían establecido en aquellas dos mil hectáreas de pinar. Tenía alicientes que atraían a altos ejecutivos del mundo entero: sol radiante tres cuartas partes del año, la cercanía del mar y de las estaciones de esquí de los Alpes, abundantes instalaciones deportivas y colegios internacionales de calidad, entre ellos el liceo Saint-Exupéry, que era, precisamente, su punta de lanza. La cúspide de la pirámide educativa del departamento de los Alpes Marítimos. El centro en el que todos los padres aspiraban a matricular algún día a sus descendientes, con la esperanza de obtener el porvenir que prometía la divisa del liceo: «Scientia potestas est».

Después de dejar atrás la garita del portero, fui bordeando el pabellón administrativo y la sala de profesores. Los actuales edificios de la ciudad escolar, que se habían construido a finales de la década de 1960, empezaban a acusar el paso de los años, pero el complejo en su conjunto seguía siendo excepcional. El arquitecto lo había diseñado aprovechando con inteligencia el entorno natural único de la meseta de Valbonne. Esa mañana de sábado hacía bueno y el cielo estaba azul turquesa. Entre el pinar y el monte bajo, los cubos y los paralelepípedos de acero, cemento y cristal se integraban armoniosamente con el ondulante paisaje de lomas. En la hondonada se alzaban los coloridos pabelloncitos de dos plantas. Los edificios del internado se llamaban cada uno como un artista que había vivido en la Costa Azul: Pablo Picasso, Marc Chagall, Nicolas de Staël, Francis Scott Fitzgerald, Sidney Bechet, Graham Greene...

De los quince a los diecinueve años, yo viví aquí, en la residencia oficial que ocupaban mis padres. Los recuerdos de aquella época aún eran nítidos. En especial, el embeleso que me causaba despertarme todas las mañanas enfrente de un bosque de pinos. Mi cuarto de adolescente tenía las mismas vistas apabullantes que estaba contemplando ahora: la superficie reluciente del lago, el pontón de madera y los cobertizos para las embarcaciones. Después de dos decenios viviendo en Nueva York, había logrado convencerme de que prefería el cielo azul eléctrico de Manhattan al canto del mistral y de las cigarras, el dinamismo de Brooklyn y de Harlem al olor de los eucaliptos y la lavanda. «Pero, en el fondo, ¿sigue siendo así?», me pregunté mientras rodeaba el Ágora (un edificio de cristal construido muy al principio de la década de 1990 en torno a la biblioteca y que albergaba varios anfiteatros y una sala de proyección). Llegué a la altura de los aularios históricos, cuyos ladrillos rojos y estilo neogótico recordaban a ciertas universidades estadounidenses. Eran unas construcciones de lo más anacrónicas que desentonaban con la coherencia arquitectónica del conjunto, pero siempre habían sido el orgullo del Saint-Ex, pues ofrecían al centro una pátina de Ivy League, y a los padres de los alumnos, el orgullo de mandar a sus vástagos al Harvard local.

—¿Qué tal, Thomas Degalais? ¿Buscando inspiración para la próxima novela?

2.

Me sorprendió oír esa voz a mis espaldas y me di media vuelta para toparme con el rostro risueño de Stéphane Pianelli. Pelo largo, perilla de mosquetero, gafas redondas a lo John Lennon y bolsa de lona en bandolera: el periodista del *Nice-matin* tenía las mismas pintas que cuando era estudiante. La única concesión a la actualidad era la camiseta que llevaba debajo del chaleco de reportero, que ostentaba la famosa φ, símbolo de France Insoumise, el partido de extrema izquierda.

—Hola, Stéphane —le contesté con un apretón de manos.

Anduvimos unos pasos juntos. Pianelli tenía la misma edad que yo y, como yo, había nacido aquí. Estuvimos juntos en clase hasta el último curso. Lo recordaba fanfarrón, un orador brillante con un sentido del silogismo que a menudo ponía en aprietos a los profesores. Era uno de los escasos alumnos del liceo que tenía conciencia política. Después del examen de bachillerato, aunque tenía nota suficiente para acceder a las clases del Saint-Ex en las que se preparaba el examen de ingreso en la Facultad de Ciencias Políticas, prefirió seguir estudiando en la Facultad de Letras de Niza. Una «fábrica de parados» según mi padre y, en opinión de mi madre, que era mucho más radical, «un hatajo de pajilleros izquierdistas». Pero Pianelli siempre había aceptado su faceta contestataria. En el campus de Carlone (donde está la Facultad de Letras) estuvo bandeando en los círculos socialistas, y vivió su primer momento de gloria en la primavera de 1994: una noche, el programa de televisión de la cadena France 2 *Demain les jeunes* dedicó dos horas en directo a dar la palabra a decenas de estudiantes que se oponían al contrato de inserción profesional CIP, el salario mínimo interprofesional que intentaba imponer el gobierno. Volví a ver el programa hace poco en la página web del archivo nacional de audiovisuales y me impresionó el aplomo de Pianelli. En dos ocasiones le pasaron el micrófono y lo aprovechó para interpelar y poner contra las cuerdas a políticos aguerridos. Un auténtico perro de presa que no se achantaba ante nadie.

—¿Qué opinas de la victoria de Macron? —me preguntó a bocajarro. (Así que seguía teniendo cuerda para hablar de política)—. Es una buena noticia para la gente como tú, ¿no?

—¿Para los escritores?

—¡No, para los ricachones! —contestó con los ojos brillantes.

A Pianelli le gustaba tomar el pelo a la gente, a menudo de mala fe, pero aun así me caía bien. Era el único alumno del Saint-Ex al que había seguido viendo con regularidad porque me entrevistaba para su periódico cada vez que se publicaba una novela mía. Que yo supiera, nunca había aspirado a hacer carrera en la prensa nacional, prefería seguir siendo un periodista todoterreno. En el *Nice-matin* podía escribir sobre lo que quisiera (política, cultura, crónica local...) y esa libertad era lo que valoraba por encima de todo. Tenía asumido que era un cazaexclusivas de pluma afilada, lo cual no le impedía mantener cierta objetividad. Yo siempre leía con mucho interés las reseñas que hacía de mis novelas porque sabía interpretar lo que yo decía entre líneas. Sus artículos no siempre eran elogiosos, pero incluso cuando expresaba sus reservas, Pianelli nunca se olvidaba de que detrás de una novela (también de una película o una obra de teatro) solía haber varios años de trabajo, de dudas y de replanteamientos que, si bien se podían criticar, no se podían crucificar en unas líneas sin pecar de vanidoso. De hecho, en cierta ocasión me dijo, en confianza, que «cualquier novela mediocre tiene sin duda más valor que la crítica que la denuncia como tal», parafraseando la famosa frase de Anton Ego, el crítico gastronómico de la película *Ratatouille*.

—Bromas aparte, ¿qué te trae por aquí, artista?

Como quien no quiere la cosa, el periodista tanteaba el terreno, lanzaba sondas y se disponía a golpearme sin tregua. Conocía algunos retazos de mi pasado. Puede que notase lo nervioso que estaba, estrujando en el bolsillo las gafas idénticas a las de Vinca y la amenaza que me habían dirigido hacía un cuarto de hora.

—Nunca está de más volver a los orígenes, ¿no? Con la edad, uno...

—No me vendas la moto —me interrumpió, con una risita burlona—. En esta reunión de antiguos alumnos se junta todo lo que odias, Thomas. Mira cómo vas, con tu camisa Charvet y tu Patek Philippe. No pretenderás que me crea que te has subido a un avión en Nueva York para cantar la sintonía de *Goldorak* mientras te empapuzas de chicles Malabar con unos tíos a los que desprecias.

—En eso te equivocas. Yo no desprecio a nadie.

Y era cierto.

El periodista se me quedó mirando con escepticismo. Había cambiado la expresión imperceptiblemente. Le brillaban los ojos como si hubiera atrapado algo.

—Ya lo entiendo —dijo, al fin, asintiendo con la cabeza—. ¡Has venido porque has leído mi artículo!

La pregunta me dejó sin aliento, como si me hubiera largado un directo en el estómago. ¿Cómo era posible que estuviera al tanto?

—¿De qué me estás hablando, Stéphane?

—No te hagas el tonto.

Adopté un tono frívolo:

—Vivo en Tribeca. Lo que leo mientras me tomo el café es el *New York Times,* no el periodicucho local ese en el que escribes. ¿A qué artículo te refieres? ¿Al que hablaba de los cincuenta años del cole?

Por su forma de torcer el gesto y fruncir el entrecejo, deduje que hablábamos de cosas distintas. Pero el alivio que sentí no duró mucho:

—Me refiero al artículo sobre Vinca Rockwell —me soltó.

Esta vez, me quedé de piedra.

—O sea, ¡que es cierto que no estás al tanto! —concluyó.

—¿Al tanto de qué, joder?

Pianelli meneó la cabeza y se sacó un bloc de notas de la bolsa.

—Me voy a currar —dijo según llegábamos a la plaza—. Tengo que escribir un artículo para un periodicucho local.

—Stéphane, ¡espera!

Satisfecho con el efecto que había causado, el periodista me dejó allí plantado y me hizo un gesto con la mano.

—Hablamos luego.

El corazón se me salía del pecho. Una cosa me había quedado clara: las sorpresas no habían hecho más que empezar.

3.

La plaza de los Castaños vibraba al ritmo de la orquesta y de las animadas conversaciones de los corrillos. Si en alguna época hubo allí árboles majestuosos, hacía mucho tiempo que un parásito había acabado con ellos. Aunque la plaza seguía llevando su nombre, la poblaban palmeras canarias cuya grácil silueta era una evocación de las vacaciones y el *farniente*. Debajo de unas amplias carpas de lona color crudo habían montado un bufé, alineado filas de sillas y colgado guirnaldas de flores. En la explanada, abarrotada de gente, un ballet de camareros con canotier y camiseta marinera se afanaba en que a ningún invitado le faltase bebida.

Cogí al pasar una copa de una bandeja, mojé los labios en el brebaje que contenía y la vacié casi en el acto en un macetero. A la dirección no se le había ocurrido mejor idea para el cóctel de la casa que mezclar una leche de coco asquerosa con té helado de jengibre. Me acerqué al bufé. También allí habían apostado abiertamente por el picoteo *light*. Parecía que estábamos en California o en alguno de esos lugares de Brooklyn que se han rendido a la moda *healthy*. Ni rastro de las verduritas rellenas nizardas, ni de las flores de calabacín rebozadas, ni de la *pissaladière*. Solo había unas míseras verduras en rodajas, *verrines* a base de nata ligera y tostadas sin gluten untadas de queso.

Me alejé de los caballetes para ir a sentarme en lo alto de las gradas de cemento pulido que rodeaban parte de la plaza, como si fuera un auditorio. Me puse las gafas de sol, y así resguardado en mi puesto de observación me dediqué a contemplar a mis condiscípulos con curiosidad.

Se congratulaban, se palmeaban la espalda, se daban besos, se enseñaban las mejores fotos de sus hijos pequeños o adolescentes, se intercambiaban direcciones de correo electrónico y números de móvil, se incluían en las listas de «amigos» de sus redes sociales... Pianelli estaba en lo cierto: todo aquello me resultaba ajeno. Ni siquiera era capaz de fingir lo contrario. Primero, porque no sentía ninguna nostalgia de los años que pasé en el liceo. Segundo, porque yo era, fundamentalmente, un solitario, que siempre llevaba un libro en el bolsillo pero no tenía cuenta de Facebook, un aguafiestas inadaptado a las expectativas de una época adicta a los *likes*. Y por último, porque el paso del tiempo nunca me había agobiado. No me inmuté al soplar las cuarenta velas ni cuando las canas empezaron a platearme las sienes. Si he de ser sincero, estaba incluso impaciente por envejecer, porque eso significaba distanciarse de un pasado que, lejos de ser un paraíso perdido, percibía como el epicentro de un drama del que había estado huyendo toda la vida.

4.

Primera conclusión después de observar atentamente a los antiguos alumnos: la mayoría de los que se habían desplazado hasta aquí se movían en esos círculos acomodados que se preocupan de no engordar en exceso. En cambio, la calvicie era la que más estragos había causado entre los hombres. «¿Verdad que sí, Nicolas Dubois?» Qué chapuza de implantes llevaba. Alexandre Musca trataba de que no se le viera el cartón de la coronilla tapándoselo con un mechón más largo. Mientras que Romain Roussel había optado por raparse la cabeza, sin más.

Me sorprendió gratamente mi buena memoria: entre los invitados de mi generación, podía poner nombre a casi todos los rostros. De lejos, resultaba curioso mirarlos. En ocasiones incluso fascinante, por el cariz revanchista con respecto al pasado que parecía tener la celebración para algunos. Por ejemplo, Manon Agostini. La alumna feúcha y tímida se había convertido en una mujer guapa y segura de sí misma al hablar. Christophe Mirkovic había experimentado la misma metamorfosis. Aquel friki, aunque por entonces no lo llamábamos así, había dejado de ser el cabeza de turco paliducho y con acné que yo recordaba, cosa que me alegraba muchísimo por él. Al más puro estilo estadounidense, mostraba su éxito sin complejos, alababa las cualidades de su Tesla y hablaba en inglés con su pareja, una joven que tenía veinte años menos y atraía muchas miradas.

Éric Lafitte, en cambio, había ido cuesta abajo. Yo lo recordaba como la encarnación de un semidiós. Algo así como un ángel moreno, Alain Delon en *A pleno sol*. Ahora, Éric «the King» se había convertido en un pobre hombre triste y barrigón, con la cara picada, más parecido a Homer Simpson que al actor de *Rocco y sus hermanos*.

Kathy y Hervé Lesage habían acudido cogidos de la mano. Empezaron a salir juntos en 1.º de bachillerato científico y se casaron cuando acabaron los estudios. Kathy (el diminutivo con el que la llamaba su marido) en realidad se llamaba Katherine Laneau. Me acordaba de que tenía unas piernas espléndidas (y seguramente las seguía teniendo, aunque había cambiado la minifalda escocesa por un traje pantalón) y de que, por entonces, hablaba un inglés perfecto, muy literario. Siempre me pregunté por qué una chica como ella se había enamorado de Hervé Lesage. Hervé, cuyo apodo era Régis (el programa satírico *Les Nuls, l'émission* y su mantra, «Régis es gilipollas» estaban en pleno auge), era un tío del

montón, con cabeza de chorlito, que hacía comentarios in-
oportunos, les preguntaba a los profesores cosas que no venían a cuento y, sobre todo, no se enteraba de que su novia
tenía cien veces más clase de la que él llegaría a tener nunca.
Al cabo de veinticinco años, con su cazadora de ante y su expresión ufana, «Régis» seguía teniendo la misma pinta de gilipollas. Y para colmo de males, se había presentado con una
gorra del Paris Saint-Germain. *No comment.*

Pero en lo que a indumentaria se refiere, la palma se la
llevaba Fabrice Fauconnier. Piloto de línea en Air France,
«Faucon»[1] ostentaba su uniforme de comandante de aerona-
ve. Lo estuve mirando pavonearse entre melenas rubias, tacones altos y mamoplastias. El antiguo guaperas no había des-
cuidado su físico: seguía teniendo una complexión atlética,
pero la pelambrera plateada, la mirada insistente y la osten-
sible vanidad le habían colgado ya la etiqueta de «galán viejo». Unos años antes, me había topado con él en un vuelo de
media distancia. Y me invitó a entrar en la cabina durante la
maniobra de aterrizaje pensando que me haría ilusión, como
si fuera un niño de cinco años...

5.

—¡Caramba, qué mal ha envejecido Faucon!

Fanny Brahimi me guiñó un ojo y me dio efusivos besos.
Ella también había cambiado mucho. Originaria de Cabilia,
era una rubia menudita de ojos claros y pelo corto; iba encaramada a unos bonitos zapatos de tacón y los vaqueros ajus-
tados le moldeaban las piernas. Vestía una camisa blanca,
con dos botones desabrochados que dejaban intuir el naci-

---

[1] «Halcón» en francés *(N. de la T.)*.

miento de los pechos, y una trinchera entallada que le alarga-
ba la silueta. Yo la conocí, en una vida pasada, en su papel de
apóstol del *grunge,* arrastrando las Doc Martens con el cuero
desgastado y sumergida en camisas de leñador amorfas, chaquetas de punto remendadas y 501 rotos.

Fanny, más avispada que yo, se las había ingeniado para
hacerse con una copa de champán.

—Pero no he conseguido descubrir dónde esconden las
palomitas —me dijo, sentándose en la grada a mi lado como
si fuéramos a asistir a la proyección de una película.

Como cuando era estudiante, llevaba colgada del cuello
una cámara fotográfica (una Leica M) y empezó a sacar fotos
a la multitud.

A Fanny la conocía de toda la vida. Ella, Maxime y yo
habíamos ido juntos a primaria en la escuela del barrio de
la Fontonne, a la que todo el mundo llamaba la «vieja escuela», con sus bonitos edificios de la III República, tan
opuestos a los prefabricados de la escuela René-Cassin que
la ciudad de Antibes abrió más adelante. En la adolescencia,
Fanny fue para mí una amiga muy afín. Fue la primera chica con la que salí, en el tercer curso de secundaria. Un sábado por la tarde fuimos al cine a ver *Rain Man* y a la vuelta,
en el autobús que nos llevaba a la Fontonne, cada uno con
un auricular de mi *walkman* en una oreja, nos besamos tor-
pemente. Cuatro o cinco morreos entre *Puisque tu pars* y
Pourvu qu'elles soient douces de Jean-Jacques Goldman.
Seguimos juntos hasta 1.º de bachillerato y luego nos dis-
tanciamos, sin dejar de ser amigos. Ella formaba parte de
las chicas maduras y liberadas que, a partir del curso siguiente, empezaron a acostarse con unos y con otros sin
atarse a nadie. No era lo habitual en el Saint-Ex y muchos
lo desaprobaban. Yo siempre la respeté porque estaba convencidísimo de que encarnaba cierta forma de libertad. Era

amiga de Vinca, una alumna brillante y una chica muy maja, cualidades por las que me caía tan bien. Después de licenciarse en Medicina, estuvo mucho tiempo dando tumbos entre la medicina de guerra y las misiones humanitarias. Unos años antes me la encontré por casualidad en un hotel de Beirut, a donde había ido para asistir al Salón del Libro Francófono, y me confesó que tenía intención de volver a Francia.

—¿Has reconocido a algún profe de los de antes? —me preguntó.

Con la barbilla le señalé al señor N'Dong, al señor Lehmann y a la señora Fontana, profes de matemáticas, física y ciencias naturales, respectivamente.

—Menuda ristra de sádicos —soltó Fanny mientras les hacía una foto.

—Ahí solo puedo darte la razón. ¿Trabajas en Antibes?

Asintió con la cabeza.

—Desde hace dos años, soy cardióloga en el hospital de la Fontonne. Tu madre es paciente mía. ¿No te lo ha dicho?

Como yo callaba, comprendió que no estaba enterado de nada.

—Le hacemos un seguimiento desde el infartito que sufrió, pero todo va bien —me aseguró Fanny.

Yo me acababa de caer del guindo.

—Mi madre y yo tenemos una relación complicada —dije para zanjar el tema.

—Eso es lo que dicen todos los chicos, ¿no? —preguntó sin intención de profundizar en el asunto.

Acto seguido, señaló a otra profesora con el dedo.

—¡Esta sí que era maja! —exclamó.

Tardé un rato en reconocerla. La señorita DeVille, una profesora estadounidense que impartía literatura inglesa en las clases preparatorias de letras.

—¡Y encima sigue estando estupenda! —murmuró Fanny—. ¡Si parece Catherine Zeta-Jones!

La señorita DeVille medía por lo menos un metro ochenta. Calzaba zapatos de tacón alto y lucía pantalón ajustado de cuero, chaqueta sin solapas y melena lisa que le caía sobre los hombros como si la formasen varillas. Con ese físico alto y esbelto parecía más joven que algunas de sus antiguas alumnas. ¿Qué edad tendría cuando llegó al Saint-Ex? ¿Veinticinco años? Treinta, como mucho. Como yo estaba en las clases preparatorias de ciencias, nunca me dio clase, pero recordaba que sus alumnos la apreciaban muchísimo, sobre todo algunos chicos que sentían por ella una especie de devoción.

Durante unos minutos, Fanny y yo seguimos observando a nuestros antiguos condiscípulos y rememorando el pasado. Oyéndola hablar, recordé por qué siempre me había caído tan bien esta chica. Emanaba de ella como una energía positiva. Y encima tenía sentido del humor; ¡todo ventajas! Sin embargo, de pequeña no había tenido una vida fácil. Su madre era una mujer guapa de pelo rubio, piel morena y mirada dulce a la par que asesina, que trabajaba de dependienta en Cannes, en una tienda de ropa de la Croisette. Cuando estábamos en 1.º de primaria, abandonó a su marido y sus tres hijos para fugarse con su jefe a Sudamérica. Antes de que la admitieran en el internado del Saint-Ex, Fanny pasó casi diez años con su padre, paralítico por culpa de un accidente que sufrió en la obra en la que trabajaba. Junto con sus dos hermanos mayores (que no eran precisamente unas lumbreras), se alojaban en una vivienda de protección oficial decrépita. Un lugar que no figuraba en las guías turísticas de Antibes-Juan-les-Pins.

Después de soltar unos cuantos dardos facilones aunque no por ello menos divertidos («Étienne Cipolla sigue teniendo la misma cabeza de pene»), se me quedó mirando con una sonrisa peculiar en los labios.

—A algunos la vida les ha cambiado el papel, pero tú sigues siendo el mismo.

Me enfocó con el objetivo de la Leica y me fotografió mientras proseguía su parlamento.

—El primero de la clase, tan pijo y tan pulcro, con la chaqueta de franela impecable encima de la camisa azul clarito.

—Viniendo de ti, no me lo tomaré como un cumplido.

—Pues te equivocas.

—Creía que a las chicas solo les gustan los *bad boys,* ¿no?

—A los dieciséis sí. ¡A los cuarenta no!

Me encogí de hombros, entorné los ojos y me puse la mano de visera para protegerme del sol.

—¿Estás buscando a alguien?

—A Maxime.

—¿Nuestro futuro diputado? Me acabo de fumar un porro con él al lado del gimnasio, donde se va a celebrar nuestra fiesta de promoción. No parecía tener mucha prisa por empezar la campaña electoral. ¡Madre mía!, ¿te has fijado en el careto de Aude Paradis? Va colocadísima, la pobre. Thomas, ¿estás seguro de que no hay palomitas por ahí? Podría quedarme varias horas aquí sentada. Me lo estoy pasando casi tan bien como con *Juego de tronos.*

Pero se le enfrió el entusiasmo de repente cuando se fijó en dos operarios que montaban un estrado pequeño y un micrófono.

—*Sorry,* pero paso de discursos oficiales —me dijo poniéndose de pie.

Al otro lado de las gradas, vi a Stéphane Pianelli tomando notas, en plena conversación con el subprefecto. Cuando sus ojos y los míos se cruzaron, el periodista del *Nice-matin* me dedicó un ademán que debía de significar algo así como: «Quédate ahí, que voy para allá».

Fanny se sacudió el polvo del vaquero, con un gesto muy suyo, y soltó una última pulla:

—¿Sabes qué? Creo que eres uno de los pocos tíos de esta plaza con los que no me he acostado.

Me hubiese gustado contestarle algo ingenioso, pero no se me ocurrió nada porque sus palabras no pretendían ser graciosas. Eran tristes y muy exageradas.

—Por aquel entonces, sentías veneración por Vinca —rememoró.

—Muy cierto —admití—. Estaba enamorado de ella. Más o menos como todos los que están aquí, ¿no?

—Sí, pero tú siempre la tuviste idealizada.

Suspiré. Después de que Vinca desapareciera y saliese a la luz el idilio que tenía con uno de los profesores del liceo, los rumores y los chismes se desataron hasta convertir a la joven en una especie de Laura Palmer provenzal. *Twin Peaks* en la tierra de Marcel Pagnol.

—Fanny, no empieces tú también.

—Como quieras. Seguro que es más fácil hacer el avestruz. *Living is easy with eyes closed,* como cantaba aquel.

Guardó la cámara en el bolso, miró el reloj de pulsera y me alargó la copa de champán aún medio llena.

—Llevo prisa y nunca debería haber bebido de esto. Esta tarde tengo guardia. Hasta la próxima, Thomas.

6.

La directora soltó su discurso, un tostón huero de esos en los que parecían haberse especializado algunos altos cargos de la educación pública. La tal señora Guirard, que venía de París, no llevaba mucho tiempo en el cargo. Solo conocía el centro a través de documentos y declamaba trivialidades de tecnócrata. Oyéndola, no dejaba de preguntarme por qué no estaban allí mis padres. Debían de haberlos invitado, en su calidad de antiguos directores. Los estuve buscando en vano entre la multitud y me tenía intrigado su ausencia.

Después de concluir el estribillo sobre «los valores universales de tolerancia, igualdad de oportunidades y diálogo entre las culturas del que siempre ha hecho gala nuestro centro», la directora empezó a enumerar a las «personalidades eminentes» que habían pasado por el liceo. Yo era una de ellas, junto con otras diez o doce, y cuando mencionó mi nombre y lo aplaudieron, varias miradas se volvieron hacia mí. Esbocé una sonrisa incómoda y luego un agradecimiento con un ademán de la cabeza.

—La has fastidiado, artista —me avisó Stéphane Pianelli, sentándose a mi lado—. Dentro de unos minutos van a venir a que les dediques tus libros. Te preguntarán si el perro de Michel Drucker ladra entre toma y toma, y querrán que les cuentes si Anne-Sophie Lapix es igual de maja cuando se apagan las cámaras.

Procuré no darle alas, pero él siguió con su monólogo:

—Te van a preguntar por qué mataste al protagonista al final de *Unos días contigo*. Y de dónde te viene la inspiración y...

—Dame un respiro, Stéphane. ¿De qué querías hablarme? ¿Qué historia es esa del artículo?

El periodista se aclaró la voz:

—¿No estabas en la Costa Azul el mes pasado?

—No, he llegado esta mañana.

—Ya. ¿Has oído hablar de los «santos de hielo», o los «caballeros de mayo», como los llaman por aquí?

—Pues no, pero imagino que no correrán en el hipódromo de Cagnes-sur-Mer.

—Qué gracioso. En realidad, se trata de un fenómeno meteorológico de bajada de las temperaturas que a veces se produce en primavera y provoca heladas tardías...

Mientras hablaba, se sacó un cigarrillo electrónico del bolsillo del chaleco:

—Esta primavera hemos tenido un tiempo asqueroso en la Costa. Primero hizo mucho frío y luego se puso a llover a mares durante varios días.

Lo interrumpí:

—Ve al grano, Stéphane, ¿o me vas a contar el parte meteorológico de las últimas semanas?

El periodista señaló con la barbilla, a lo lejos, los coloridos edificios del internado, que resplandecían a pleno sol.

—Se ha inundado el sótano de varios dormitorios.

—No es ninguna novedad. ¡Fíjate qué pendiente tiene el terreno! En nuestros tiempos, ya pasaba año sí, año no.

—Sí, pero el fin de semana del 8 de abril el agua subió hasta el vestíbulo de la entrada. La dirección tuvo que hacer obras de emergencia y vaciar por completo los sótanos.

Pianelli le dio unas caladas al «cigarrillo» y exhaló como un vapor de agua que olía a verbena y pomelo. Comparado con los puros del Che Guevara, el espectáculo del revolucionario vaporeando una infusión resultaba más bien ridículo.

—Concretamente, el centro se deshizo de decenas de taquillas metálicas llenas de óxido que llevaban almacenadas en los sótanos desde mediados de los noventa. Le encargaron a una empresa de desescombros que se las llevara al vertedero, pero, antes de que lo hiciera, algunos alumnos se entretuvieron abriendo las taquillas. Y nunca adivinarás con qué se encontraron.

—Dímelo.

El periodista intentó estirar el efecto sorpresa todo lo que pudo.

—¡Una bolsa de deporte de cuero con cien mil francos dentro, en billetes de cien y de doscientos! Una pequeña fortuna que llevaba más de veinte años ahí metida...

—¿Y la policía vino al Saint-Ex?

Me imaginé a los gendarmes irrumpiendo en el centro y todo el revuelo que debieron causar.

—¡Ya te digo! Y tal y como cuento en el artículo, estaban como locos. Un antiguo caso, un montón de pasta y un liceo prestigioso: no hubo que insistirles mucho para que lo miraran todo con lupa.

—¿Y cuál fue el resultado?

—Todavía no se ha publicado la información, pero sé que en la bolsa encontraron dos huellas dactilares de lo más nítidas.

—¿Y qué más?

—Que una de ellas está registrada.

Contuve el aliento mientras Pianelli preparaba el nuevo golpe de efecto. Por cómo le brillaban los ojos, supe que iba a ser muy doloroso.

—Era la huella de Vinca Rockwell.

Parpadeé varias veces mientras asimilaba la noticia. Intenté reflexionar sobre lo que suponía todo aquello, pero tenía el cerebro en blanco.

—¿Y a qué conclusiones has llegado, Stéphane?

—¿Qué conclusiones? ¡Que yo tenía razón desde el principio! —contestó arrebatadamente el periodista.

Junto con la política, la otra fijación de Stéphane Pianelli era el caso de Vinca Rockwell. Llegó incluso a escribir un libro, unos quince años antes, con un título de lo más schubertiano: *La muerte y la doncella*. Un trabajo de investigación muy serio y exhaustivo, pero que no aportaba grandes revelaciones sobre la desaparición de Vinca y de su amante.

—Si de verdad Vinca se hubiera largado con Alexis Clément —prosiguió—, ¡se habría llevado el dinero consigo! O, cuando menos, ¡habría vuelto a buscarlo!

Ese razonamiento suyo me parecía endeble.

—No hay nada que te indique que fuera «su» dinero —repliqué—. Que sus huellas estén en la bolsa no significa que el dinero fuera suyo.

Me dio la razón, pero volvió a la carga:

—Por lo menos, reconoce que es una locura. ¿De dónde había salido tanto dinero? ¡Cien mil francos! En aquella época era una suma tremenda.

Yo nunca había llegado a entender cuál era exactamente su tesis sobre el caso Rockwell, pero, según él, la versión de la fuga no se sostenía. Aunque carecía de pruebas sólidas, Pianelli estaba convencidísimo de que si Vinca nunca había dado señales de vida era porque estaba muerta desde hacía mucho tiempo. Y de que la había asesinado Alexis Clément.

—Y en lo judicial, ¿qué supone?

—No tengo ni idea —contestó torciendo levemente el gesto.

—Hace años que se archivó la investigación sobre la desaparición de Vinca. Aunque ahora encontraran algo, habría prescrito, ¿no?

Se frotó la barba con el dorso de la mano, pensativo.

—No tiene por qué. Hay un montón de jurisprudencia muy compleja sobre el tema. Hoy por hoy, en determinados casos, el plazo de prescripción no depende tanto de cuándo se cometió el acto como del momento en que se descubre el cuerpo, si se descubre.

Como tenía los ojos clavados en los míos, decidí sostenerle la mirada. Aunque Pianelli fuera un cazador de exclusivas, siempre me había intrigado de dónde le venía esa obsesión por un caso antiguo. Por lo que yo recordaba, no pertenecía al entorno de Vinca. No se relacionaban y no tenían ningún punto en común.

Vinca era hija de Pauline Lambert, una actriz nacida en Antibes. Una pelirroja con el pelo corto que en la década de 1970 interpretó algunos papelitos en películas de Yves Boisset y Henri Verneuil. El punto culminante de su filmografía fue una escena de veinte segundos con los pechos al aire junto a Jean-Paul Belmondo en *El clan de los marselleses*. En 1973, en una discoteca de Juan-Les-Pins, Pauline conoció a Mark Rockwell, un piloto de carreras estadounidense que había sido conductor efímero de F1 en Lotus y había corrido varias veces en las 500 millas de Indianápolis. Pero sobre todo, Rockwell era el hijo menor de una familia influyente de Massachusetts, accionista mayoritaria de una cadena de supermercados con mucha presencia en el nordeste. Consciente de que su carrera se tambaleaba, Pauline se fue con su enamorado a los Estados Unidos y allí se casaron. Casi enseguida nació Vinca, su única hija, en Boston, donde pasó los quince primeros años de su vida, hasta que la escolarizaron en el Saint-Ex después de que sus padres murieran trágicamente. El matrimonio Rockwell se encontraba entre los pasajeros fallecidos de una catástrofe aérea que se produjo en el verano de 1989. El vuelo sufrió una descompresión explosiva tras despegar del aeropuerto de Hawái. Fue un drama que marcó la memoria colectiva: la bodega del avión se abrió accidentalmente y las seis filas de asientos de clase *business* acabaron despedazadas y expulsadas fuera del aparato. El accidente causó doce víctimas y, por una vez, los perjudicados fueron los más ricos. Una anécdota de esas que le gustaban a Pianelli.

Así pues, tanto por su origen familiar como por su comportamiento, Vinca encarnaba, aparentemente, todo cuanto a Pianelli le parecía odioso: niña de papá de la alta burguesía estadounidense, heredera elitista y cerebral, apasionada de la filosofía griega, las películas de Tarkovski y la poesía de Lautreámont. Una chica algo creída, de belleza irreal, que no vivía en este mundo, sino en su propio mundo. En definitiva, una chica que, inconscientemente, trataba con cierto desdén a los jovenzuelos como él.

—Joder, ¿eso es todo lo que te afecta? —me reprochó de repente.

Suspiré, me encogí de hombros y me hice el desapegado.

—Todo eso queda ya muy lejos, Stéphane.

—¿Muy lejos? Sin embargo, Vinca era amiga tuya. Sentías veneración por ella y...

—Tenía dieciocho años, era un crío. Hace tiempo que pasé página.

—No te quedes conmigo, artista. No has pasado nada de nada. He leído tus novelas, que lo sepas: Vinca está por todas partes. ¡Aparece en todas tus protagonistas!

Estaba empezando a hartarme.

—Eso es psicología barata. ¡Digna de la sección de horóscopos de tu periodicucho!

Ahora que habíamos subido el tono, Stéphane Pianelli parecía frenético. Se le notaba la exaltación en los ojos. Vinca lo había desquiciado, igual que había desquiciado a otros antes que a él, aunque por motivos distintos.

—Di lo que quieras, Thomas. Pero yo voy a retomar la investigación, y esta vez muy en serio.

—Ya te pegaste un batacazo con ella hace quince años —observé.

—¡La aparición de ese dinero lo cambia todo! Tanta pasta en metálico, ¿qué crees tú que significa? Yo veo tres posibilidades: tráfico de drogas, corrupción o un megachantaje.

Me masajee los ojos.

—Menuda película te estás montando, Pianelli.

—Para ti, el caso Rockwell no existe, ¿verdad?

—Digamos que se resume en la historia anodina de una jovencita que se las pira con el pavo al que quiere.

Torció el gesto:

—Ni siquiera tú te crees esa hipótesis ni por un segundo, artista. Fíjate bien en lo que te digo: la desaparición de Vinca es como un ovillo. Un día, alguien tirará del cabo de lana correcto y todo el ovillo se deshará.

—¿Y qué vamos a descubrir?

—Algo de mucha más envergadura de lo que nos habíamos imaginado.

Me puse de pie para zanjar la conversación.

—Tú sí que deberías escribir novelas. Si necesitas editor, puedo echarte una mano.

Miré el reloj de pulsera. Tenía que encontrar a Maxime urgentemente. El periodista, que de pronto había recobrado la calma, se levantó a su vez y me dio una palmada en la espalda.

—Hasta luego, artista. Estoy convencido de que volveremos a vernos.

Hablaba con el mismo tono que un policía que me acabara de poner en libertad después de haberme detenido. Me abroché la chaqueta y bajé una grada. Vacilé unos segundos y me giré. De momento, no había dado ningún paso en falso. Lo último que quería era darle alguna pista, pero la pregunta me quemaba los labios. Intenté plantearla con el mayor desinterés posible.

—¿Me has dicho que encontraron el dinero dentro de una taquilla vieja?

—Sí.

—¿En cuál, concretamente?

—Una taquilla pintada de amarillo canario. El color de la residencia Henri Matisse.

—¡Vinca no vivía en ese edificio! —exclamé con expresión triunfante—. Su cuarto de estudiante estaba en el pabellón azul: la residencia Nicolas de Staël.

Pianelli asintió.

—Tienes razón, lo comprobé. Menuda memoria tienes para haber pasado página, oye.

Una vez más, me desafió con los ojos brillantes como si acabara de pillarme en una trampa, pero le sostuve la mirada e incluso moví pieza.

—¿Y había algún nombre escrito en la taquilla?

Negó con la cabeza:

—Después de tantos años, ya te imaginarás que se había borrado.

—¿No están en los archivos las asignaciones de las taquillas?

—En aquella época no se tomaban tantas molestias —se burló—. A principio de curso, los alumnos pillaban la taquilla que querían. El primero que llega, escoge.

—Y en este caso concreto, ¿qué taquilla era?

—¿Para qué quieres saberlo?

—Por curiosidad. Ya sabes, eso de lo que no carecen los periodistas.

—Publiqué la foto en el artículo. No lo llevo encima, pero era la taquilla A1. La primera arriba a la izquierda. ¿Te suena de algo?

—Para nada. *So long,* Stéphane.

Giré sobre los talones y apreté el paso hacia la plaza antes de que concluyera el discurso.

En el estrado, la directora estaba terminando la alocución y se refería ahora al próximo derribo del antiguo gimnasio y a la colocación de la primera piedra de «la obra más ambiciosa que ha conocido nuestro centro». Les daba las gracias a los generosos donantes sin los cuales aquel proyecto, que llevaba años aplazándose, por fin iba a ver la luz: «Edificar un pabellón para las clases preparatorias, crear un jardín paisajístico y construir un polideportivo nuevo con piscina olímpica».

Si aún me quedaba alguna duda sobre lo que se me venía encima, acababan de aclarármela. Había mentido a Pianelli. Sabía muy bien a quién pertenecía antaño la taquilla donde habían encontrado el dinero.

Era la mía.

3
Lo que hicimos

Es cuando la gente empieza a decir la verdad
cuando con mayor frecuencia siente la necesidad de un
abogado.

P. D. JAMES

1.

El gimnasio era un paralelepípedo de hormigón construido
encima de una plataforma encajada en la linde del pinar. Tenía una rampa de acceso descendente flanqueada por volu-
minosas rocas calcáreas, tan blancas como si fueran de nácar,
en las que reverberaba la luz cegadora del sol. Al llegar al
aparcamiento, me fijé en un camión con volquete y en una
excavadora aparcados junto a un módulo prefabricado, y
mi preocupación fue en aumento. Dentro de la caseta había
un arsenal de herramientas: martillos eléctricos, perforadoras
de hormigón, cortafríos, pinzas y palas de demolición. La directora no había mentido: al viejo gimnasio le quedaba poco
tiempo. El inicio de las obras era inminente, y con ellas, el de
nuestra caída en desgracia.

Rodeé el pabellón deportivo buscando a Maxime. Aunque no mantuvimos el contacto, yo había seguido de lejos
su carrera con sincera fascinación y no sin cierto orgullo.
El caso Vinca Rockwell tuvo en la trayectoria de mi amigo
el efecto contrario que en la mía. Los mismos hechos que a

mí me habían aniquilado y cortado las alas, a él le habían servido para romper ataduras, liberándolo de su caparazón y devolviéndole la libertad para escribir su propia historia.

Después de lo que hicimos, nunca volví a ser el mismo. El miedo y el caos mental en los que vivía me abocaron a perder lamentablemente el curso en la Facultad de Matemáticas. Ya en el verano de 1993 me mudé de la Costa Azul a París y, para disgusto de mis padres, reorienté mis estudios en una escuela de negocios de segunda categoría. En la capital estuve vegetando durante cuatros años. Me saltaba una de cada dos clases y me pasaba el resto del día en los cafés, las librerías y los cines de la zona de Saint-Germain-de-Prés.

En el 4.º curso, la escuela obligaba a los alumnos a pasar seis meses en el extranjero. Mientras que la gran mayoría de mis condiscípulos se habían buscado unas prácticas en alguna empresa importante, yo me tuve que conformar con un cargo más modesto: me contrataron como asistente de Evelyn Warren, una intelectual feminista neoyorquina. Por aquel entonces Warren, aunque ya tenía ochenta años, seguía viajando por todos los Estados Unidos para dar conferencias en las universidades. Tenía una personalidad brillante, pero también era una mujer tiránica y caprichosa que discutía con todo el mundo. Vaya usted a saber por qué, yo le caía bien. Quizá porque era insensible a sus cambios de humor y no conseguía impresionarme. Aunque no aspiraba a ser mi abuela adoptiva, me pidió que continuara trabajando para ella cuando acabé los estudios y me ayudó a obtener el permiso de residencia. Así fue como seguí siendo su asistente hasta que murió, con alojamiento incluido en un ala de su piso del Upper East Side.

En mis ratos libres (que eran muchos) hacía lo único que de verdad me sosegaba un poco: escribir historias. Como no era capaz de controlar mi propia vida, me inventaba mundos luminosos, sin el lastre de la angustia que me corroía. Las varitas mágicas existen. Para mí, adoptaban la forma de un Bic Cristal. Por un franco con cincuenta tenía acceso a un instrumento capaz de transfigurar la realidad, de repararla, de negarla incluso.

En 2000 publiqué mi primera novela, que entró en las listas de libros más vendidos gracias al boca a boca. Desde entonces he escrito unas diez más. Me dedicaba a escribirlas y promocionarlas a jornada completa. Tenía éxito de verdad, pero en opinión de mi familia, escribir ficción no se podía considerar una profesión «seria». «Y pensar que lo que esperábamos de ti es que fueras ingeniero...», me llegó a soltar mi padre un buen día, con su tacto habitual. Poco a poco, mis visitas a Francia se fueron espaciando hasta ahora, que se reducían a una semana para promocionar y firmar. Tenía una hermana y un hermano mayores a los que casi no veía. Marie estudió Ingeniería de Minas y ocupaba un cargo importante en la Dirección Nacional de Estadística y Comercio Exterior. No estaba muy seguro de qué realidad abarcaba ese curro, pero me imaginaba algo bastante *fun*. Jérôme, por su parte, era el auténtico héroe de la familia: un cirujano pediátrico que trabajaba en Haití desde el terremoto de 2010, coordinando las campañas de Médicos Sin Fronteras.

2.

Y luego estaba Maxime.

Mi exmejor amigo al que nunca había podido reemplazar. Mi hermano del alma. Lo conocía desde siempre: la familia de su padre y la de mi madre eran del mismo pueblo italiano, Montaldicio, en el Piamonte. Antes de que a mis padres les asignaran una vivienda oficial en el Saint-Ex, fuimos vecinos en Antibes, en el camino de la Suquette. Nuestras respectivas casas, pegadas la una a la otra, ofrecían una vista panorámica sobre un pedazo de Mediterráneo. Entre ambos jardines solo se interponía un murete de piedras sueltas; allí jugábamos al fútbol y nuestros padres organizaban barbacoas.

En el liceo, al contrario que yo, Maxime no era un buen alumno. Tampoco es que fuera un negado, solo un chico inmaduro al que le interesaban más el deporte y las películas taquilleras que las sutilezas de *La educación sentimental* y de *Manon Lescaut*. En verano trabajaba de mozo en una playa del cabo de Antibes, en la batería de Le Graillon. Recuerdo lo deslumbrante que estaba con el torso esculpido, la melena de surfero, el bañador Rip Curl y las Vans sin cordones. Tenía la candidez algo soñadora y el rubio precoz de los adolescentes de Gus Van Sant.

Maxime era el único hijo de Francis Biancardini, un constructor muy conocido en la región, que había edificado un imperio local en una época en la que las normas de concesión de las obras públicas eran más laxas que ahora. Yo, que conocía bien a Francis, sabía que era un ser complejo, reservado y ambiguo. Pero el resto del mundo lo veía como un zafio con manazas de albañil, muchos kilos de más, pintas de paleto y argumentos de parroquiano de bar que solían coincidir con la retórica de la extrema derecha. No hacía falta insistir mucho para que se explayara. Los culpables de la decadencia del país iban pasando, uno tras otro, por su punto de mira: «los moros, los sociatas, las tías, los maricones». El macho blanco dominante en versión cutre-carca que no se había enterado de que su mundo ya se había hundido.

Sometido durante mucho tiempo a un padre por el que sentía vergüenza y admiración a partes iguales, a Maxime le había costado saber cuál era su sitio. Hasta después del drama no logró salir de su ámbito de influencia. La metamorfosis comenzó cuando tenía veinte años y se produjo por etapas. Maxime, que había sido un alumno mediocre, se puso a empollar y se sacó el título de ingeniero civil y de obras públicas. Lo siguiente fue tomar el relevo en la empresa de albañilería de su padre para optimizar su transformación en abanderada local de la construcción ecológica. Acto seguido, contribuyó a crear la iniciativa Platform77, el mayor vivero de empresas emergentes del sur de Francia. Mientras tanto, Maxime había asimilado su homosexualidad. En el verano de 2013, pocas semanas después de que se aprobara la ley del matrimonio homosexual, se casó en el ayuntamiento de Antibes con su compañero, Olivier Mons (otro antiguo alumno del Saint-Ex), que dirigía la mediateca del pueblo. En la actualidad, la pareja tenía dos hijas chiquitinas a las que había gestado una madre de alquiler en los Estados Unidos.

Yo había recabado todos estos datos en las páginas web del *Nice-matin* y del *Challenges,* así como en un artículo en el suplemento de *Le Monde* dedicado a la «Generación Macron». Maxime, que hasta entonces había sido un modesto concejal, se sumó desde su fundación a En Marche!, el partido del futuro presidente de la República, y fue uno de los primeros en apoyarlo en el ámbito local durante la campaña electoral. Ahora aspiraba al cargo de diputado de la séptima circunscripción del departamento de los Alpes Marítimos bajo la bandera de En Marche! Aquel electorado anclado tradicionalmente a la derecha llevaba veinte años eligiendo en la primera vuelta a un republicano moderado y humanista que sabía cumplir con su trabajo. Apenas tres meses antes, nadie se habría imaginado que la circunscripción podría cambiar de tendencia política, pero, en aquella primavera de 2017, recorría el país una energía nueva. La avalancha Macron amenazaba con arrasarlo todo. Las elecciones sin duda estarían muy reñidas, pero Maxime parecía tener todas las papeletas frente al diputado saliente.

3.

Divisé a Maxime delante de la entrada del gimnasio, enfrascado en una conversación con las hermanas Dupré. Desde lejos, pasé revista a la silueta vestida con pantalón de lona, camisa blanca y chaqueta de lino. Tenía la tez bronceada, el rostro levemente cincelado, con la mirada clara y el pelo decolorado por el sol de siempre. Léopoldine (Miss Diadema) y Jessica (Miss Barbie) bebían las palabras de sus labios como si les estuviera recitando el monólogo de Rodrigo de *El Cid* de Corneille, cuando en realidad solo trataba de convencerlas de que la próxima subida de la contribución social directa CSG redundaría en el incremento del poder adquisitivo del conjunto de los asalariados.

—¡Mirad quién está aquí! —soltó Jessica al verme.

Les di besos a las gemelas (que me contaron que eran las encargadas de organizar el baile que se iba a celebrar allí mismo esa noche) y un abrazo a Maxime. Seguramente el cerebro me estaba engañando, pero me pareció que seguía emanando de él el olor a coco característico de la cera que se ponía antaño en el pelo.

Tuvimos que aguantar durante cinco minutos más la conversación de las hermanitas. En un momento dado, Léopoldine insistió en lo mucho que le gustaban mis novelas «y sobre todo *La trilogía del mal*».

—A mí también me gusta mucho esa historia —le dije—, aunque no la he escrito yo. Pero le transmitiré tus elogios a mi amigo Chattam.

Aunque hice la observación en tono jocoso, a Léopoldine le sentó muy mal. Hubo un silencio y luego, so pretexto de que iban con retraso para colgar las guirnaldas de luces, se llevó a su hermana a rastras a una especie de almacén donde estaban guardadas las decoraciones para la fiesta.

Por fin estaba a solas con Maxime. Ahora que las gemelas ya no lo estaban mirando, se le descompusieron los rasgos antes incluso de que le preguntara qué tal estaba.

—Estoy hecho polvo.

Su preocupación fue a más cuando le enseñé las gafas y el mensaje que había encontrado en la tienda de Dino al volver del aseo: «Venganza».

—Ayer me dejaron una igual en la conserjería. Debería habértelo dicho por teléfono. Lo siento, pero pensé que entonces no habrías venido.

—¿Tienes idea de quién nos lo envía?

—En absoluto, pero aunque lo supiéramos, tampoco cambiaría mucho.

Señaló con la cabeza la excavadora y el módulo prefabricado donde estaba guardada la maquinaria.

—Las obras empiezan el lunes. Hagamos lo que hagamos, estamos jodidos.

Sacó el móvil para enseñarme unas fotos de sus hijas: Louise, de cuatro años, y su hermana Emma, de dos. A pesar de las circunstancias, lo felicité. Maxime había tenido éxito allí donde yo había fracasado: crear una familia, trazar un camino con una razón de ser y convertirse en un miembro útil de su comunidad.

—Es que lo voy a perder todo, ¿te das cuenta? —exclamó, fuera de sí.

—Espera, no empecemos a lamentarnos antes de tiempo —le dije sin lograr tranquilizarlo.

Tras vacilar un momento, añadí:

—¿Has vuelto allí?

—No —dijo sacudiendo la cabeza—, te estaba esperando.

4.

Entramos los dos en el gimnasio.

La sala de deporte era tan grande como la recordaba. Más de dos mil metros cuadrados divididos en dos partes bien diferenciadas: la zona polideportiva con rocódromo y una cancha de baloncesto de madera rodeada de gradas. Con vistas al baile de esa noche (el espantoso «fiestón de los exalumnos»), habían apartado y apilado los tatamis, las esterillas de gimnasia, las porterías y las redes para montar una pista de baile y un estrado para la orquesta. Las mesas de pingpong estaban cubiertas con manteles de papel. Completaban la escena guirnaldas y adornos hechos a mano. Mientras nos adentrábamos en la sala principal cubierta con suelo sintético, no pude evitar pensar que esa noche, mientras los músicos recuperaban los grandes éxitos de INXS y los Red Hot Chili Peppers, decenas de parejas bailarían al lado de un cadáver.

Maxime me acompañó hasta la pared que separaba la sala polideportiva de la cancha de baloncesto con gradas. Le afloraban gotas de sudor en las sienes y, bajo los brazos, sendas aureolas oscurecían la chaqueta de lino. Dio unos últimos pasos vacilantes hasta que se paró en seco, como si ya no pudiera seguir avanzando. Como si esa superficie de hormigón lo repeliera igual que el polo idéntico de un imán. Apoyé la mano en la pared mientras intentaba abstraerme de mis emociones. No era un simple tabique. Era un muro de carga de casi un metro de grosor y veinte metros de largo, íntegramente de albañilería, que cruzaba el gimnasio de lado a lado. Volvía a oír en mi cabeza el chasquido de los flashes, que me aturdía: fotos de generaciones de estudiantes que desde hacía veinticinco años acudían a esta sala a entrenar y a sudar, sin saber que allí había un cuerpo emparedado.

—Al ser concejal, he podido hablar con el contratista que va a demoler el gimnasio —me informó Maxime.

—¿Cómo lo van a hacer exactamente?

—El lunes empiezan a currar las palas mecánicas y las pinzas de demolición. Son profesionales de verdad. Tienen gente y maquinaria muy eficaces. En menos de una semana habrán arrasado el edificio.

—O sea, que en teoría podrían descubrir el cuerpo pasado mañana.

—Pues sí —susurró Maxime, indicándome con la mano que bajase la voz.

—¿Hay alguna posibilidad de que pasen de largo?

—¿Estás de guasa? Ni una sola —suspiró.

Se frotó los párpados.

—El cuerpo tenía alrededor dos lonas de obra. Aunque hayan pasado veinticinco años, aparecerán muchos huesos. La demolición se detendrá de inmediato y se registrará todo para recoger otros indicios.

—¿Cuánto tardarán en identificar el cadáver con exactitud?

Maxime se encogió de hombros.

—No soy policía, pero entre el ADN y la dentadura, diría que por lo menos una semana. ¡El problema es que, mientras tanto, encontrarán mi navaja y tu barra de hierro! Y seguramente otros objetos. ¡Lo hicimos todo deprisa y corriendo, joder! Con los métodos de investigación que hay ahora, encontraran rastros de nuestro ADN, puede que también nuestras huellas. Y aunque no las tengan registradas, acabarán llegando hasta mí por culpa de que mi nombre está grabado en el mango...

—Te la regaló tu padre... —recordé.

—Sí, una navaja del ejército suizo.

Maxime se estiró la piel del cuello con nerviosismo.

—¡Tengo que tomar la delantera! —se lamentó—. Esta misma tarde anunciaré que retiro mi candidatura. El partido tiene que encontrar a otra persona que se presente. No quiero ser el primer escándalo de la era Macron.

Procuré tranquilizarlo:

—Date un poco de margen. No te digo que lo vayamos a solucionar todo en un fin de semana, pero tenemos que intentar comprender lo que nos está pasando.

—¿Lo que nos está pasando? ¡Que matamos a un tío, joder! Matamos a un tío y lo emparedamos en este condenado gimnasio.

4
La puerta de la desgracia

Entonces, le disparé otros cuatro tiros a un cuerpo inerte [...]. Y fueron como cuatro golpes secos con los que llamaba a la puerta de la desgracia.

ALBERT CAMUS

1.

Veinticinco años antes
  Sábado 19 de diciembre de 1992
  Llevaba nevando desde por la mañana temprano. Un fenómeno tan infrecuente como imprevisto que en aquel primer día de las vacaciones de Navidad provocaba mucha confusión. Un «auténtico caos», como suele decirse. En la Costa Azul, una nevadita de nada basta para que se paralice toda actividad. Pero esta vez no eran cuatro copos, era una auténtica tormenta. Lo nunca visto desde enero de 1985 y febrero de 1986. Pronósticos de quince centímetros de nieve en Ajaccio, diez en Antibes y ocho en Niza. Los aviones despegaban con cuentagotas, casi todos los trayectos de tren estaban cancelados y las carreteras apenas eran transitables. Por no hablar de los cortes de suministro eléctrico intempestivos que desbarataban la vida local.
  Desde la ventana de mi cuarto, veía el campus cristalizado por el frío. El paisaje era surrealista. La nieve había borrado el monte bajo y en su lugar se extendía una amplia su-

perficie blanca. Los olivos, naranjos y limoneros se hundían bajo la nieve en polvo, mientras que los pinos piñoneros parecían haber sido trasplantados al paisaje algodonoso de un cuento de Andersen.

Por suerte, la mayoría de los internos ya se había ido del centro la noche anterior. Las vacaciones de Navidad solían ser, según la tradición, la única época del año en que el Saint-Ex se quedaba vacío. Dentro del recinto solo permanecían los escasos internos que habían solicitado una excepción para seguir ocupando su cuarto durante las fiestas. Eran alumnos de las clases preparatorias que querían presentarse a pruebas muy selectivas, así como tres o cuatro profesores residentes que, por culpa del temporal de nieve, habían perdido el avión o el tren por la mañana.

Yo llevaba media hora sentado delante de mi escritorio, con la mirada vacía y clavada desesperadamente en el enunciado de un problema de álgebra.

Ejercicio n.º 1

Supongamos que a y b son dos números reales tales que $0 < a < b$, y que $u_0 = a$ y $v_0 = b$, y además, para todo número entero natural n,

$$\frac{u_n + v_n}{2} \text{ y } v_n + 1 = \sqrt{u_n + 1v_n}$$

Demuestre que las series (u_n) y (v_n) son adyacentes y que su límite común es igual a

$$\frac{b \sin\left(\text{Arccos}\left(\frac{a}{b}\right)\right)}{\text{Arccos}\left(\frac{a}{b}\right)}$$

Pronto iba a cumplir diecinueve años. Estaba en clase preparatoria de la rama científica. Desde que empezó el curso en septiembre, mi vida era un infierno; tenía la sensación de estar siempre ahogándome, por las noches apenas dormía unas pocas horas. El ritmo de la preparatoria me agotaba y me desalentaba. En mi clase, de cuarenta alumnos, quince ya habían renunciado. Yo intentaba mantenerme a flote, pero era un esfuerzo inútil. Odiaba las matemáticas y la física, y por culpa de la orientación que había elegido me veía abocado a dedicar a esas dos asignaturas gran parte del día. Aunque a mí me interesaban el arte y la literatura, en la mentalidad de mis padres el camino del éxito (el que habían recorrido antes que yo mis hermanos) pasaba necesariamente por una escuela de Ingeniería o la Facultad de Medicina.

Pero, a pesar de lo mal que lo pasaba en clase, esa no era ni mucho menos la causa de mis sufrimientos. Lo que de verdad me mataba, lo que me había hecho trizas el corazón, era la indiferencia de una chica.

2.

Me pasaba día y noche pensando en Vinca Rockwell. Nos conocíamos desde hacía algo más de dos años. Desde que su abuelo, Alastair Rockwell, decidió mandarla a estudiar a Francia para alejarla de Boston después de que fallecieran sus padres. Era una chica atípica, culta, vivaracha y ocurrente, de melena rojiza, ojos de colores distintos y rasgos delicados. No era la chica más guapa del Saint-Ex, pero tenía un aura magnética y cierto misterio que te obsesionaban antes de volverte loco. Ese algo indescriptible que te anclaba en la cabeza la ilusoria convicción de que si conseguías poseer a Vinca, poseerías el mundo entero.

Durante bastante tiempo, ella y yo fuimos cómplices inseparables. Le enseñé los rincones locales que más me gustaban (los jardines de Menton, la Villa Kérylos, el parque de la Fundación Maeght, las callejuelas de Tourrettes-sur-Loup...). Andábamos por todas partes y podíamos estar hablando durante horas. Habíamos trepado por la vía ferrata de La Colmiane, devorado *socca* en el mercado provenzal de Antibes y arreglado el mundo delante de la torre genovesa de la playa de Ondes.

Nos leíamos literalmente el pensamiento y teníamos una afinidad que nunca dejaba de maravillarme. Vinca era la persona a la que yo llevaba esperando desde que tenía la edad de esperar a alguien.

Desde que tengo memoria, siempre me había sentido solo, como si el mundo me fuese ajeno, con el ruido y la mediocridad que nos contaminaba como una enfermedad contagiosa. Durante cierto tiempo me convencí de que los libros podían curarme esa sensación de abandono y de apatía, pero a los libros tampoco se les puede pedir tanto. Te cuentan historias, te permiten vivir por delegación retazos de existencia, pero nunca te van a abrazar para consolarte cuando tengas miedo.

Al mismo tiempo que sembraba mi vida de estrellas, Vinca también introdujo cierto miedo: el miedo a perderla. Y eso era lo que acababa de suceder.

Desde el comienzo de curso (ella estaba en primer año de preparatoria de letras y yo en la de matemáticas) casi no habíamos tenido ocasión de vernos. Es más, tenía la sensación de que Vinca me evitaba. Ya no me contestaba a las llamadas ni a las notas que le escribía, y todos los planes de salir por ahí que le sugería caían en saco roto. Alumnos de su clase me habían avisado de que a Vinca la tenía subyugada Alexis Clément, el joven profesor de filosofía de los de letras. Corría incluso un rumor según el cual el coqueteo se les había ido de las manos y mantenían una relación. Al principio no quise creérmelo, pero ahora me devoraban los celos y necesitaba saber a toda costa a qué atenerme.

3.

Diez días antes, un miércoles por la tarde, mientras los de 2.º de preparatoria hacían un simulacro de prueba de ingreso, aproveché una hora libre para ir a ver a Pavel Fabianski, el portero del liceo. Yo le caía bien. Todas las semanas le hacía una visita para darle mi ejemplar de *France Football* después de haberlo leído. Ese día, cuando fue a buscarme una lata de refresco a la nevera para agradecérmelo, le sustraje el manojo de llaves que daban acceso a los cuartos de los alumnos.

Con semejante salvoconducto me lancé hacia el pabellón Nicolas de Staël, el edificio azul donde se alojaba Vinca, y registré a fondo su cuarto.

Ya lo sé, estar enamorado no significa que se tenga derecho a todo. Ya lo sé, soy un capullo y todo lo que quieran llamarme. Pero, como la mayoría de las personas que están viviendo su primer amor, estaba convencido de que nunca jamás volvería a sentir algo tan profundo por nadie. Y en eso el tiempo, por desgracia, me acabó dando la razón.

Mi otra circunstancia atenuante era creer que sabía lo que era el amor porque había leído novelas. Pero resulta que uno solo aprende de verdad lo que es la vida dándose batacazos. En aquel mes de diciembre de 1992, hacía tiempo que me había alejado de las orillas del mero sentimiento amoroso y navegaba a la deriva hacia las aguas de la pasión. Y la pasión no tiene nada que ver con el amor. La pasión es una tierra de nadie, una zona de guerra bombardeada, situada en alguna parte entre el dolor, la locura y la muerte.

Mientras buscaba pruebas de una relación entre Vinca y Alexis Clément, hojeé uno por uno los libros de la reducida biblioteca de mi amiga. Metidas entre las páginas de una novela de Henry James, había dos hojas de papel dobladas en cuatro que se cayeron al suelo. Las recogí, con las manos temblorosas, y me llamó la atención el olor que desprendían: una mezcla de notas persistentes tanto frescas como maceradas o especiadas. Desdoblé las hojas. Eran cartas de Clément. Estaba buscando pruebas y acaba de encontrar unas irrefutables.

A 5 de diciembre

Vinca, amor mío:

¡Qué maravillosa sorpresa me diste anoche, arriesgándote tanto para venir a pasar la noche conmigo! Cuando al abrir la puerta del estudio vi tu cara preciosa, sentí que me derretía de felicidad.

Amor mío, esas pocas horas han sido las más ardientes de toda mi vida. Toda la noche con el corazón desbocado, con el sexo pegado a tu boca y la sangre ardiéndome en las venas.

Esta mañana, al despertarme, tenía en la piel el sabor yodado de tus besos. Las sábanas conservaban tu olor a vainilla, pero tú ya no estabas. Me entraron ganas de llorar. Quería despertarme entre tus brazos, quería acoplarme otra vez a tu cuerpo, sentir tu aliento en el mío, adivinarte en la voz el ardor de tus deseos. Quería, una vez más, sentir que ni una partícula de mi piel escapaba a la suavidad de tu lengua.

Cómo me gustaría que esta borrachera no se me pasara nunca. Una embriaguez eterna de ti, de tus besos, de tus caricias.

Te quiero.

Alexis

A 8 de diciembre

Vinca, cariño mío:

Hoy, cada segundo, todos mis pensamientos los dominabas tú. Me he pasado el día fingiendo: fingiendo que daba clase, fingiendo que hablaba con mis compañeros, fingiendo que atendía a la obra de teatro que han representado mis alumnos... He fingido, pero mi mente estaba totalmente absorta en los recuerdos tiernos y ardientes de nuestra última noche.

A mediodía ya no podía más. En un cambio de clase, sentí la necesidad de ir a fumar un cigarrillo a la terraza de la sala de profesores y desde allí te he visto de lejos, sentada en un banco, hablando con tus amigos. Al verme, me has hecho un gesto discreto que ha reconfortado este pobre corazón mío. Cada vez que te miro, todo mi ser se echa a temblar y el mundo que me rodea se desvanece. Ha habido un momento en que, pecando de imprudente, he estado a punto de acercarme a ti para abrazarte y dejar que mi amor estallase delante de todo el mundo. Pero tenemos que mantener lo nuestro en secreto algún tiempo aún. Afortunadamente, ya falta menos para la liberación. Pronto podremos romper las cadenas y recuperar la libertad. Vinca, has disipado las tinieblas a mi alrededor para devolverme la fe en un futuro lleno de luz. Amor mío, cada beso que te doy es eterno. Cada vez que te rozo con la lengua, te marco la piel con el hierro incandescente del amor y dibujo los límites de un territorio nuevo. Una tierra de libertad, fértil y frondosa, en la que pronto crearemos nuestra propia familia. Nuestro hijo sellará nuestros destinos para la eternidad. Tendrá tu sonrisa de ángel y tus pupilas de plata.

Te quiero.

Alexis

4.

Descubrir esas cartas me dejó anonadado. Dejé de comer y de dormir. Estaba roto, inmerso en un dolor que me desquiciaba. Mis notas en caída libre tenían preocupados a mis profesores y a mi familia. No tuve más remedio que ceder a las preguntas de mi madre y contarle por qué estaba tan hundido. Le hablé de lo que sentía por Vinca y de las cartas que había encontrado. Ella me contestó con bastante frialdad que ninguna chica se merecía que echara a perder mi escolaridad por ella y me ordenó recuperarme cuanto antes.

Yo tenía la premonición de que nunca saldría del todo de ese foso en el que había caído. Aunque no podía ni imaginarme cómo iba a ser en realidad la pesadilla que me esperaba.

Para ser sincero, comprendía que Vinca sintiese atracción por Clément. Había sido profesor mío el curso anterior, en el último año de bachillerato. Aunque siempre me había parecido superficial, tenía que reconocer que sabía dar el pego. En ese momento de mi vida, el combate era desigual. A la derecha, Alexis Clément, veintisiete años, guapo a rabiar, número 15 en tenis, que conducía un Alpine A310 y citaba a Schopenhauer en versión original. A la izquierda, Thomas Degalais, dieciocho años, alumno mediocre en preparatoria de mates, que recibía de su madre una paga de setenta francos, conducía una *mobylette* Peugeot 103 (ni siquiera con el motor trucado) y se pasaba el grueso del poco tiempo libre que tenía jugando al *Kick Off* en la Atari ST.

Nunca había considerado que Vinca fuese «mía». Pero Vinca estaba hecha «para mí» del mismo modo que yo lo estaba para ella. Estaba convencido de que yo era la persona adecuada, aunque aquel no fuera necesariamente el momento adecuado. Presentía que algún día me tomaría la revancha frente a tíos como Alexis Clément, aunque aún tuviera que esperar unos cuantos años para que cambiaran las tornas. En lo que llegaba ese día, por mi cabeza pasaban imágenes de mi amiga acostándose con el pavo ese. Y me resultaba insoportable.

Cuando el teléfono sonó aquella tarde, yo estaba solo en casa. La víspera, primer día oficial de las vacaciones, mi padre se había ido a Papeete con mis hermanos. Mis abuelos paternos vivían en Haití desde hacía unos diez años y pasábamos allí una Navidad de cada dos. Ese año había decidido renunciar al viaje por mis malos resultados académicos. En cuanto a mi madre, había decidido pasar las fiestas de fin de año en las Landas, en casa de su hermana Giovanna, que se recuperaba con dificultad de una grave operación. No tenía previsto irse hasta el día siguiente y, mientras tanto, era ella quien dirigía la ciudad escolar y llevaba el timón en plena tormenta.

El teléfono no dejaba de sonar desde por la mañana por culpa de las nevadas. Por aquel entonces, en Sophia Antipolis no se podía contar con los esparcidores de sal ni con los quitanieves para despejar las carreteras. Media hora antes, mi madre había recibido una llamada de emergencia. Un camión de reparto, tras patinar en la carretera helada, se había quedado atravesado delante de la entrada del centro, a la altura de la garita del portero, e impedía el paso. Como recurso desesperado, mi madre le pidió ayuda a Francis Biancardini, el padre de Maxime, que le prometió acudir lo antes posible.

De modo que cogí el teléfono creyendo que sería la enésima emergencia relacionada con el mal tiempo o una llamada de Maxime para cancelar nuestra cita. Los sábados por la tarde solíamos quedar en la tienda de Dino para jugar al futbolín, ver series en VHS, intercambiar cedés, zigzaguear con los ciclomotores delante del McDonald's, en el aparcamiento del hipermercado de Antibes, antes de volver a casa para ver los goles de la liga de fútbol en *Jour de foot*.

—¡Por favor, Thomas, ven!

Se me encogió el corazón. No era la voz de Maxime. Era la de Vinca, un poco ahogada. Como yo estaba convencido de que había vuelto a Boston con su familia, me explicó que seguía en el Saint-Ex, que no se encontraba bien y que le gustaría verme.

Yo era muy consciente de lo patética que podía resultar mi actitud, pero siempre que Vinca me llamaba, siempre que me dirigía la palabra, se reavivaban mis esperanzas y acudía raudo. Y eso fue lo que hice, también en esta ocasión, renegando por ser un blando carente de amor propio y lamentando no tener suficiente aplomo para fingir que no me importaba nada.

5.

Aunque estaba previsto que el temporal remitiera a última hora de la tarde, el tiempo no acababa de mejorar. Hacía un frío penetrante que se acentuaba por culpa de las ráfagas de mistral que azotaban los copos algodonosos. Con las prisas, se me olvidó calzarme con botas o apreskís, y las Air Max que llevaba puestas se hundían en la nieve. Arrebujado en el plumífero, fui avanzando, inclinado cara al viento, como una especie de Jeremiah Johnson en pos de un *grizzly* fantasmagórico. Aunque iba apretando el paso y los pabellones del internado tan solo distaban unos cien metros de la residencia oficial de mis padres, tardé casi diez minutos en llegar a la residencia Nicolas de Staël. Por culpa de la tormenta, el edificio había perdido el color azul cielo y ya no era sino una mole gris y espectral atrapada en una niebla de nácar.

El vestíbulo estaba desierto y gélido. Habían cerrado incluso las puertas correderas que daban a la sala común de las alumnas. Me sacudí la nieve que se me había pegado a los zapatos y subí las escaleras de cuatro en cuatro. En el pasillo, llamé varias veces a la habitación de Vinca. Como no contestaba nadie, empujé la puerta y me adentré en el cuarto luminoso que olía a vainilla y benjuí, el olor característico del Papier d'Arménie.

Vinca estaba acostada al fondo de la cama, con los ojos cerrados. La melena pelirroja estaba casi del todo oculta debajo de un edredón que salpicaba la reverberación lechosa del cielo nevado. Me acerqué, le acaricié la mejilla y le toqué la frente. La tenía ardiendo. Sin abrir los ojos, Vinca farfulló unas palabras medio dormida. Decidí dejarla dormir y eché un vistazo en el cuarto de baño para ver si encontraba alguna pastilla para bajarle la fiebre. El botiquín estaba a rebosar de medicamentos fuertes, somníferos, ansiolíticos, calmantes contra el dolor, pero no encontré nada de paracetamol.

Salí para ir a llamar a la puerta de la última habitación del pasillo. El rostro de Fanny Brahimi apareció en el vano. Sabía que podía confiar en ella. Aunque no nos habíamos visto mucho desde que empezó el curso, al estar cada uno enfrascado en sus estudios, era una amiga fiel.

—Hola, Thomas —dijo, quitándose de la nariz las gafas graduadas.

Llevaba puestos unos vaqueros rotos, unas Converse desgastadas y un jersey de mohair tamaño XL. La delicadeza y la luz de su mirada casi desaparecían bajo el kohl negruzco que le ahumaba los ojos. Un maquillaje a juego con el LP de The Cure que giraba en el plato.

—Hola, Fanny, necesito que me eches una mano.

Le expliqué la situación y le pregunté si tenía paracetamol. Mientras ella iba a buscarlo, yo encendí el hornillo de gas del cuartito para poner agua a hervir.

—He encontrado Doliprane —me dijo al reunirse conmigo.

—Gracias. ¿Te importaría prepararle un té?

—Claro que no, con mucho azúcar para que no se deshidrate. Yo me encargo.

Regresé al cuarto de Vinca. Abrió los ojos antes de incorporarse sobre la almohada.

—Tómate esto —le dije, alargándole dos comprimidos—. Estás ardiendo.

Aunque no deliraba, estaba bastante mal. Cuando le pregunté por qué me había llamado, rompió a llorar. Aun con fiebre y con la cara descompuesta y anegada en lágrimas, seguía teniendo un poder de atracción increíble e irradiaba un aura inexplicable, etérea, onírica. El sonido puro y cristalino de una celesta en una melodía folk de los años setenta.

—Thomas... —balbució.

—¿Qué pasa?

—Estoy hecha un monstruo.

—Qué bobada. ¿Por qué dices eso?

Se inclinó hacia la mesilla de noche y cogió algo que, al principio, me pareció un bolígrafo, hasta que me di cuenta de que era una prueba de embarazo.

—Estoy embarazada.

Al mirar la barrita vertical que confirmaba que la prueba era positiva, me acordé de algunos pasajes de la correspondencia de Alexis cuya lectura me había asqueado: «... pronto crearemos nuestra propia familia. Nuestro hijo sellará nuestros destinos para la eternidad. Tendrá tu sonrisa de ángel y tus pupilas de plata».

—Tienes que ayudarme, Thomas.

Yo estaba demasiado aturdido para entender qué clase de consuelo esperaba ella de mí.

—Yo no quería, ¿sabes? Yo no quería... —farfulló.

Entonces me senté en la cama, a su lado, y me hizo la siguiente confidencia entre sollozo y sollozo:

—¡No es culpa mía! Alexis me obligó.

Conmocionado, le pedí me lo repitiera y ella precisó:

—Alexis me obligó. ¡Yo no quería acostarme con él!

Esa es exactamente la frase que pronunció. Palabra por palabra. «Yo no quería acostarme con él.» El cabrón de Alexis Clément la había forzado a hacer cosas que ella no quería.

Me puse de pie, decidido a actuar.

—Voy a arreglarlo todo —aseguré, yendo hacia la puerta—, vendré a verte más tarde.

Y salí, dándole un empujón a Fanny, que entraba con el té en una bandeja.

Yo aún no lo sabía, pero en esa última frase que dije había dos mentiras. La primera, que no arreglé nada de nada. Y la segunda, que nunca regresé para ver a Vinca. O mejor dicho, cuando regresé, ella ya había desaparecido para siempre.

6.

Fuera nevaba cada vez más, pero las nubes metálicas oscurecían el ambiente. El cielo, bajo y pesado, anticipaba la noche que no tardaría en caer.

Me desgarraban sentimientos contradictorios. Había salido del cuarto furioso y sublevado por la revelación de Vinca, pero bastante resuelto. De repente, todo cobraba sentido: Alexis era un impostor y un violador. Yo aún le importaba a Vinca y había recurrido a mí para que la ayudara.

El edificio en el que se alojaban los profesores no estaba muy lejos. Alexis Clément era hijo de madre francesa y padre alemán. Se había diplomado en la Universidad de Hamburgo y trabajaba en el Saint-Ex con un contrato según la legislación local. En su calidad de profesor residente, tenía derecho a una vivienda oficial dentro de un edificio pequeño por encima del nivel del lago.

Para ir hasta allí, atajé por las obras del gimnasio. Los bloques de cemento, los cimientos, las hormigoneras y las paredes de ladrillo habían desaparecido casi del todo, ocultos bajo una gruesa capa de nieve aún inmaculada.

Estuve un buen rato decidiendo qué arma elegir y al final opté por una barra de hierro que los obreros habían dejado tirada en una carretilla, al lado de un montón de arena. No podía fingir que aquel gesto mío no estuviera premeditado. Se me había despertado algo por dentro. Una violencia ancestral y primaria que me soliviantaba. Un estado de ánimo que no tuve más que una vez en la vida.

Aún hoy me acuerdo de ese aire embriagador, helado y ardiente a la vez, puro y salado, que me electrizaba. Había dejado de ser el alumno renqueante que suspiraba delante de un problema de matemáticas. Me había convertido en un combatiente, un guerrero que se dirigía al frente sin desfallecer.

Cuando llegué por fin delante del pabellón de los profesores, ya era casi de noche. A lo lejos, en las aguas oscuras del lago, el cielo temblaba con sus reflejos de plata.

Durante el día (fines de semana inclusive) se podía entrar al vestíbulo sin llamar ni tener la llave. Al igual que el internado de las alumnas, la residencia estaba fría, silenciosa y sin vida. Subí las escaleras con paso resuelto. Sabía que el profe de filosofía estaba en su estudio porque esa misma mañana había oído a mi madre hablar con él por teléfono cuando la llamó para avisarla de que le habían cancelado el vuelo a Múnich por culpa del mal tiempo.

Llamé a la puerta, a través de la cual se oía el sonido de la radio. Alexis Clément me abrió sin recelo.

—¡Anda, hola, Thomas!

Se parecía al tenista Cédric Pioline: alto y moreno, con el pelo rizado que le llegaba hasta por debajo la nuca. Aunque me sacaba por lo menos diez centímetros y era más corpulento que yo, en ese momento no me impresionaba nada.

—¡Menudo tiempecito! —exclamó—. Y pensar que tenía planeado ir a esquiar a Berchtesgaden con mis amigos. Seguro que hay menos nieve que aquí.

En el estudio hacía demasiado calor. Cerca de la puerta había una bolsa de viaje grande. De la minicadena de alta fidelidad brotaba una voz meliflua: «Y concluimos por hoy *Les imaginaires,* pero les invito a quedarse en France Musique con Alain Gerber y su jazz...».

Apenas me había invitado a pasar cuando Clément se fijó en la barra de hierro.

—Pero ¿qué...? —empezó a decir, abriendo los ojos como platos.

No era momento de ponerse a pensar ni a debatir.

El primer golpe me salió solo, como si lo hubiera dado alguien que no fuera yo. Alcanzó al profesor en mitad del pecho, le hizo perder el equilibrio y le cortó el resuello. El segundo le reventó la rodilla y le arrancó un alarido.

—¿Por qué la violaste, tarado de mierda?

Alexis Clément intentó sujetarse al mueble bar que separaba el cuarto de estar de la cocina americana, pero lo arrastró en su caída. Una pila de platos y una botella de San Pellegrino se hicieron añicos contra el suelo de baldosas, pero no me detuvieron.

Había perdido el control de mí mismo. El profesor estaba tirado en el suelo, pero yo seguía golpeándolo sin darle tregua. Encadenaba los golpes metódicamente, presa de una fuerza que me superaba. De los estacazos pasé a las patadas. En mi cabeza, las imágenes de ese cabronazo agrediendo a

Vinca alimentaban mi furia y mi rabia. Ya no veía a Clément. Ya no era dueño de mí mismo. Tenía conciencia de que estaba cometiendo un acto irreparable, pero no era capaz de dominarme. Atrapado en un engranaje fatal, me había convertido en una marioneta en manos de un demiurgo exterminador.

«No soy un asesino.»

La voz me resonó en la cabeza. Tenuemente. Un amago de escapatoria. La última llamada antes del punto de no retorno. De pronto, solté la barra de hierro y congelé el movimiento que estaba haciendo.

Clément aprovechó esa indecisión. Haciendo acopio de todas sus fuerzas, me agarró por la pantorrilla y, por culpa de mis suelas escurridizas, consiguió hacerme perder el equilibrio. Caí a mi vez al suelo, cuan largo era. Aunque el profesor estaba muy malherido, se me puso encima como un rayo, pasando de ser la presa a ser el agresor. Se apoyaba en mí con todo su peso y sus rodillas me apresaban como una tenaza e impedían que me moviera.

Abrí la boca para gritar, pero Clément acababa de agarrar el casco de botella roto. Sin poder hacer nada, vi cómo alzaba el brazo y dejaba caer sobre mí el largo trozo de vidrio cortante. Entonces, el tiempo se desmenuzó y sentí que se me escapaba la vida. Fue uno de esos segundos que parecen durar varios minutos. Uno de esos segundos en los que dan un vuelco varias existencias.

Y de repente, todo se aceleró. Un chorro pardusco de sangre tibia brotó y me inundó la cara. El cuerpo de Clément se desplomó y aproveché para sacar el brazo y limpiarme los párpados. Cuando abrí los ojos lo veía todo borroso, pero por encima de la mole oscura del profesor, adiviné la silueta imprecisa y difuminada de Maxime. El pelo claro, el chándal Challenger, la beisbolera de lana gris y cuero rojo.

7.

A Maxime le bastó con un solo navajazo. Un movimiento rápido, una cuchilla brillante, apenas más larga que un cúter, que aparentemente apenas si había rozado la yugular de Alexis Clément.

—¡Hay que llamar a los bomberos! —grité poniéndome en pie.

Pero sabía que ya era demasiado tarde. Clément estaba muerto. Y yo estaba lleno de sangre. En la cara, el pelo, el jersey, las playeras. Incluso en los labios y la punta de la lengua.

Por un instante, Maxime se quedó igual que yo: abatido, inerte, anonadado. Incapaz de decir ni una palabra.

A quien teníamos que llamar no era a los bomberos ni a la ambulancia, sino a la policía.

—¡Espera! ¡Puede que mi padre aún esté aquí! —exclamó, saliendo de su letargo.

—¿Dónde?

—¡Junto a la garita del portero!

Salió del estudio de Clément y lo oí bajar corriendo las escaleras, dejándome abandonado con el cadáver del hombre al que acabábamos de matar.

¿Cuánto tiempo me quedé solo? ¿Cinco minutos? ¿Un cuarto de hora? Envuelto en una capa de silencio, tuve de nuevo la sensación de que el tiempo se congelaba. Para no tener que mirar al muerto, recuerdo que me quedé con la nariz pegada a la ventana. La superficie fluctuante del lago ahora estaba sumida en la oscuridad, como si alguien hubiese pulsado un interruptor para apagarla. Intenté asirme a algo, pero me ahogué en la reverberación de la nieve.

Su abismal blancura me trasladaba a lo que, en adelante, iba a ser nuestra existencia. Porque yo sabía que el equilibrio de nuestras vidas se había quebrado para siempre. No era como pasar una página ni tan siquiera el final de una era. Era el fuego del infierno, que se abría bruscamente bajo la nieve.

De pronto, se oyó un ruido en la escalera y alguien dio un portazo. Escoltado por su hijo y su capataz de obra, Francis Biancardini apareció en el estudio. El constructor era fiel a sí mismo: pelo cano, torso prominente, atrapado en los kilos que le sobraban.

—¿Estás bien, hijo? —me preguntó, buscando que le mirase.

Yo no estaba en estado de contestarle.

Tenía una silueta recia que parecía llenar por completo la casa, aunque los andares felinos y resueltos contrastaban con el físico corpulento.

Francis se plantó en mitad del cuarto y estuvo un buen rato evaluando la situación. Los rasgos herméticos no dejaban traslucir la más mínima emoción. Como si hubiera sabido que ese día iba a llegar. Como si no fuera la primera vez que tenía que enfrentarse a un drama semejante.

—A partir de ahora, me encargo yo —nos comunicó, mirándonos a Maxime y a mí alternativamente.

Creo que al oír su voz, tranquila y serena, comprendí definitivamente que la máscara de bruto fascistoide que Francis Biancardini mostraba en público no se correspondía con su auténtica personalidad. En esas horas sombrías, el hombre que tenía delante recordaba más bien al jefe de una banda. Francis me parecía una especie de Padrino, pero si existía una remota posibilidad de que nos sacara las castañas del fuego, estaba dispuesto a no tenérselo en cuenta.

—Vamos a limpiar todo esto —dijo volviéndose hacia Ahmed, el capataz—. Pero antes ve a buscar unas lonas a la furgoneta.

El tunecino tenía la cara pálida y los ojos espantados. Antes de obedecer, no pudo evitar preguntar:

—¿Cuál es el plan, jefe?

—Vamos a meterlo en la pared —contestó Francis señalando el cadáver con la barbilla.

—¿Qué pared? —preguntó Ahmed.

—La pared del gimnasio.

5
Los últimos días de Vinca Rockwell

Nada hay que resucite con tanta fuerza el pasado
como el olor a él asociado.

VLADIMIR NABOKOV

1.

Hoy
13 de mayo de 2017

—Nunca he vuelto a hablar de ese suceso con mi padre
—afirmó Maxime, encendiéndose un cigarrillo.

Un rayo de sol brilló en la carcasa lacada de su mechero,
un Zippo decorado con la reproducción de una estampa japonesa, *La gran ola de Kanagawa*. Habíamos salido de la atmósfera asfixiante del gimnasio para subir hacia el «Nido del
Águila», una angosta cornisa que rodeaba un pico rocoso
que dominaba el lago.

—Ni siquiera sé en qué tramo emparedó el cadáver —prosiguió mi amigo.

—Puede que ya sea hora de preguntárselo, ¿no?

—Mi padre falleció el invierno pasado, Thomas.

—Mierda, lo siento mucho.

La sombra de Francis Biancardini se proyectó en la conversación. El padre de Maxime siempre me había parecido
indestructible. Una roca contra la que se estrellaba todo el
que fuera lo bastante inconsciente como para atacarlo. Pero

la muerte es una adversaria peculiar. La que siempre gana al final.

—¿De qué murió?

Maxime aspiró una calada muy larga que le obligó a guiñar los ojos.

—Es una historia desagradable —me avisó—. En los últimos años, pasaba mucho tiempo en su casa de Aurelia Park. ¿Sabes dónde te digo?

Asentí con la cabeza. Claro que conocía esa lujosa mansión blindada de los altos de Niza.

—A finales de año, la urbanización sufrió una oleada de robos, en ocasiones muy violentos. Los asaltantes no dudaban en entrar en las villas con los ocupantes dentro. A algunos los secuestraron o retuvieron como rehenes.

—¿Y Francis fue víctima de uno?

—Sí. En Navidad. Y eso que siempre tenía un arma en casa, pero no le dio tiempo a usarla. Los atracadores lo ataron y lo golpearon. Murió de un infarto como consecuencia de la agresión.

«Los robos en las casas. Una de las lacras de la Costa Azul, junto con el litoral ultraurbanizado, las vías de comunicación siempre embotelladas, la superpoblación fruto del turismo de masas...»

—¿Han detenido a los que lo hicieron?

—Sí, una banda de macedonios. Unos tíos muy bien organizados. La poli pilló a dos o tres que ya están entre rejas.

Me acodé en la barandilla. Desde la terraza mineral en forma de media luna había una vista bastante alucinante del lago.

—Aparte de Francis, ¿quién más sabía lo del asesinato de Clément?

—Tú y yo, nadie más —me aseguró Maxime—. Ya sabes cómo era mi padre. No le gustaba ir largando por ahí...

—¿Tu marido?

Negó con la cabeza.

—Joder, eso es lo último de lo que quiero que se entere Olivier. No le he mencionado ese crimen a nadie en toda mi vida.

—También estaba Ahmed Ghazouani, el capataz.

Maxime se mostró escéptico:

—No había nadie más taciturno que él. Y además, ¿por qué iba a querer hablar de un crimen del que fue cómplice?

—¿Vive aún?

—No. Lo consumió el cáncer y, al final de su vida, volvió a Bizerta para morir allí.

Me puse las gafas ahumadas. Eran casi las doce del mediodía. El sol, muy alto en el cielo, salpicaba nuestro Nido del Águila. Aquel lugar, que solo tenía una terracita de madera alrededor, resultaba tan peligroso como atractivo. Desde siempre, los alumnos tenían prohibido ir allí, pero como era el hijo del director, yo tenía trato de favor y conservaba recuerdos casi mágicos de las noches que pasé allí con Vinca, fumando y bebiendo *mandarinello* mientras la luna se reflejaba en el lago.

—¡Quienquiera que nos haya enviado esos mensajes tiene que saber lo que hicimos! —se exasperó Maxime.

Dio una última calada y consumió el cigarrillo hasta el filtro.

—El tío ese, Alexis Clément, ¿tenía familia?

—Clément era hijo único y sus padres ya eran muy mayores por entonces. También han debido de palmarla. En cualquier caso, la amenaza no viene de ahí.

—Y entonces, ¿de quién? ¿Stéphane Pianelli? Hace meses que lo tengo pegado al culo. Desde que me afilié con Macron, me investiga por delante y por detrás. Está reabriendo expedientes antiguos sobre mi padre. Y además, ¿te acuerdas del libro ese que escribió sobre Vinca?

Puede que yo pecase de ingenuo, pero no me imaginaba a Stéphane Pianelli yendo tan lejos para obligarnos a dar la cara.

—Es un metomentodo —admití—. Pero no me pega que sea un carroñero: si sospechara de nosotros, iría más de frente. Lo que sí que me preocupa, en cambio, es lo que me contó del dinero que encontraron en esa taquilla vieja.

—¿De qué me hablas?

Maxime no se había enterado de esa noticia. Le resumí la situación: las inundaciones, los cien mil francos que habían aparecido en una bolsa, las dos huellas que habían extraído, una de ellas de Vinca.

—El problema es que el dinero estaba metido en la que entonces era mi taquilla.

Maxime, medio perdido, frunció el entrecejo. Se lo expliqué más a fondo:

—Antes de que a mis padres los destinaran al Saint-Ex, yo solicité una habitación en la que estuve viviendo en 4.°.

—De eso me acuerdo.

—Cuando los trasladaron aquí, con vivienda oficial incluida, mis padres me pidieron que renunciara al cuarto para que pudiera ocuparlo otro alumno.

—¿Y lo hiciste?

—Sí, solo que el menda en cuestión no usaba la taquilla y nunca me pidió la llave. Así que me quedé con ella, aunque yo tampoco le daba mucho uso, hasta que un día, unas semanas antes de desaparecer, Vinca me la pidió.

—¿Y no te dijo que era para meter pasta?

—¡Claro que no! Aquella historia de la taquilla se me había olvidado por completo. Incluso cuando Vinca desapareció, no establecí ninguna relación entre ambas cosas.

—Lo que no se explica es que nunca encontraran el rastro de la chica.

2.

Apoyado contra un murete de piedras sueltas, Maxime anduvo unos pasos para reunirse conmigo al sol. Me vino con la misma canción que ya había tenido que oír varias veces esa mañana.

—Nunca supimos de verdad quién era Vinca.

—Sí, la conocíamos de sobra. Era amiga nuestra.

—La conocíamos sin conocerla —insistió.

—¿A qué te refieres exactamente?

—Todo demuestra que estaba enamorada de Alexis Clément: las cartas que encontraste, las fotos en las que aparecen juntos... ¿Te acuerdas de aquella del baile de fin de curso en la que se lo estaba comiendo con los ojos?

—¿Y qué?

—¿Cómo que «y qué»? ¿Por qué se sacó de la manga, al cabo de unos días, que el tío la había violado?

—¿Crees que mentía?

—No, pero...

—¿Adónde quieres ir a parar?

—¿Y si Vinca todavía estuviera viva? ¿Y si fuera ella la que nos ha enviado los mensajes?

—Ya lo he pensado —admití—. Pero ¿para qué?

—Para vengarse. Porque matamos al hombre al que quería.

Eso me sacó de quicio.

—¡Joder, que le tenía miedo, Maxime! Te lo juro. Me lo dijo ella. De hecho, fue lo último que me dijo: «Alexis me obligó. ¡Yo no quería acostarme con él!».

—A lo mejor se lo inventó. Entonces casi siempre iba medio colocada. Tomaba ácido y cualquier guarrería que pillara por ahí.

Zanjé el debate:

—No, me lo dijo incluso dos veces. El tío ese era un violador.

Maxime puso cara de póker. Estuvo un rato contemplando el lago con la mirada perdida antes de volver a hablar:

—Siempre sostuviste que en ese momento estaba embarazada, ¿no?

—Sí, eso fue lo que me dijo, con prueba incluida.

—Si era verdad y dio a luz, ese crío tendría ahora veinticinco años. Puede que haya por ahí un hijo o una hija que quiera vengar la muerte de su padre.

También yo había contemplado esa idea. Era una posibilidad, aunque me parecía más novelesca que racional. Un recurso de novela policíaca algo manido para dar un vuelco a la trama. Eso fue lo que le contesté a Maxime para acabar de convencerlo. Tras lo cual, me decidí a tocar el tema que me parecía más importante para las horas venideras:

—Tengo que contarte otra cosa, Max. A principios de 2016, cuando volví a Francia para promocionar mi último libro, tuve un altercado con un oficial de aduanas en el aeropuerto de Roissy. Un cabrón al que le parecía muy divertido humillar a una transexual llamándola «señor». La cosa se complicó, estuve detenido unas horas y...

—¡Te tomaron las huellas! —adivinó Maxime.

—Sí, estoy en fichado. Lo que significa que no nos dará tiempo ni a decir esta boca es mía. En cuanto encuentren el cuerpo y la barra de hierro, irán a detenerme e interrogarme.

—¿Y qué cambia eso?

Le hice partícipe de la decisión que había tomado en el avión la noche antes:

—No te implicaré. Ni a ti ni a tu padre. Me declararé único culpable. Diré que maté a Clément yo solo y que le pedí a Ahmed que me ayudara a librarme del cuerpo.

—Nunca te creerán. Y además, ¿por qué ibas a hacer eso? ¿Por qué vas a sacrificarte?

—No tengo hijos, ni mujer, ni vida. No tengo nada que perder.

—¡No, es una insensatez! —exclamó, entornando los ojos.

Tenía unas ojeras cenicientas y los rasgos descompuestos como si llevara dos días sin dormir. Mi propuesta no solo no lo tranquilizó, sino que lo puso aún más nervioso. Le insistí hasta que me explicó el porqué:

—Los maderos ya saben algo, Thomas. Estoy seguro. No podrás eximirme. Anoche me llamaron de la comisaría de Antibes. Era el comisario jefe de división en persona, Vincent Debruyne, quien...

—¿Debruyne? ¿Igual que el exfiscal?

—Pues sí, es hijo suyo.

No era lo que se dice una buena noticia. En la década de 1990, el gobierno de Jospin nombró a Yvan Debruyne fiscal jefe en los juzgados de primera instancia de Niza con la firme intención de desbaratar el tinglado especulativo de la Costa Azul. Yvan el Terrible, como le gustaba que lo llamaran, entró en la plaza a bombo y platillo con una imagen de caballero andante. Permaneció allí más de quince años, batallando contra las redes francmasónicas y la corrupción de los cargos electos. El fiscal se había jubilado recientemente, para gran alivio de algunos. La verdad es que muchos lugareños odiaban a Debruyne y sus modos de general Dalla Chiesa*, pero incluso sus detractores reconocían lo que po-

---

* El general Dalla Chiesa fue un prefecto de Palermo y luchador contra la mafia que murió asesinado a los pocos meses de su nombramiento, al igual que su mujer y su guardaespaldas. Lino Ventura interpretó a su personaje en la película *Cien días en Palermo (N. del A.).*

dría llamarse su tenacidad. Si su hijo había heredado sus «cualidades», lo que se nos venía encima era un policía retorcido, hostil a los cargos electos y a todo lo que tuviera trazas de fuerza viva.

—¿Qué te dijo Debruyne exactamente?

—Me pidió que fuera a verlo cuanto antes porque tenía que hacerme unas preguntas. Le contesté que iría esta tarde.

—Ve en cuanto puedas, así sabremos a qué atenernos.

—Tengo miedo —me confesó.

Le puse la mano en el hombro e hice acopio de todo mi poder de persuasión para intentar tranquilizarlo:

—No es una citación oficial. Puede que Debruyne se haya dejado malmeter. Seguramente estará tanteando información. Si supiera algo en firme, no procedería así.

La ansiedad le rezumaba por todos los poros de la piel. Maxime se desabrochó otro botón de la camisa y se enjugó las gotas de sudor que le cubrían la frente.

—Ya no puedo seguir viviendo con esta espada de Damocles sobre la cabeza. Quizá si se lo contásemos todo a...

—¡No, Max! Intenta mantener el tipo, por lo menos durante el fin de semana. Ya sé que no es fácil, pero están intentando que nos asustemos y perdamos los estribos. No podemos caer en la trampa.

Respiró muy hondo y, a costa de un esfuerzo considerable, pareció que recobraba la calma.

—Déjame que investigue por mi cuenta. Todo se está precipitando, ya lo ves. Déjame tiempo para entender lo que le pasó a Vinca.

—De acuerdo —aceptó—. Voy a ir a la comisaría. Te mantendré al tanto.

Me quedé mirando cómo mi amigo bajaba las escaleras de rocas y seguía luego el camino que serpenteaba a través de las plantaciones de lavanda. A medida que se alejaba, la silueta de Maxime se iba encogiendo hasta que desapareció, sumergida en la alfombra de color malva.

3.

Antes de salir del recinto escolar, me detuve delante del Ágora, el edificio de cristal en forma de platillo que había pegado a la biblioteca histórica (en el Saint-Ex, a nadie se le habría ocurrido llamar «centro de información y documentación» a un lugar tan simbólico).

El timbre de mediodía, que acababa de sonar, había liberado a gran parte de los estudiantes. Aunque ahora hacía falta una tarjeta electrónica para entrar en las salas de lectura, me dispensé de ese requisito saltando por encima del torniquete (un *remake* de lo que había visto hacer en el metro parisino a la gentuza, a los estudiantes sin blanca y a los presidentes de la República)[2].

Cuando llegué a las proximidades del mostrador de préstamos, reconocí a Eline Bookmans, a la que todos aquí llamaban Zélie. Se trataba de una intelectual bastante pretenciosa, de origen neozelandés, que tenía una opinión categórica y más o menos fundamentada sobre todas las cosas. La última vez que la vi era una cuarentona algo creída que alardeaba de su complexión atlética. Con la edad, la bibliotecaria parecía

---

[2] El autor se refiere a la foto de portada de *Le Nouvel Observateur* del 21 de julio de 1994 en la que Jaques Chirac aparece saltando por encima de un torniquete junto al titular «La France qui triche» (la Francia que hace trampa). Al parecer, la foto se tomó en 1980, cuando Chirac era alcalde de París y acudió a inaugurar una exposición de arte moderno que se celebraba en la estación de cercanías de Auber *(N. de la T.)*.

ahora una abuela bohemia: gafas redondas, cara cuadrada, papada, moño gris y jersey holgado con cuello bebé por fuera.

—Hola, Zélie.

Además de reinar en la biblioteca, durante años se había encargado de la programación de cine del centro, de la presentación del programa de radio del liceo y de la Sophia Shakespeare Company, que era el nombre rimbombante del club de teatro del liceo en el que había actuado mi madre cuando dirigía las clases preparatorias.

—Hola, chupatintas —me espetó como si nos hubiésemos visto el día antes.

Era una mujer a la que siempre me había costado descifrar. Sospechaba que había sido una amante fugaz de mi padre, pero según mis recuerdos, a mi madre parecía caerle bien. Mientras fui alumno del Saint Ex, la mayoría de mis compañeros sentían veneración por ella (que si Zélie por aquí, que si Zélie por allá) y la consideraban tanto una confidente como una asistente social o una agitadora de conciencias. Y Zélie (un diminutivo que me parecía ridículo) se aprovechaba y abusaba de esta posición. «Fuerte con los débiles y débil con los fuertes», le daban manías y les prestaba una atención exagerada a algunos alumnos (que solían ser los más acomodados o extravertidos) mientras ninguneaba a los demás. Recuerdo que adoraba a mis hermanos, pero yo nunca le parecí ser digno de ningún interés. Cosa que me venía al pelo, porque la antipatía era mutua.

—¿Qué te trae por aquí, Thomas?

Desde la última vez que nos hablamos, yo había escrito unas diez novelas, que se habían traducido a veinte idiomas y de las que se habían vendido millones de ejemplares en el mundo entero. Para una bibliotecaria que me había visto crecer, debería haber significado algo. Yo no me esperaba que fuera a hacerme algún elogio, pero sí que mostrase, al menos, cierto interés. Sigo esperando.

—Me gustaría sacar un libro —contesté.

—Antes voy a comprobar si tienes las devoluciones al día —respondió ella, tomándome al pie de la letra.

Llevando la broma un poco lejos, se puso a buscar en los archivos del ordenador una hipotética ficha de hacía veinticinco años.

—¡Ya está, aquí lo tengo! Lo que yo pensaba, hay dos libros que nunca llegaste a devolver: *La distinción* de Pierre Bourdieu y *La ética protestante y el espíritu del capitalismo* de Karl Marx.

—¿Estás de coña?

—Sí, estoy de coña. Dime qué andas buscando.

—El libro que escribió Stéphane Pianelli.

—Colaboró en un *Manual de periodismo* de la editorial...

—Ese no, la investigación sobre el caso de Vinca Rockwell, *La muerte y la doncella*.

Tecleó el título en el ordenador.

—Ya no lo tenemos.

—¿Y eso?

—Se publicó en 2002, en una editorial pequeña. La tirada se agotó y no se ha vuelto a publicar desde entonces.

La miré con serenidad.

—¿Me estás tomando el pelo, Zélie?

Ella hizo como que se escandalizaba y giró la pantalla del ordenador hacia mí. Eché un vistazo al monitor para comprobar que el libro ya no estaba catalogado.

—No tiene ningún sentido. Pianelli es un antiguo alumno. En su momento seguro que comprasteis varios ejemplares del libro.

Se encogió de hombros.

—Si te crees que hemos comprado varios ejemplares de los tuyos...

—¡Por favor, contéstame a la pregunta!

Algo molesta, se rebulló en el jersey demasiado grande y se quitó las gafas.

—La dirección decidió hace poco retirar el libro de Stéphane de la biblioteca.

—¿Por qué motivo?

—Porque veinticinco años después de haber desaparecido, esa chica se ha convertido en objeto de culto para algunos alumnos actuales del liceo.

—¿Esa chica? ¿Te refieres a Vinca?

Zélie asintió con la cabeza.

—Desde hace tres o cuatro años nos hemos fijado en que el libro de Stéphane se prestaba constantemente. Había varios ejemplares, pero la lista de espera era larga como un día sin pan. La figura de Vinca salía a relucir a menudo en las conversaciones de los alumnos. El año pasado, las Heroditas incluso montaron un espectáculo sobre ella.

—¿Las Heroditas?

—Es un grupo de chicas brillantes, elitistas y feministas. Una especie de hermandad que retoma las tesis de un grupo neoyorkino de principios del siglo XX. Algunas viven en el pabellón Nicolas de Staël y se han tatuado el símbolo que llevaba Vinca en el tobillo.

Me acordaba de ese tatuaje. Las letras GRL PWR grabadas discretamente en su piel. «Girl Power». Mujeres al poder. Mientras me contaba todo esto, Zélie abrió un documento en el ordenador. Era el cartel de un espectáculo musical: *Los últimos días de Vinca Rockwell*. El póster me recordó a la funda de un LP de Belle & Sebastian: foto en blanco y negro, filtro rosa, rotulación elegante y vanguardista.

—También nos han montado veladas de retiro en la habitación que ocupaba Vinca, un culto siniestro en torno a algunas reliquias y la conmemoración del día en que desapareció.

—Y, según tú, ¿a qué viene esta pasión de los *millennials* por Vinca?

Zélie alzó la mirada al cielo.

—Supongo que algunas chicas se identifican con ella y sus amoríos novelescos con Clément. Encarna un engañoso ideal de libertad. Y al haber desaparecido a los diecinueve años, ha mantenido intacto un destello de eternidad.

Sin dejar de parlotear, Zélie se levantó de la silla para rebuscar en las estanterías metálicas que se alineaban detrás del alargado mostrador de recepción. Al cabo, volvió con el libro de Pianelli.

—He conservado uno. Si quieres hojearlo... —suspiró.

Acaricié la cubierta con la palma de la mano.

—No me puedo creer que censuréis este libro en 2017.

—Es por el bien de los alumnos.

—¡Venga ya! Censura en el Saint-Exupéry: en tiempos de mis padres, habría sido impensable.

Zélie se me quedó mirando fijamente, muy serena, antes de lanzarme un misil Scud:

—En «tiempos de tus padres» la cosa no acabó bien, que yo recuerde.

Sentí que la ira me corría por las venas, pero logré mantener una actitud tranquila.

—¿A qué te refieres?

—A nada —contestó prudentemente.

Yo había entendido de sobra la alusión. El mandato de mis padres en el liceo acabó de forma brusca y muy injusta en 1998, cuando los investigaron a ambos por un asunto turbio de adjudicación de contratos públicos.

Era un ejemplo perfecto del concepto de «víctimas colaterales». A Yvan Debruyne, el por entonces fiscal jefe (y padre del madero que estaba a punto de interrogar a Maxime), se le había metido entre ceja y ceja acabar con algunos cargos electos locales que, según sospechaba, recibían sobornos, sobre todo de Francis Biancardini. Hacía mucho tiempo que el fiscal tenía al constructor en el punto de mira. Aunque la mayoría de los rumores que corrían sobre Francis eran absurdos (había incluso quien lo acusaba de blanquear dinero para la mafia calabresa), otros parecían estar bien fundados. Era muy probable que hubiese untado a algunos políticos para conseguir adjudicaciones. De modo que, cuando trataba de hundir a Francis, el fiscal se topó con un expediente que mencionaba a mis padres de pasada. Francis había realizado varias obras en el liceo sin respetar del todo las bases de las licitaciones. Como parte de la investigación, mi madre se pasó veinticuatro horas detenida, sentada en una banqueta en el sórdido cuartel de Auvare, la comisaría del noroeste de Niza. Al día siguiente, en la primera plana del periódico local apareció una foto de mis padres. El típico montaje en blanco y negro que no habría desmerecido dentro de una serie fotográfica sobre parejas de criminales en serie. En algún hueco entre los amantes sanguinarios de Utah y los granjeros asesinos de Kentucky.

Este trance para el que no estaban preparados los desestabilizó tanto que dimitieron ambos de su cargo de funcionarios de la enseñanza.

Aunque yo ya no vivía entonces en la Costa Azul, el caso también me afectó. Mis padres tenían sus defectos, pero eran personas honradas. En el ejercicio de su profesión siempre habían velado por el interés de los alumnos y no se merecían aquel final infamante que empañaba todo lo que habían realizado. Al cabo de año y medio de investigación, se consideró que no había delito y el caso se sobreseyó. Pero el mal ya estaba hecho. Y aún hoy, gente obtusa o personas mezquinas como Eline «Zélie» Bookmans podían seguir removiendo aquella mierda, con una frasecita de nada, como quien no quiere la cosa.

La desafié con la mirada hasta que bajó los ojos hacia el teclado del ordenador. A pesar de la edad que tenía, a pesar de sus pintas de abuelita adorable, me daban ganas de partirle la cara aporreándola con el teclado. (Al fin y al cabo, yo sí que era un criminal). Pero no lo hice. Contuve la ira y me reservé las fuerzas para seguir adelante con mi investigación.

—¿Puedo llevármelo? —pregunté, señalando el libro de Pianelli.

—No.

—Te lo devolveré antes del lunes, lo prometo.

—No —replicó Zélie, inflexible—. Es propiedad del centro.

Haciendo caso omiso de la observación, me metí el libro debajo del brazo y di media vuelta al tiempo que le soltaba:

—Creo que te equivocas. Compruébalo en la base de datos. ¡Verás que el libro no está catalogado!

Salí de la biblioteca y rodeé el Ágora. Cogí, también yo, el atajo por el que se podía salir del centro cortando campo a través. Aquel año la lavanda había sido muy precoz, pero el aroma floral no encajaba con mis recuerdos, como si algo se hubiese alterado. Los efluvios metálicos y alcanforados que el viento llevaba hasta mí tenían el olor cargante de la sangre.

6
Paisaje nevado

La velocidad, el mar, la medianoche,
todo lo que es radiante, todo lo que es oscuro,
todo lo que te pierde y, por tanto, te permite
encontrarte.

Françoise Sagan

1.

Domingo 20 de diciembre de 1992

Al día siguiente del asesinato me desperté tarde. La noche anterior, para dormirme, me había tomado dos somníferos que encontré rebuscando en el cuarto de baño familiar. Por la mañana, la casa estaba vacía y helada. Mi madre se había ido a las Landas mucho antes del alba y los plomos habían saltado y apagado la calefacción. Adormilado aún, estuve todo un cuarto de hora hurgando en el contador hasta que logré restablecer la corriente.

En la cocina, pegada a la nevera, encontré una nota cariñosa de mi madre, que me había hecho torrijas. Por la ventana, el sol que resplandecía sobre la nieve me daba la sensación de estar en Isola 2000, la estación de esquí donde Francis tenía un chalé al que nos invitaba casi todos los inviernos.

Mecánicamente, puse en la radio *France Info*. Aunque yo me había convertido el día anterior en un asesino, el mundo seguía girando: el horror de Sarajevo, los niños somalíes muriéndose de hambre, el escándalo de la sangre contaminada, el partido entre el PSG y el OM que se había convertido en una carnicería. Me hice un café solo y me zampé las torrijas. Era un asesino, pero me estaba muriendo de hambre. En el cuarto de baño estuve media hora debajo de la ducha, donde vomité todo lo que me acababa de comer. Me froté con un cepillo y jabón de Marsella, como ya había hecho la víspera, pero notaba como si tuviera la sangre de Alexis Clément incrustada en la cara, en los labios y en la piel. Y que se iba a quedar siempre ahí.

Al cabo de un rato, el vapor hirviendo se me subió a la cabeza y estuve a punto de desmayarme. Estaba nervioso, con rigidez en la nuca, flojera en las piernas y retortijones en el estómago. Tenía la mente anegada. Era incapaz de afrontar y plantarle cara a la situación, veía cómo se me escapaban los pensamientos. Era preciso que todo eso parase. No conseguiría nunca vivir como si no hubiera pasado nada. Salí de la ducha decidido a ir a la comisaría para entregarme, pero al minuto cambié de parecer: si confesaba, arrastraría conmigo a Maxime y a su familia. Personas que me habían ayudado y se habían arriesgado por mí. Al cabo, para no seguir agobiándome, me puse el chándal y salí a correr.

2.

Di tres vueltas al lago, acelerando hasta el agotamiento. Todo estaba blanco y cubierto de escarcha. El paisaje me tenía fascinado. Al atravesar el aire, sentía como si me integrara en la naturaleza, como si los árboles, la nieve y el viento me absorbieran en su corteza de cristal. Todo lo que había a mi alrededor era luz y absoluto. Un paréntesis helado, un territorio virgen, casi irreal. La página en blanco en la que, según empecé a creer de nuevo, escribiría los siguientes capítulos de mi vida.

De vuelta a casa, con los miembros aún entumecidos por haber corrido, di un rodeo por el edifico Nicolas de Staël. La residencia vacía tenía trazas de barco fantasma. Por mucho que llamé, ni Fanny ni Vinca estaban en sus respectivas habitaciones. Aunque la puerta de la primera estaba cerrada, la de la segunda se había quedado abierta, dando a entender que su ausencia era pasajera. Entré y me quedé un buen rato en ese nido mullido donde reinaba un calor tibio. El cuarto estaba lleno de la presencia de Vinca. Desprendía un ambiente melancólico, íntimo, casi fuera del tiempo. La cama estaba deshecha, las sábanas aún conservaban un olor fresco de agua de colonia y hierba cortada.

Todo el universo de la joven cabía en esos quince metros cuadrados. Sujetos con chinchetas a la pared, los carteles de *Hiroshima mon amour* y de *La gata sobre el tejado de cinc caliente*. Retratos de escritores en blanco y negro (Colette, Virginia Woolf, Rimbaud, Tennessee Williams). Una hoja de revista con una foto erótica de Lee Miller obra de Man Ray. Una cita de Françoise Sagan copiada en una postal que hablaba de la velocidad, del mar y de la oscuridad radiante. Colocadas en el alféizar interior de la ventana, una orquídea Vanda y la reproducción de una estatua de Brancusi, *La señorita Pogany,* que le regalé por su cumpleaños. Por el escritorio, varios cedés amontonados en desorden. Música clásica (Satie, Chopin, Schubert), pop antiguo del bueno (Roxy Music, Kate Bush, Procol Harum) y algunas grabaciones más herméticas que yo conocía gracias a ella pero que no acababa de pillar: Pierre Schaeffer, Pierre Henry, Olivier Messiaen...

Encima de la mesilla de noche, me fijé en un libro que había visto el día anterior: una antología de la poetisa rusa Marina Tsvetáyeva. En la hoja de cortesía, una dedicatoria bastante potable de Alexis Clément me sumió en un profundo abatimiento.

Para Vinca.
Me gustaría no ser sino un alma sin cuerpo para no dejarte nunca.
Quererte es vivir.
Alexis

Esperé a mi amiga durante unos minutos más. Me recorría el vientre una picazón extraña. Para no aburrirme, encendí el reproductor de cedés. Sonó *Sunday Morning,* la primera canción del mítico disco de Velvet Underground. Un tema que cuadraba bien con la situación. Diáfano, etéreo, tóxico. Esperé y esperé hasta que comprendí confusamente que Vinca ya no iba a volver. Nunca más. Como si estuviera drogado, aún me quedé un rato en la habitación, olfateando y mendigando algunas briznas de su presencia.

En todos estos años, a menudo me he preguntado sobre la influencia que Vinca ejercía en mí, sobre la fascinante y dolorosa sensación de vértigo que me causaba por dentro. Y siempre acabo llegando a la droga. Incluso cuando pasábamos tiempo juntos, incluso cuando tenía a Vinca para mí solo, la sensación de mono siempre se insinuaba. Hubo momentos mágicos: secuencias melódicas y armoniosas tan perfectas como algunas canciones pop. Pero esa liviandad nunca duraba mucho. En el mismo instante en que las estaba viviendo, sabía que la gracilidad de esos movimientos era igual a la de una pompa de jabón. Siempre a punto de estallar.

Y Vinca se me escapaba.

3.

Volví a casa para no perderme la llamada de mi padre, que había prometido telefonear antes de la una de la tarde, en cuanto llegara a Tahití después del largo viaje desde la metrópoli. Como las comunicaciones resultaban prohibitivas y Richard no estaba muy hablador, mantuvimos una conversación breve y fría, a imagen y semejanza de la relación que habíamos tenido siempre.

Luego conseguí comerme sin vomitar la ración de pollo con curri que había dejado mi madre. Por la tarde, a trancas y barrancas, procuré apartar los pensamientos que me asaltaban dedicándome a lo que se suponía que tenía que hacer: ejercicios de mates y de física. Logré resolver algunas ecuaciones diferenciales, pero no tardé en tirar la toalla, pues renuncié a seguir intentando concentrarme. Sufrí incluso un amago de ataque de pánico. Me invadían el cerebro imágenes del asesinato. A última hora de la tarde estaba totalmente a la deriva cuando mi madre me llamó. A pesar de que había decidido confesárselo todo, no tuve ocasión. Me propuso reunirme con ella en las Landas al día siguiente. Después de pensárselo, había llegado a la conclusión de que dejarme solo durante quince días no era lo mejor para mi estado de ánimo. Me argumentó que me resultaría menos arduo repasar en familia.

Para no hundirme del todo, acepté la oferta. De modo que el lunes por la mañana, aún en plena noche nevada, cogí el tren. Primero de Antibes a Marsella, y luego un tren Corail que llegó a Burdeos a reventar y con dos horas de retraso. Y como el último tren de cercanías ya había salido, la SNCF tuvo que fletar autobuses hasta Dax. Un día de mierda en el que acabé llegando a Gascuña pasada la medianoche.

La tía Giovanna vivía en un antiguo palomar en pleno campo. Era un caserón cubierto de hiedra y un tejado muy deteriorado que filtraba agua por todas partes. En las Landas, a finales de 1992, estuvo lloviendo casi sin parar. A las cinco de la tarde ya era de noche y de día era como si nunca amaneciera del todo.

No tengo unos recuerdos muy precisos de esas dos semanas que pasé con mi madre y mi tía. En la casa reinaba un ambiente extraño. Los días se iban encadenando, cortos, fríos y tristes. Me parecía que los tres estábamos convalecientes. Mi madre y mi tía cuidaban de mí en la misma medida que yo cuidaba de ellas. A veces, alguna de esas tardes lánguidas, mi madre hacía crepes y nos las comíamos derrengados en el sofá mientras veíamos capítulos viejos de *Colombo* o *Los persuasores,* o la enésima reposición de *El asesinato de Papá Noel.*

En toda la estancia no abrí ni un cuaderno de matemáticas ni de física. Para evadirme de la angustia, para evadirme del presente, hice lo que siempre había hecho: leer novelas. No tengo unos recuerdos muy precisos de esas dos semanas, pero sí me acuerdo con exactitud de todos los libros que leí. A finales de 1992, sufrí con los gemelos de *El gran cuaderno* que intentaban sobrevivir a la crueldad de los hombres en un territorio arrasado por la guerra. Recorrí el barrio criollo de *Texaco* en Fort-de-France, crucé la selva amazónica con *Un viejo que leía novelas de amor.* Estuve entre los tanques de la Primavera de Praga meditando sobre *La insoportable levedad del ser.* Las novelas no me curaron, pero al menos me aliviaron un instante del peso de ser yo. Me ofrecieron una cámara de descompresión. Actuaron como dique contra el terror que afluía sobre mí.

Durante aquel periodo en que el sol no salía nunca, todas las mañanas tuve la certeza de que estaba viviendo mi último día de libertad. Cada vez que pasaba un coche por la carretera, estaba convencido de que eran los gendarmes que venían a detenerme. La única vez que alguien llamó a la puerta, estaba tan decidido a no ir nunca a la cárcel que me subí a lo alto del palomar para tener tiempo, llegado al caso, de precipitarme al vacío.

4.

Pero no vino nadie a detenerme. Ni a las Landas ni a la Costa Azul.

En el Saint-Ex, a la vuelta de las vacaciones de Navidad, la vida retomó su curso normal. O casi. Si el nombre de Alexis Clément estaba en boca de todos no era para lamentar su muerte, sino para explayarse sobre lo que decía el rumor: Vinca y su profe mantenían desde hacía tiempo una relación secreta y se habían fugado juntos. Como todas las historias escabrosas, esta levantaba pasiones en la comunidad educativa. Cada uno aportaba un comentario, una confidencia, una anécdota de cosecha propia. La jauría disfrutaba destrozando reputaciones. Las lenguas se soltaban para refocilarse en los chismes. Incluso algunos profesores, cuyo elevado espíritu yo había admirado hasta entonces, se entregaron a los comadreos. Se deleitaban rivalizando con observaciones supuestamente ingeniosas que me daban náuseas. Algunos supieron mantener la dignidad. Entre ellos, Jean-Christophe Graff, mi profesor de lengua y literatura, y la señorita DeVille, la profesora de literatura inglesa del primer año de preparatoria de letras. A mí no me daba clase, pero la oí decir lo siguiente en el despacho de mi madre: «No hay que rebajarse a tratar con la mediocridad, es una enfermedad contagiosa».

Aquella afirmación me resultó reconfortante y, durante mucho tiempo, me sirvió de referencia en el momento de tomar ciertas decisiones.

El primero a quien le preocupó de verdad que Vinca desapareciera fue a su abuelo y tutor, el anciano Alastair Rockwell. Vinca lo había descrito a menudo como un patriarca autoritario y taciturno. El arquetipo del empresario *self-made man* que veía en el hecho de que su nieta se hubiera esfumado un posible rapto y, por ende, una agresión hacia su clan. Los padres de Alexis Clément también habían empezado a hacerse preguntas. Su hijo tenía previsto pasar una semana esquiando en Berchtesgaden con unos amigos con los que nunca llegó a reunirse, del mismo modo que tampoco había ido a casa de sus padres para celebrar la Nochevieja juntos, como solían.

A pesar de que ambas familias estaban sumidas en la preocupación por las desapariciones, las fuerzas del orden tardaron una barbaridad en desplegar efectivos y ponerse a investigar en serio. Primero, porque Vinca era mayor de edad, y segundo, porque la justicia se lo pensó mucho antes de tomar cartas en el asunto. Era un caso espinoso de jurisdicciones competentes. Vinca era francoestadounidense, y Alexis Clément, alemán. El lugar de la desaparición no estaba establecido con exactitud. ¿Era uno de ellos el agresor? ¿O ambos eran víctimas?

De modo que, desde que se reanudaron las clases, pasó una semana entera antes de que los gendarmes acudieran al Saint-Ex. Y sus investigaciones se limitaron a hacer unas cuantas preguntas en el entorno inmediato de Vinca y del profesor de filosofía. Registraron sus respectivos cuartos por encima y los precintaron, aunque no solicitaron que interviniera la policía científica.

Hubo que esperar mucho, hasta finales de febrero, cuando Alastair Rockwell viajó a Francia, para que las cosas empezaran a acelerarse. El hombre de negocios tiró de contactos y anunció a los medios de comunicación que había contratado a un detective privado para encontrar a su nieta. Los maderos (esta vez, del servicio regional de la policía judicial de Niza) hicieron otro registro. Interrogaron a más gente (incluido yo, junto con Maxime y Fanny) y tomaron varias muestras de ADN en la habitación de Vinca.

Poco a poco, los testimonios y los documentos incautados permitieron acotar mejor cómo habían transcurrido las jornadas del domingo 20 de diciembre y del lunes 21 de diciembre. Los dos días en los que Vinca y Alexis desaparecieron del mapa.

Aquel famoso domingo, a eso de las ocho de la mañana, Pavel Fabianski, el portero del liceo, aseguraba haber alzado la barrera que impedía el acceso al centro para que saliese el Alpine A310 que conducía Clément. Fabianski era categórico: Vinca Rockwell, sentada en el asiento del copiloto, bajó la ventanilla y le hizo un ademán de agradecimiento. Lo mismo al cabo de unos minutos, en la glorieta de Haut-Sartoux, donde dos empleados municipales que estaban quitando nieve vieron cómo el coche de Clément patinaba un poco en la bifurcación antes de dirigirse hacia Antibes. De hecho, fue allí donde apareció el Alpine del profesor, en la avenida de La Libération, cerca de la estación de ferrocarril, aparcado delante de una lavandería automática. En el tren que se dirigía a París, muchos viajeros recordaban haber visto a una joven pelirroja en compañía de un hombre con una gorra del Mönchengladbach (el equipo de fútbol favorito de Clément). El domingo por la noche, el portero de noche del hotel Sainte-Clotilde (sito en la calle de Saint-Simon, en el distrito VII de París) también aseguraba que la señorita Vinca Rockwell y el señor Alexis Clément habían pasado una noche en el establecimiento. Había fotocopiado sus pasaportes. Reservaron la habitación por teléfono el día antes y pagaron *in situ*. Los artículos del minibar que consumieron fueron una cerveza, dos paquetes de Pringles y un zumo de piña. El portero de noche incluso se acordaba de que la señorita había llamado a recepción para preguntar si tenían Coca Cherry, pero la respuesta fue negativa.

Hasta aquí, el relato de la correría amorosa parecía sostenerse. Luego, los investigadores perdían la pista de los dos amantes. Vinca y Alexis no habían desayunado ni en su cuarto ni en el comedor. Una limpiadora los había visto salir al pasillo por la mañana temprano, pero nadie recordaba con claridad cuándo se fueron. En el cuarto de baño había aparecido una bolsa de aseo (en la que también había maquillaje, un cepillo Mason Pearson y un frasco de perfume), que se llevaron al cuarto de servicio donde el hotel guardaba los objetos que se dejaban olvidados los clientes.

Ahí se paraba la investigación. Ningún testimonio creíble situó nunca a Vinca y a Clément en ningún otro lugar. A la sazón, casi todo el mundo pensaba que reaparecerían cuando se hubiese consumido el fuego de la pasión. Pero los abogados de Alastair Rockwell persistieron. En 1994, lograron que la justicia solicitara un análisis genético del cepillo de dientes y del cepillo del pelo que habían aparecido en la habitación del hotel. Los resultados confirmaron que, en efecto, se trataba del ADN de Vinca, aunque no sirvieron para que la investigación avanzara ni un milímetro. Puede que desde entonces algún madero obstinado u obsesionado se hubiese tomado la precaución de retomarla simbólicamente para evitar que el caso prescribiera, pero, por lo que yo sé, aquel fue el último acto de la investigación.

Alastair Rockwell cayó gravemente enfermo y falleció en 2002. Recuerdo haber coincidido con él unas semanas antes del 11 de septiembre de 2001 en el piso 49 del World Trade Center, donde estaban las oficinas de su empresa en Nueva York. Me contó en confianza que Vinca le había hablado de mí varias veces y que me describía como un chico amable, elegante y delicado. Tres adjetivos que en labios del anciano no sonaban como un cumplido. A punto estuve de replicarle que era tan delicado que había abatido con una barra de hierro a un tío que me sacaba una cabeza, pero obviamente no dije nada. Yo le había pedido cita para saber si el detective al que contrató había aportado elementos nuevos sobre la desaparición de su nieta. Me respondió que no, aunque yo no podía saber si decía la verdad.

Y el tiempo fue pasando. Al cabo de los años, a la gente dejó de importarle realmente qué había sido de Vinca Rockwell. Yo era uno de los pocos que no había pasado página. Porque sabía que la versión oficial era falsa. Y porque había una pregunta que no había dejado de rondarme desde entonces. ¿La fuga de Vinca tenía algo que ver con el asesinato de Alexis Clément? ¿La desaparición de la chica a la que tanto había querido era culpa mía? Llevaba veinte años tratando de aclarar ese misterio. Y seguía sin tener el menor atisbo de respuesta.

El chico distinto a los demás

7
En las calles de Antibes

Puede que este libro sea una novela policiaca,
pero yo no soy policía.

JESSE KELLERMAN

1.

Al llegar a Antibes, dejé el coche donde solía hacerlo antaño:
en el aparcamiento del puerto deportivo Vauban, donde estaban amarrados algunos de los yates más bonitos del mundo.
Allí tuve, en el mes de julio de 1990 (iba a cumplir los dieciséis) mi primer curro de verano. Un trabajo mierdoso que
consistía en alzar la barrera del aparcamiento después de haber liberado a los turistas de treinta francos para que pudieran dejar el coche bajo un sol de justicia. Fue el verano en que
leí *Por el camino de Swann* (la edición de bolsillo, con la ca-
tedral de Ruan que pintó Claude Monet en la cubierta) y me
enamorisqué de una joven parisina con una melenita cuadrada de ondas rubias que respondía al hermoso nombre de
Bérénice. Cuando iba a la playa, siempre se paraba delante
de la garita del aparcamiento para charlar conmigo, aunque
pronto me di cuenta de que le interesaban más Glenn Medei-
ros y los New Kids on the Block que los tormentos de Charles Swann y Odette de Crécy.

Ahora, una barrera automática había sustituido a los cu-
rros de verano. Saqué el tique, encontré sitio cerca de la capi-

tanía del puerto y fui bordeando los muelles. Muchas cosas habían cambiado en estos veinte años: habían rediseñado íntegramente el acceso al puerto, la calzada era más ancha, ahora gran parte de la zona era peatonal. Pero la vista seguía siendo la misma. Para mí, una de las más espléndidas de la Costa Azul: el azul del mar en primer plano, la silueta maciza y tranquilizadora del fuerte de Fort Carré que emergía por detrás del bosque de mástiles de los barcos, el cielo intenso que lo abarcaba todo y las discretas montañas que se insinuaban a lo lejos.

Era un día de mistral, cosa que me encantaba. Todo concurría en restablecer los vínculos con mi pasado y arraigarme de nuevo a aquel lugar que tanto quería y del que me había ido por razones equivocadas. No me hacía ilusiones: la ciudad ya no era la misma que en mi adolescencia, pero al igual que me pasaba con Nueva York, me seguía gustando la imagen que yo tenía de Antibes. Una población aparte, a salvo de los oropeles de otros lugares de la Costa Azul. La ciudad del jazz, de los estadounidenses de la *Lost Generation,* la que Vinca había descubierto gracias a mí; la que, hecho extraordinario, había acogido a la mayoría de los artistas que significaban algo en mi vida. Maupassant atracó allí su barco, *Le Bel Ami;* Scott Fitzgerald y Zelda durmieron en el hotel Belles Rives después de la guerra; Picasso montó un taller en el castillo Grimaldi, a dos pasos del piso donde Nicolas de Staël pintó sus cuadros más bellos. Y, por último, Keith Jarrett (autor de la banda sonora de todos mis libros), que seguía actuando con regularidad en La Pinède.

Pasé bajo el arco de la Porte Marine, que es la línea de demarcación entre el puerto y la antigua ciudad fortificada. En aquel fin de semana de primavera el ambiente estaba bastante animado, pero la marea turística que desvirtuaba la esencia de la ciudad aún no se había desbordado. En la calle de Aubernon se podía dar dos pasos seguidos sin que te empujaran. A lo largo del Cours Masséna, los vendedores de verdura, de flores, de queso y de artesanía del mercado provenzal ya estaban recogiendo, pero la nave cubierta bullía aún con mil colores. El acento local y las conversaciones que arreglaban el mundo se mezclaban con una sinfonía de olores: aceitunas negras, cítricos confitados, menta, tomates secos... En la plaza del ayuntamiento se estaba celebrando la última boda de la mañana. Una pareja radiante bajaba las escaleras entre vítores y bajo una lluvia de pétalos de rosa. Aunque todo ese frenesí me era ajeno (para mí no tenía ningún sentido casarse hoy en día), me dejaba contagiar por los gritos de alegría y las sonrisas que iluminaban los rostros.

Bajé por la angosta calle de Sade (donde había vivido mi padre en su juventud) hacia la Place Nationale y fui paseando hasta el Michelangelo, uno de los restaurantes más emblemáticos de la ciudad, al que todo el mundo llamaba Mamo, que era el nombre del dueño. Aún quedaba sitio en la terraza. Me senté a una mesa y pedí la especialidad local: una limonada con pastís y albahaca.

2.

Nunca he tenido despacho. Desde que hacía los deberes en 1.º de primaria, me ha gustado trabajar en lugares abiertos. La cocina de mis padres, la sala de lectura de las bibliotecas, los cafés del Barrio Latino. En Nueva York, escribía en los Starbucks, en el bar de los hoteles, en los parques, en los restaurantes... Me parecía que pensaba mejor rodeado de movimiento, dejándome llevar por el flujo de las conversaciones y el zumbido de la vida. Dejé el libro de Stéphane Pianelli encima de la mesa y, mientras esperaba el aperitivo, escuché los mensajes que tenía en el móvil. Había uno, muy irritado, de mi madre, que ni se molestaba en saludar: «Zélie me ha dicho que has ido al cincuenta aniversario del Saint-Exupéry. Pero ¿qué te ha dado, Thomas? Ni siquiera me has avisado de que estabas en Francia. Anda, ven a cenar a casa esta noche. Hemos invitado a los Pellegrino. Se alegrarán de verte». Le mandé un SMS lacónico: «Luego te llamo, mamá». Aproveché que tenía el iPhone en la mano para descargar la aplicación del *Nice-matin* y luego compré los números en línea del 9 al 15 de abril.

Leyéndolos por encima, topé enseguida con el artículo que andaba buscando (el que firmaba Stéphane Pianelli y que describía cómo los alumnos del liceo habían encontrado una bolsa llena de dinero en una taquilla abandonada). El texto no me aportó ninguna novedad fundamental. Me decepcionó, sobre todo, que no hubiera ninguna imagen de la bolsa de deportes. Ilustraban el artículo una foto aérea del centro y otra de la taquilla oxidada, pero indicaba que «algunos alumnos difundieron fotos del botín por las redes sociales antes de que la policía les pidiera que las borraran para no que no interfiriesen en la investigación».

Me quedé pensando. Seguramente debían de quedar rastros por algún sitio, pero yo no era lo bastante ducho para encontrarlos sin perder mucho tiempo. Las oficinas del *Nice-matin* en Antibes estaban a dos pasos, en la Place Nationale, junto a la estación de autobuses. Tras un momento de duda, decidí llamar directamente al periodista.

—Hola, Stéphane, soy Thomas.

—¿Ya no sabes vivir sin mí, artista?

—Estoy en la terraza del Mamo. Si andas por aquí cerca, te invito a una paletilla de cordero a medias.

—¡Vete pidiendo! Remato un artículo y voy para allá.

—¿Sobre qué trata el artículo?

—Sobre el salón de ocio para jubilados que se va a clausurar en el palacio de congresos. Sí, ya sé que con esto no voy a ganar el premio Albert-Londres.

Mientras esperaba a Pianelli, agarré su libro y me quedé pillado, como me sucedía cada vez que la veía, con la famosa foto de la cubierta. Aquella en la que aparecían Vinca y Alexis Clément en una pista de baile. Se había tomado durante el baile de fin de curso, a mediados de diciembre, una semana antes del asesinato del profesor y de la desaparición de Vinca. Esa foto siempre me había dolido. En el apogeo de su belleza y su juventud, Vinca devoraba con los ojos a su acompañante. Tenía una mirada que rebosaba amor, admiración y ansias de gustar. Estaban bailando una especie de paso de *twist* que el fotógrafo había inmortalizado para siempre en una pose grácil y sensual. *Grease* a través del objetivo de Robert Doisneau.

Por cierto, ¿quién había hecho esa foto? Nunca me lo había preguntado. ¿Un alumno? ¿Un profesor? Busqué los créditos en la contracubierta, pero solo ponía «*Nice-matin,* reservados todos los derechos». Saqué una foto a la cubierta con el móvil y se la envié por SMS a Rafael Bartoletti. Rafael era un fotógrafo de moda cotizadísimo que vivía en la misma calle de Tribeca que yo. Era, sobre todo, un auténtico artista. Tenía una gran cultura gráfica, una mirada que captaba todos los detalles como un escáner y una capacidad para analizar las cosas muy suya y a menudo pertinente. Desde hacía varios años, todas mis fotos promocionales las hacía él, y también las que aparecían en la contracubierta. Me gustaba su trabajo porque todas y cada una de las veces lograba encontrar en mí una parte de luz de la que sin duda había sido portador tiempo atrás, pero que ya me había dejado. En sus retratos yo aparecía «favorecido», más radiante, menos atormentado. El hombre que habría podido ser si hubiera tenido una vida más sosegada.

Rafael me llamó de inmediato. Hablaba francés con cierto deje italiano que a muchos les parecía irresistible.

—*Ciao,* Thomas. Estoy en Milán. En la sesión para la campaña de Fendi. ¿Quién es esta belleza que me has enviado?

—Una chica a la que quise hace mucho tiempo. Vinca Rockwell.

—La recuerdo, ya me habías hablado de ella.

—¿Qué te parece la foto?

—¿La hiciste tú?

—No.

—Técnicamente está un poco desenfocada, pero el fotógrafo ha sabido congelar el instante. Eso es lo único que cuenta. «El instante decisivo». Ya sabes lo que decía Cartier Bresson: «La fotografía debe atrapar en el movimiento el equilibrio expresivo». Pues eso es lo que ha hecho este fotógrafo tuyo. Ha captado un movimiento fugaz y lo ha convertido en eternidad.

—Siempre me dices que no hay nada tan engañoso como una foto.

—¡Y es cierto! —exclamó—. Pero ambas cosas no se contradicen.

Se oyó una música de fondo. Oí una voz de mujer que instaba al fotógrafo a colgar el teléfono.

—Te tengo que dejar —se disculpó—. Luego te llamo.

Abrí el libro y empecé a hojearlo. Estaba repleto de datos. Pianelli había tenido acceso a los informes policiales. Corroboró personalmente casi todos los testimonios que habían obtenido los investigadores. Yo ya había leído el libro cuando se publicó e investigado por mi cuenta durante los años que pasé en París, interrogando a todos los testigos posibles e imaginables. Me pasé veinte minutos leyendo en diagonal. Si se juntaban los recuerdos de los distintos testigos, todos venían a contar la misma historia que, con el paso del tiempo, se había convertido en la versión oficial: la pareja marchándose del Saint-Ex en el Alpine, la «joven pelirroja con el pelo de fuego» en el tren de París, el profesor que iba con ella y llevaba «una gorra de un equipo de fútbol alemán con un nombre que no hay quien pronuncie», la llegada de ambos al hotel de la calle de Saint-Simon, «la señorita que pide una Coca de cereza», los dos juntos en un pasillo y desapareciendo a la mañana siguiente: «Cuando relevó al portero de noche, el recepcionista encontró las llaves de la habitación en el mostrador de la entrada». El libro planteaba preguntas y hacía hincapié en algunas zonas oscuras, aunque sin llegar a aportar nunca elementos probatorios para esbozar una pista alternativa que pudiera sostenerse. Yo le llevaba ventaja al periodista: Pianelli tan solo intuía que esa historia era falsa, mientras que yo estaba seguro. Clément estaba muerto, no era él quien había acompañado a Vinca durante esos dos días. Mi amiga se había fugado con otro hombre. Un fantasma al que yo llevaba persiguiendo desde hacía veinticinco años.

3.

—¡Te interesan las lecturas recomendables, por lo que veo! —me soltó Pianelli, sentándose frente a mí.

Alcé la mirada del libro, aún algo aturdido de haber estado buceando en los meandros del pasado.

—¿Sabías que tu libro está proscrito en la biblioteca del Saint-Ex?

El periodista picó una aceituna negra de un platillo.

—¡Sí, por culpa de la bruja de Zélie! ¡Pero eso no impide que todo el que quiera leerlo pueda conseguir el PDF en Internet y difundirlo libremente!

—¿Cómo te explicas ese entusiasmo que las estudiantes de ahora sienten por Vinca?

—Tú mírala —me dijo abriendo al azar el cuadernillo de fotos de su libro.

Ni siquiera bajé la vista. No necesitaba mirar esas fotos para saber con exactitud cómo era Vinca. Los ojos almendrados, la mirada color absenta, el pelo caoba, recogido descuidadamente, el mohín de su boca, las poses ora gamberras, ora modosas, ora provocadoras.

—Vinca se había creado una imagen muy particular —resumió Pianelli—. Personificaba una especie de chic francés, a medio camino entre Brigitte Bardot y Laetitia Casta. Y, por encima de todo, encarnaba cierta forma de libertad.

El periodista se sirvió un vaso de agua antes de soltar su frase:

—Si Vinca hubiera tenido veinte años hoy en día, sería una *it girl* con seis millones de *followers* en Instagram.

El dueño en persona nos trajo la carne y la trinchó delante de nosotros. Después de comer unos bocados, Pianelli retomó su demostración.

—Todo eso le venía grande, claro. No pretendo decir que la conociera mejor que tú, pero sé sincero: detrás de esa imagen había una chica muy del montón, ¿no?

Como yo no contestaba, me provocó:

—La tienes idealizada porque se esfumó a los diecinueve años. Pero vamos a imaginar que os hubieseis casado por entonces. ¿Cómo estaríais ahora? Con tres críos, ella con veinte kilos más, las tetas caídas y...

—¡Cierra la boca, Stéphane!

Hablé alzando la voz. Él recogió velas, se disculpó y durante los cinco minutos siguientes nos dedicamos a dar buena cuenta de la paletilla de cordero y de la ensalada que la acompañaba. Fui yo quien, al cabo, reanudó la conversación.

—¿Sabes quién hizo esta foto? —le pregunté, señalando la cubierta.

Pianelli frunció el entrecejo y puso cara de que le hubiera pillado en falta.

—Pues... —admitió mientras comprobaba el *copyright* a su vez—. Imagino que debía de estar en los archivos del periódico desde siempre.

—¿Podrías comprobarlo?

Se sacó el móvil del bolsillo del chaleco y tecleó un SMS.

—A ver si localizo a Claude Angevin, el periodista que cubrió la noticia en 1992.

—¿Aún trabaja en el periódico?

—¡Qué dices, si tiene setenta tacos! Se está dando la gran vida en Portugal. Y por cierto, ¿para qué quieres saber quién hizo la foto?

—Hablando de fotos —dije echando balones fuera—, he leído en tu artículo que los chavales que encontraron la bolsa de los cien mil francos en las taquillas oxidadas publicaron fotos en las redes sociales.

—Sí, aunque la policía hizo limpieza luego.

—Pero tú te las guardaste...

—Qué bien me conoces.

—¿Podrías enviármelas?

Buscó entre las fotos que tenía en el móvil.

—Creía que este asunto no te interesaba —se burló.

—Claro que me interesa, Stéphane.

—Dime tu *email*.

Mientras le dictaba mi dirección, me percaté de algo muy obvio. En realidad, yo ya no tenía en la región ninguna red ni ningún contacto, mientras que Pianelli vivía aquí desde siempre. Si quería tener alguna oportunidad de descubrir lo que le había pasado a Vinca y quién nos amenazaba, no me quedaba más remedio que formar equipo con él.

—¿Te interesaría colaborar conmigo, Stéphane?

—¿En qué estás pensando, artista?

—Cada uno investiga por su lado la desaparición de Vinca y luego hacemos una puesta en común.

Sacudió la cabeza.

—Tú no cumplirías.

Yo ya estaba preparado para esa respuesta. Para convencerlo, decidí arriesgarme:

—Para demostrarte mi buena fe, voy a desvelarte algo que nadie sabe.

Noté que se le tensaba todo el cuerpo. Era consciente de que me movía en la cuerda floja, pero ¿acaso no había tenido siempre esa sensación de vivir como un equilibrista?

—Cuando desapareció, Vinca estaba embarazada de Alexis.

Pianelli me miró, entre nervioso e incrédulo.

—Joder, y eso ¿cómo lo sabes?

—Me lo contó la propia Vinca. Me enseñó la prueba de embarazo.

—¿Por qué no dijiste nada en su momento?

—Porque era su vida privada. Y porque no habría cambiado la investigación.

—¡Pues claro que sí, carajo! —se irritó—. Las pesquisas habrían sido distintas. Porque ya no se trataría de salvar dos vidas, sino tres. El caso se habría mediatizado mucho más con un bebé de por medio.

No le faltaba razón. A decir verdad, nunca relacioné esa rayita vertical en un trozo de plástico con un «bebé». Tenía dieciocho años...

Lo veía reflexionar y rebullirse en la silla. Abrió el bloc de notas para garabatear sus hipótesis y tardó un buen rato en volver a la realidad.

—Si piensas que Vinca era del montón, ¿por qué te interesa tanto?

Pianelli era perseverante:

—Quien me interesa no es Vinca, sino quien o quienes la mataron.

—¿De verdad crees que está muerta?

—No se puede desaparecer así como así. A los diecinueve años, totalmente sola o casi, y sin ningún recurso.

—¿Cuál es tu teoría exactamente?

—Desde que apareció el dinero, estoy convencido de que Vinca chantajeaba a alguien. Alguien que no debió soportar que lo amenazaran y que se volvió peligroso a su vez. Puede que el padre de su hijo. Clément, casi seguro, u otra persona...

Al cerrar la libreta, de una de las solapas se salieron varios tiques. Al periodista se le iluminó la cara con una sonrisa:

—¡Tengo entradas para el concierto de Depeche Mode de esta noche!

—¿Dónde es?

—En Niza, en el estadio Charles-Ehrmann. ¿Vamos juntos?

—Puf, no me entusiasman los sintetizadores.

—¿Sintetizadores? Se nota que no has oído los últimos discos.

—Nunca llegaron a engancharme.

Entornó los ojos para rememorar mejor.

—A finales de los ochenta, cuando la gira 101, Depeche Mode era el mejor grupo de rock del mundo. En 1988 fui a verlos al Zénith de Montpellier. ¡Tenían un sonido que era la leche!

Los ojos le hacían chiribitas. Empecé a meterme con él:

—A finales de los ochenta, el mejor grupo de rock del mundo era Queen.

—¡Madre mía! ¡Y lo peor es que lo dices en serio! Si todavía me dijeras U2, podría colar, pero esto...

Durante unos minutos, los dos bajamos la guardia. Y en ese instante, volvimos a tener diecisiete años. Stéphane intentó convencerme de que Dave Gahan era el mejor vocalista de su generación y yo sostuve que no había nada que pudiera superar a *Bohemian Rhapsody*.

Hasta que se rompió la magia, tan bruscamente como había surgido.

Pianelli miró su reloj y se levantó de un brinco.

—Mierda, me voy pitando. Tengo que ir a Mónaco.

—¿Para un artículo?

—Sí, las pruebas del Gran Premio de Fórmula E. El campeonato internacional de coches eléctricos.

Cogió la bolsa de lona y se despidió con la mano.

—Nos llamamos.

Otra vez estaba solo; pedí un café. Tenía la cabeza hecha un lío y la sensación de que no había negociado demasiado bien esta ronda. Al final, yo le había dado munición al periodista pero no me había enterado de nada a cambio.

«Pues qué bien...»

Levanté la mano para pedir la cuenta. Mientras esperaba, miré el teléfono para echar un vistazo a las fotos que me había enviado Stéphane. Se las había pedido para no dejar ningún palo sin tocar, pero no esperaba mucho más.

Estaba equivocado. Al cabo de unos segundos, me temblaba tanto la mano que tuve que dejar el teléfono encima de la mesa.

Esa bolsa de cuero flexible la había visto rodando por mi casa muchas veces.

La pesadilla continuaba.

8
El verano de *El gran azul*

Todo son recuerdos,
excepto el instante que estamos viviendo.

TENNEESSE WILLIAMS

1.

Delante de la muralla, la explanada de Pré-des-Pêcheurs estaba abarrotada de gente. En un ambiente carnavalesco, las carrozas abigarradas se ponían en marcha para la tradicional batalla de flores. Una multitud densa y alegre se apiñaba detrás de las vallas de acero: niños con sus padres, adolescentes disfrazados, viejos del lugar que habían desertado de la pista de petanca.

Cuando yo era pequeño, la batalla de flores cruzaba por toda la ciudad. Ahora, en aras de la seguridad, había un policía cada diez metros y las carrozas daban vueltas por la avenida de Verdun. El aire estaba cargado de una mezcla de alegría y tensión. A todo el mundo le apetecía divertirse y desfogarse, pero nadie podía olvidar el atentado del 14 de julio en Niza. Me daba pena y rabia ver a los niños, atrapados detrás de las barreras, agitando ramos de claveles. La amenaza de un atentado nos había arrebatado la espontaneidad y la despreocupación. Aunque fingiésemos lo contrario, el miedo nunca nos abandonaba del todo y por encima de nuestro regocijo siempre planeaba una sombra indeleble.

Avancé entre la multitud para volver al aparcamiento del puerto de Vauban. El Mini Cooper seguía donde lo había dejado, pero alguien había metido detrás del limpiaparabrisas un abultado sobre de papel de estraza. Sin nombre ni dirección. No miré el contenido hasta que estuve dentro del coche. Me volvieron los retortijones en el estómago mientras despegaba la solapa. Las cartas anónimas no suelen traer buenas noticias. Estaba ansioso, pero lejos de imaginar el cataclismo que se me venía encima.

Dentro del sobre había una decena de fotos algo amarillentas y descoloridas por el tiempo. Miré la primera y sentí que se abría un abismo en mi interior. Eran mi padre y Vinca besándose en la boca. Me zumbaban las sienes y tenía arcadas. Entorné la portezuela del coche para escupir un poco de bilis.

«Joder...»

En estado de *shock,* escudriñé las fotos con más detenimiento. Eran todas por el estilo. Ni por un segundo se me ocurrió pensar que fueran un montaje. En el fondo de mi alma, sabía que todas las situaciones inmortalizadas en esas imágenes habían sido reales. Puede que incluso una parte de mí no estuviera tan sorprendida. Como un secreto que nunca me hubiera contado nadie, pero que, aun así, llevaba metido dentro, en los repliegues del inconsciente.

Mi padre aparecía en todas las fotos. Richard Degalais, alias «Ricardo Corazón de León» o «Rick» para los más íntimos. A principios de la década de 1990 tenía la misma edad que yo ahora. Con la diferencia de que no nos parecíamos en nada. Él era guapo, donoso, elegante. Esbelto, con el pelo un poco largo y la camisa abierta sobre el torso. Tío bueno, pico de oro, vividor y hedonista, Rick no era, al fin y a la postre, tan distinto a Alexis Clément. Con quince años más. Le gustaban las mujeres guapas, los coches deportivos, los mecheros lacados y las chaquetas Smalto. Aunque me resultara triste, en las fotos Vinca y él hacían buena pareja. Ambos pertenecían a una «raza señorial». Personas que siempre tenían el papel protagonista en la vida y que, cuando estabas junto a ellas, te relegaban directamente al puesto de figurante.

El conjunto de las imágenes parecía obra de un *paparazzi* en, al menos, dos lugares distintos. No me costó reconocer el primero. Saint-Paul-de-Vence en temporada baja: el Café de la Place, la antigua almazara, las murallas que dominaban el campo y el viejo cementerio donde estaba enterrado Marc Chagall. Vinca y mi padre deambulaban cogidos de la mano con una promiscuidad amorosa que no dejaba lugar a dudas. No me fue tan fácil identificar dónde se había hecho la segunda tanda de fotografías. Me fijé primero en el Audi 80 cabriolé de mi padre, aparcado improvisadamente en mitad de un bosque de rocas blancas. Luego, en unos peldaños excavados en la roca. A lo lejos, una isla abrupta con reflejos de granito. Y entonces caí en la cuenta. Las calas marsellesas. Esa playita resguardada detrás de un dique era la playa de la bahía de los Monos. Una playa en el fin del mundo a la que mi padre había llevado un par de veces a la familia, pero que, a todas luces, también le había servido para ocultar ese amor clandestino.

Tenía la garganta seca. A pesar del rechazo que me producían, miré las fotos con la mayor atención posible. Tenían cierto toque artístico, muy cuidadoso. ¿Quién me las había enviado? ¿Quién las había hecho? A la sazón, los teleobjetivos no eran tan potentes como ahora. Para captar tantos detalles, el fotógrafo no debía de estar muy alejado de sus presas, tanto es así que llegué a platearme si de verdad se habrían hecho a escondidas de los dos protagonistas. De mi padre, seguro que sí, pero ¿de Vinca?

Cerré los ojos y elaboré una hipótesis. Alguien podía haber utilizado esas fotos para chantajear a mi padre. Eso explicaría lo que había descubierto unos minutos antes. Al examinar los pantallazos que me había enviado Pianelli, reconocí, en efecto, un bolsón de cocodrilo falso que (habría puesto la mano en el fuego) en otros tiempos fue de Richard. Si mi padre le había dado a Vinca una bolsa con cien mil francos dentro, tenía que ser necesariamente porque lo estaba amenazando con hacer pública su relación.

«Puede que incluso su embarazo...»

Necesitaba respirar aire fresco. Arranqué el motor, bajé la capota y me dirigí hacia la costa. Ya no podía seguir retrasando el encontronazo con mi padre. Mientras conducía, me costaba centrarme en la carretera. Las fotos de Vinca no se me iban de la cabeza. Por primera vez, había percibido una especie de tristeza o de inseguridad en su mirada. ¿Era de mi padre de quien tenía miedo? ¿Qué era Vinca, una víctima o una manipuladora diabólica? ¿O puede que ambas...?

A la altura de La Siesta (la discoteca más famosa de Antibes) me paré en el semáforo que regulaba la incorporación a la carretera de Niza. Me lo había saltado una única vez, cuando tenía quince años y conducía una *mobylette* vieja. Con tan mala suerte que la policía andaba por allí y me puso una multa de setecientos cincuenta francos de la que se estuvo hablando en casa durante meses. Me deshice de aquel recuerdo tan humillante y, sin querer, se me vino a la cabeza otra imagen. «Clic, clic.» La chica de la Leica. «Clic, clic.» La chica que te fotografiaba mentalmente, aunque no llevase la cámara al cuello. Alguien empezó a pitarme. El semáforo ya estaba en verde. Sabía quién había hecho las fotos de Vinca y mi padre. Cambié de marcha y puse rumbo al hospital de la Fontone.

2.

Situado en las antiguas explotaciones hortícolas que, en otros tiempos, le dieron fama a Antibes, la Fontone era un barrio descentrado al este de la ciudad. En el mapa, daba la impresión de que se extendía a orillas del mar, pero la realidad no era tan idílica. Si bien tenía una playa, era de guijarros y estaba al borde de la carretera y separada de las casas por la nacional y las vías del tren. A mediados de la década de 1980 yo acudía al Jacques Prévert, el colegio del barrio, del que guardaba un recuerdo pésimo: nivel académico bajo, atmósfera deletérea y actos violentos habituales. Los buenos alumnos lo pasaban muy mal. Un puñado de profesores heroicos mantenía el cascarón a flote a duras penas. Sin ellos y sin la amistad de Maxime y de Fanny, creo que podría haber ido por el mal camino. Cuando nos aceptaron a los tres en el Saint-Ex, la vida nos cambió por completo. Descubrimos que se podía ir a clase sin el miedo en las entrañas.

Desde entonces, el colegio tenía mejor reputación y el barrio se había transformado radicalmente. En la zona de Les Bréguières (una de las vías de acceso al hospital), donde antaño estaban los invernaderos, ahora habían hecho parcelas y casitas de nivel alto. No era un lugar turístico sino residencial, con comercios de proximidad, donde vivía mucha población activa.

Dejé el coche en el aparcamiento al aire libre del hospital. No era la primera vez esa mañana que un lugar me traía a la mente recuerdos instantáneos. Relacionados con el hospital tenía dos, uno malo y otro bueno.

Invierno de 1982. Tengo ocho años. Mientras persigo a mi hermana por el jardín (me ha cogido mi Big Jim para convertirlo en esclavo de su Barbie), vuelco sin querer uno de los bancos metálicos del salón de verano. Al caer, la arista del asiento me secciona un pedazo del dedo del pie. En el hospital, después de suturármelo, un interno incompetente se olvida de poner la gasa antes de pegarme un trozo de esparadrapo directamente encima de la piel. La herida se infecta y estoy varios meses sin poder hacer deporte. Todavía se me nota la cicatriz.

El segundo recuerdo era más alegre, aunque no empezara bien. Verano de 1988. En un partido de fútbol, por marcar un golazo digno de Klaus Allofs, me agrede un rival de un barrio chungo de Vallauris. Me rompe el brazo izquierdo y pierdo el conocimiento, motivo por el cual me tienen dos días en observación. Me acuerdo de Maxime y Fanny yendo a verme. Son los primeros en poder escribirme algo en la escayola. Maxime se limita a poner «Allez, OM!» y «¡Directo a puerta!» porque en ese momento no había nada más importante en su vida. Fanny se lo curra un poco más. Vuelvo a ver la escena con todo detalle. Julio de 1988. El verano de *El gran azul*. Vuelvo a ver su silueta a contraluz, inclinada sobre mi cama, con el sol salpicándole de rayos los mechones rubios. Me escribe un trocito de diálogo de la película que hemos visto hace quince días. Lo que Johanna le responde a Jacques Mayol, al final de la película, justo después de que el buceador le diga: «Tengo que ir a ver». Ese momento en el que comprendes que se va a sumergir para no subir nunca más.

«¿A ver qué? ¡No hay nada que ver, Jacques! Ahí abajo hace frío y estarás solo. ¡Yo estaré aquí, soy real, existo!»

Por mucho que ya haya cumplido los cuarenta, es algo que me desgarra el corazón cada vez que me acuerdo. Y ahora mucho más que antes.

3.

El centro hospitalario, con su mosaico de edificios dispares, era un auténtico laberinto. Me orienté mal que bien entre los innumerables paneles indicadores. Al lado del pabellón principal, una construcción de cantería de la década de 1930, se alzaban todas las unidades que se habían ido construyendo decenio a decenio. Cada una ofrecía una muestra arquitectónica de lo mejor y lo peor de los últimos cincuenta años: paralelepípedo de ladrillo oscuro, bloque de hormigón sobre pilotes, cubo con estructuras metálicas, zona ajardinada...

El servicio de cardiología se encontraba en el edificio más reciente, una construcción ovoide cuya fachada combinaba hábilmente cristal y bambú.

Crucé el vestíbulo luminoso hasta la recepción.

—¿En qué puedo ayudarlo, señor?

Pelo oxigenado, falda vaquera sin rematar, camiseta XXS y medias de leopardo: la recepcionista era como un clon de Debbie Harry.

—Vengo a ver a la doctora Fanny Brahimi, la jefa de cardio.

Blondie descolgó el teléfono:

—¿De parte de quién?

—De Thomas Degalais. Dígale que es una emergencia.

Me indicó que la esperara en un patio pequeñito. Me bebí tres vasos de agua helada de la fuente antes de dejarme caer en uno de los sofás que flotaban encima del parqué. Cerré los ojos. Seguía teniendo metidas bajo los párpados las imágenes de mi padre y de Vinca. La pesadilla me había pillado desprevenido, complicando y empañando un poco más el recuerdo que conservaba de Vinca. Recordé la cantinela que todo el mundo me repetía desde por la mañana: «No conocías de verdad a Vinca». Estaban errando el tiro. Yo nunca había afirmado conocer a nadie de verdad. Era adepto al axioma de García Márquez: «Todos tenemos tres vidas: la pública, la privada y la secreta». Pero en el caso de Vinca lo único que podía hacer era constatar que esa tercera vida transcurría por un territorio insospechado.

No era ningún ingenuo. Era muy consciente de que en mi corazón conservaba la imagen que me había formado en la adolescencia, cuando estaba locamente enamorado. Sabía muy bien que esa imagen respondía a lo que yo aspiraba entonces: vivir un amor puro con una heroína romántica salida de *El gran Meaulnes* o de *Cumbres borrascosas*. Me había inventado una Vinca tal y como a mí me habría gustado que fuera y no como era realmente. Había proyectado en ella cosas que solo existían en mi imaginación. Pero no me decidía a admitir que estaba equivocado de parte a parte.

—Mierda, me he dejado el tabaco. ¿Te importa ir a buscarme el bolso a la taquilla?

La voz de Fanny me arrancó de mi enfrascamiento. Le lanzó un manojo de llaves a Debbie, que lo cogió al vuelo.

—Caramba, Thomas, nos tiramos sin hablar un montón de años ¿y ahora ya no puedes vivir sin mí? —me soltó, dirigiéndose a la máquina de bebidas.

Era la primera vez que veía a Fanny en su papel de médico. Llevaba un pantalón de algodón azul claro, un blusón de manga larga del mismo color y un gorro de papel que le sujetaba el pelo. Tenía los rasgos sensiblemente más endurecidos que por la mañana. Tras los mechones rubios, los ojos claros le brillaban con un resplandor oscuro e impetuoso. Una auténtica guerrera de luz luchando contra la enfermedad.

¿Qué era Fanny? ¿Aliada o traidora? ¿Y si al final resultaba que Vinca no era la única persona de mi pasado a la que había juzgado erróneamente?

—Tengo que enseñarte una cosa, Fanny.

—No tengo mucho tiempo.

Metió unas monedas en la máquina. Con los nervios a flor de piel, se ensañó con ella porque el botellín de Perrier que había seleccionado no bajaba lo bastante rápido. Haciendo un ademán con la mano, me indicó que la siguiera fuera, al aparcamiento de personal. Allí se soltó el pelo, se quitó la bata y se sentó en el capó del que debía de ser su coche: un Dodge Charger color sanguina que parecía salido de un viejo LP de Clapton o de Springsteen.

—Alguien me ha dejado esto en el parabrisas —dije, alargándole el sobre—. ¿Has sido tú?

Fanny negó con la cabeza, cogió el sobre y lo sopesó, como si no tuviera prisa por abrirlo porque ya sabía lo que había dentro. Un minuto antes, tenía la mirada verdosa y ahora estaba gris y triste.

—Fanny, dime si estas fotos las sacaste tú.

Ante esa pregunta, no le quedó más remedio que sacar las fotos. Bajó los ojos, miró por encima las dos primeras y me devolvió el sobre.

—Ya sabes lo que tienes que hacer, Thomas: coger un avión y volverte a Nueva York.

—Ni lo sueñes. Esas fotos las hiciste tú, ¿verdad?

—Sí, las hice yo. Hace veinticinco años.

—¿Por qué?

—Porque Vinca me lo pidió.

Se subió el tirante de la camiseta y se frotó los ojos con el antebrazo.

—Ya sé que todo sucedió hace mucho tiempo, pero tus recuerdos de aquel periodo no coinciden con los míos.

—¿Adónde quieres llegar?

—Admite la verdad, Thomas. A finales de 1992, Vinca había perdido el norte. Estaba descontrolada, conducía sin frenos. Acuérdate, entonces fue cuando empezaron las *raves,* había droga por todo el liceo. Y Vinca no se quedó a la zaga.

En efecto, me acordaba de los calmantes, los somníferos y la Benzedrina que había visto en su botiquín.

—Una noche, en octubre o noviembre, Vinca apareció en mi cuarto. Me contó que se acostaba con tu padre y me pidió que los siguiera para hacerles fotos. Quería...

Los pasos de la recepcionista interrumpieron la confesión.

—¡Aquí tienes el bolso, doctora! —exclamó Debbie.

Fanny le dio las gracias. Cogió el paquete de tabaco y el mechero, y dejó el bolso a su lado, encima del capó. Era de cuero trenzado, blanco y beis, con el broche en forma de cabeza de serpiente, cuyos ojos de ónix parecían portadores de una oscura amenaza.

—¿Para qué quería Vinca esas fotos?

Encendió el cigarrillo, encogiéndose de hombros:

—Imagino que quería chantajear a tu padre. ¿Has hablado de esto con él?

—Todavía no.

Noté que me invadían la ira y el desencanto.

—¿Cómo pudiste colaborar en algo así, Fanny?

Sacudió la cabeza y dio una calada. Se le empañaron los ojos. Los entornó como para retener las lágrimas, pero yo no le di tregua.

—¿Por qué me has hecho esto?

Se lo dije gritando, pero ella gritó más fuerte y saltó desde el capó para desafiarme:

—¡Joder, pues porque te quería!

El bolso se había caído al suelo. Con los ojos enrojecidos de ira, Fanny me dio un empujón:

—Siempre te he querido, Thomas. ¡Siempre! Y tú también me querías antes de que Vinca viniese a jorobarlo todo.

Me golpeaba el pecho con rabia.

—Lo dejaste todo por ella. Para gustarle, renunciaste a todo lo que formaba parte de tu singularidad. A todo lo que te convertía en un chico distinto a los demás.

Era la primera vez que veía a Fanny perder el control. ¿Soportaba que me golpeara como un castigo porque en el fondo sabía que lo que estaba diciendo tenía parte de verdad?

Cuando me pareció que la penitencia ya había durado bastante, la agarré suavemente de las muñecas.

—Fanny, cálmate.

Se soltó y hundió la cara entre las manos. Vi que le flojeaban las piernas, derrotada.

—Accedí a sacar las fotos porque quería enseñártelas y desacreditar a Vinca ante ti.

—¿Y por qué no lo hiciste?

—Porque en aquella época te habría destrozado. Tenía miedo de que hicieras una tontería. Contra ti, contra ella o contra tu padre. No quise arriesgarme.

Apoyó la espalda contra la portezuela del coche. Me agaché para recoger el bolso, procurando que la serpiente no me mordiera. Se había abierto y varios objetos estaban desparramados por el suelo: una agenda, un manojo de llaves, un pintalabios... Según los recogía y los volvía a guardar, me fijé sin querer en un papel doblado en dos. La fotocopia del mismo artículo del *Nice-matin* que me había enviado Maxime. Y lo cruzaban las mismas letras escritas que exigían «¡VENGANZA!».

—Fanny, ¿qué es esto? —le pregunté, incorporándome.

Me quitó el papel de la mano.

—Un mensaje anónimo. Me lo encontré en el buzón.

De repente, el aire se volvió denso como si se cargara de ondas negativas. Y me di cuenta de que el peligro que nos amenazaba a Maxime y a mí era aún más insidioso de lo que parecía.

—¿Sabes por qué lo has recibido?

Fanny estaba al límite de sus fuerzas, hundida, a punto de quebrarse. No entendía por qué el mensaje también era para ella. No había tenido nada que ver con la muerte de Alexis Clément. ¿Por qué la persona que nos estaba persiguiendo a Maxime y a mí la tomaba también con Fanny?

Sin presionarla, le puse la mano en el hombro.

—Fanny, por favor, contéstame: ¿sabes por qué has recibido esa carta de amenaza?

Alzó la cabeza y le vi la cara descompuesta, fruncida y pálida. En el fondo de las pupilas se le había desatado un incendio.

—¡Pues claro que lo sé, joder! —me espetó.

Ahora era yo el que perdía pie.

—Ah..., ¿y por qué?

—Porque hay un cadáver en la pared del gimnasio.

4.

Estuve un buen rato sin poder articular ni una palabra.

Acababa de perder las riendas. Estaba paralizado.

—¿Desde cuándo lo sabes?

Ella estaba noqueada, de pie, como si hubiera renunciado a pelear y se dejara arrastrar hasta el fondo. Aunque exhausta, consiguió murmurar:

—Desde el primer día.

Y entonces se desmoronó. Literalmente. Se deslizó coche abajo hasta desplomarse, llorando, en el asfalto. Me abalancé para ayudarla a incorporarse.

—Fanny, tú no tienes nada que ver con la muerte de Clément. Los únicos responsables somos Maxime y yo.

Alzó los ojos un momento para mirarme, arisca. Luego, mientras volvían a sacudirla los sollozos, acabó sentándose en el suelo y hundió la cara entre las manos. Yo también me acuclillé a su lado y esperé a que se secara las lágrimas, mirando nuestras sombras inmensas que el sol proyectaba en el asfalto. Por fin, se secó los párpados con el dorso de la mano.

—¿Cómo fue? —me preguntó—. ¿Cómo murió?

Habíamos llegado a un punto en que se lo podía contar todo con detalle, revelarle nuestro terrible secreto. Volví a revivir el trauma de aquel episodio que me había convertido en un asesino para toda la eternidad.

Cuando concluí, ella parecía haber recobrado una aparente calma. Mi confesión nos había tranquilizado a los dos.

—Y tú, Fanny, ¿cómo te enteraste?

Se incorporó, respiró hondo, encendió otro cigarrillo y le dio varias caladas, como si el tabaco la ayudara a invocar los recuerdos lejanos.

—El día de la tormenta de nieve, aquel famoso sábado, el 19 de diciembre, estuve estudiando hasta muy tarde. En la época en que me preparaba para hacer Medicina cogí la costumbre de dormir solo cuatro horas por noche. Creo que eso me desquiciaba, sobre todo cuando no tenía ni un céntimo para comprar comida. Esa noche tenía tanta hambre que no conseguía conciliar el sueño. Tres semanas antes, la señora Fabianski, la mujer del portero, se había apiadado de mí y me había dado una copia de las llaves de la cocina del comedor.

El busca de Fanny sonó en el bolsillo, pero ella fingió que no lo oía.

—Salí en plena noche. Eran las tres de la madrugada. Crucé el campus hasta el comedor. A esas horas estaba cerrado, pero yo me sabía el código de la puerta de seguridad para entrar en la sala. Hacía tanto frío que no me quedé mucho rato. Me zampé allí mismo una caja de galletas y luego me llevé medio paquete de pan de molde y una tableta de chocolate.

Hablaba con un tono monocorde, como si estuviera en un estado cercano a la hipnosis y fuera otra persona la que hablaba a través de ella.

—Fue ya de vuelta a la residencia cuando me di cuenta de lo bonito que estaba el paisaje. Había dejado de nevar. El viento había barrido las nubes y dejado al descubierto las constelaciones y la luna llena. Todo parecía tan feérico que regresé sin apartarme del lago. Aún recuerdo el crujido de mis pasos en la nieve y el reflejo azul de la luna en la superficie del lago.

Sus palabras reavivaban mis propios recuerdos de la Costa Azul petrificada bajo el hielo. Fanny prosiguió:

—La magia se rompió cuando vi una luz lejana e inusitada por encima de mí. El resplandor venía de la zona donde estaban construyendo el gimnasio. A medida que me acercaba, me iba dando cuenta de que no era un simple resplandor. Era la obra entera la que estaba iluminada. Incluso se oía el ruido de un motor. La intuición me decía que no me acercara, pero me pudo la curiosidad y...

—¿Qué descubriste?

—Vi una hormigonera girando en plena noche. Me quedé pasmada. ¡Alguien estaba echando cemento a las tres de la madrugada con un frío insoportable! Una presencia me sobresaltó. Me giré y vi a Ahmed Ghazouani, el obrero de Francis Biancardini. Me miró, casi tan aterrorizado como yo. Chillé y salí de allí por pies para refugiarme en mi cuarto, pero siempre supe que esa noche había visto algo que no debía.

—¿Cómo adivinaste que Ahmed estaba emparedando el cadáver de Alexis Clément?

—No lo adiviné, fue el propio Ahmed quien me lo confesó al cabo de veinticinco años.

—¿A santo de qué?

Fanny se dio la vuelta para señalar el edificio que tenía detrás.

—El año pasado estuvo ingresado aquí, en la tercera planta, por un cáncer de estómago. No era paciente mío, pero algunas noches me pasaba a verlo antes de irme a casa. En 1979 mi padre trabajó con él en las obras del puerto mercantil de Niza y habían mantenido el contacto. Ahmed sabía que la enfermedad estaba muy avanzada. Antes de morir, quiso descargar su conciencia y entonces fue cuando me lo contó todo. Exactamente como acabas de hacer tú.

Yo estaba preocupadísimo.

—Si te lo contó a ti, puede que se lo dijera a alguien más. ¿Te acuerdas de quién iba a verlo?

—Pues nadie, precisamente. No iba a verlo nadie y de eso se quejaba. Lo único que quería era volver a la región de Bizerta.

Me acordé de lo que me había contado Maxime: Ahmed había muerto en su casa.

—Y eso fue lo que hizo —adiviné—. Se fue del hospital para regresar a Túnez...

—... donde murió a las pocas semanas.

El busca de Fanny volvió a resonar en el aparcamiento desierto.

—Esta vez sí que tengo que volver al curro.

—Claro, vete.

—Tenme informada de lo que hables con tu padre.

Asentí con la cabeza y me marché hacia la zona de aparcamiento de los visitantes. Según iba hacia el coche, no pude evitar darme la vuelta. Había recorrido veinte metros, pero Fanny no se había movido y me miraba fijamente. A contraluz, los mechones rubios le brillaban como si fueran los filamentos de una bombilla mágica. No se le distinguían los rasgos, podría haber tenido cualquier edad.

Por unos segundos, en mi fuero interno, volvió a ser la Fanny del verano de *El gran azul*. Y yo también fui de nuevo «aquel chico distinto a los demás».

La única versión de Thomas Degalais que me había gustado en toda mi vida.

9

Lo que viven las rosas

¿Dónde se está mejor que en el seno de una familia?
¡En cualquier otro sitio!

HERVÉ BAZIN

1.

Con esas carreteras sinuosas, los bosquecillos de olivos y los setos bien cortados, el barrio de la Constance siempre me recordaba a los arabescos de ciertos fragmentos de jazz. Adornos elegantes que, a cada vuelta del camino, se repetían, se enriquecían y se contestaban en un diálogo bucólico e indolente.

El camino de la Suquette (donde vivían mis padres) se llamaba así por un término occitano que designaba una loma o, en general, cualquier elevación del terreno. Esta colina que dominaba Antibes acogió, en tiempos, el castillo de la Constance, una quinta agrícola enorme al este de la ciudad. Con el tiempo, el castillo pasó a ser una clínica, y luego, apartamentos privados. En los terrenos de alrededor surgieron multitud de villas y parcelas. Mis padres (y los de Maxime) se establecieron aquí justo después de que yo naciera, en una época en que la arteria todavía no era más que caminito florido y con poca afluencia. Recuerdo que allí, por ejemplo, fue donde aprendí a montar en bicicleta con mi hermano, y los fines de semana los vecinos solían organizar partidas de petanca. En la actualidad, la carretera era mucho más ancha, y el tráfico, más denso. No es que fuera la Nacional 7, pero faltaba poco.

Cuando llegué al número 74, la dirección de Villa Violette, bajé la ventanilla y llamé al timbre para avisar de mi llegada. No contestó nadie, pero el portón eléctrico se abrió de inmediato. Cambié de marcha y me adentré en la estrecha avenida de cemento que serpenteaba hasta la casa de mi infancia.

Mi padre, fiel a la marca Audi, había aparcado el A4 modelo familiar delante de la entrada principal. Para él era una forma de poder hacer mutis en cuanto quisiera sin tener que depender de los demás (creo que esa actitud condensaba la esencia de Richard Degalais). Aparqué un poco más lejos, en una parcelita con gravilla, junto a un Mercedes descapotable que debía de ser de mi madre.

Anduve unos pasos al sol, tratando de poner orden en lo que quería hacer aquí a esta hora temprana de la tarde. La casa se encontraba en lo alto de la colina y las vistas siempre me dejaban hipnotizado: la silueta estilizada de las palmeras, la pureza del cielo y del mar, la inmensidad del horizonte... Para que el sol no me deslumbrara, me puse la mano de visera y, al girar la cabeza, divisé a mi madre, inmóvil, con los brazos cruzados, esperándome en la veranda.

Llevaba sin verla casi dos años. Mientras subía el tramo de escalones, le pasé revista sin dejar de sostenerle la mirada. En su presencia siempre me sentía como intimidado. Aunque mi infancia junto a ella había sido apacible y alegre, el final de la adolescencia y la edad adulta nos habían alejado. Annabelle Degalais (de soltera, Annabella Antonioli) era una belleza gélida. Una rubia de Hitchcock, pero desprovista de la luz de Grace Kelly o de la fantasía de Eva Marie Saint. Su físico, longuilíneo y anguloso, encajaba perfectamente con el de mi padre. Llevaba un pantalón de corte actual y una chaqueta a juego, cerrada con cremallera. El pelo rubio era ahora ceniciento, aunque no blanco del todo aún. Había envejecido un poco desde la última vez que estuve de visita. Me dio la impresión de que su presencia ya no era tan deslumbrante, aunque seguía aparentando, como mínimo, diez años menos de los que tenía.

—Hola, mamá.

—Buenas tardes, Thomas.

Creo que esa mirada glacial suya nunca había sido tan clara y cortante. Siempre dudaba si darle un beso o no. Todas las veces me parecía como si fuera a retroceder un paso. En esta ocasión, decidí no arriesgarme siquiera.

Se me vino a la memoria el mote que le habían puesto en el colegio, en Italia, cuando era niña: la Austriaca. La historia familiar de Annabelle no había sido fácil y, para mí, era la única excusa que explicaba que fuera tan fría. Durante la guerra, a mi abuelo, Angelo Antonioli, un campesino piamontés, lo reclutaron a la fuerza en el cuerpo expedicionario italiano. Entre el verano de 1941 y el invierno de 1943, Italia desplegó a doscientos mil soldados en el frente del este: desde Odesa hasta las orillas del Don y hasta Stalingrado. Más de la mitad nunca regresó. Tal fue el caso de Angelo, al que los soviéticos hicieron prisionero tras la ofensiva de Ostrogojsk-Rossos. Lo condenaron a un campo de prisioneros y falleció camino del gulag. Aquel niño radiante del norte de Italia sucumbió al frío gélido de la estepa rusa, víctima de una guerra que le era ajena. Para mayor desgracia de la familia, su mujer se quedó embarazada mientras él estaba ausente, un hecho cuya única explicación era el adulterio. Fruto del amor prohibido entre mi abuela y un temporero austríaco, mi madre nació en medio del escándalo. Ese delicado bautismo de fuego le legó una fuerza y un desapego poco comunes. A mí siempre me había dado la impresión de que nada podía afectarla ni conmocionarla de verdad. Una actitud que contrastaba con mi sensibilidad.

—¿Por qué no me dijiste que estabas enferma?

La pregunta salió de mis labios casi a mi pesar.

—¿Qué habría cambiado? —me preguntó ella.

—Me hubiese gustado saberlo, eso es todo.

Mi madre no siempre había sido tan distante conmigo. Si buscaba entre los recuerdos de mi infancia, encontraba momentos de complicidad y conexión auténticas, en particular en torno a novelas y obras de teatro. Y no los había creado mi mente herida: en los álbumes de fotos viejos, hasta mi adolescencia, había visto abundantes imágenes en las que ella aparecía sonriente, a todas luces feliz de que yo fuera su hijo. Luego, las cosas se estropearon sin que acabásemos de entender por qué. Ahora se seguía llevando estupendamente con mis hermanos, pero bastante peor conmigo. Lo cual me hacía sentir una singularidad insana. Al menos, yo tenía algo de lo que ellos carecían.

—¿Así que has ido a la celebración de los cincuenta años del liceo? ¿A qué viene perder el tiempo en eso?

—Me divierte volver a ver a los amigos.

—Tú no tenías amigos, Thomas. Tus únicos amigos eran los libros.

Era la verdad, por supuesto, pero expresada así, me resultaba violenta y triste.

—Maxime es amigo mío.

Se quedó muy quieta y me miró sin pestañear. En el aura irisada del sol, su silueta se parecía a la estatua de las madonas de mármol que se ven en las iglesias italianas.

—¿Por qué has vuelto, Thomas? —insistió—. Ahora no estás promocionando ningún libro.

—Podrías hacer como que te alegras, ¿no?

—¿Acaso lo haces tú?

Suspiré. Era como una pescadilla que se muerde la cola. Había mucho rencor acumulado por ambas partes. Por un instante, estuve en un tris de soltarle la verdad. Que había matado a alguien cuyo cuerpo estaba emparedado en el gimnasio del liceo y que, a partir del lunes, podían mandarme a la cárcel por ese crimen. «La próxima vez que me veas, mamá, podría ser entre dos gendarmes o detrás del cristal de un locutorio.»

Seguramente no lo habría hecho, pero de todas formas ella tampoco me dio la oportunidad. Sin invitarme a seguirla, empezó a subir las escaleras que llevaban a la planta baja. Estaba claro que ya había tenido bastante, y yo también.

Me quedé un ratito yo solo en la terraza pavimentada con grandes baldosas de barro cocido. Hasta que oí unas voces y me acerqué a la baranda de hierro forjado que la hiedra tomaba por asalto. Mi padre mantenía una animada conversación con Alexandre, el viejo jardinero que también se ocupaba de la piscina. Esta tenía una fuga. Mi padre creía que se producía a la altura de los *skimmers,* mientras que Alexandre era más pesimista y ya estaba pensando en excavar en el césped para buscar tuberías.

—Hola, papá.

Richard alzó la cabeza y me saludó con un ademán, como si nos hubiésemos visto el día antes. No se me olvidaba que a quien había ido a ver era a él, pero en lo que se marchaba Alexandre, decidí ir a echar un vistazo al desván.

2.

Bueno, por decir algo. La casa no tenía desván, sino un sótano gigantesco al que se podía entrar desde el exterior, que nunca se había acondicionado en serio y hacía las veces de trastero, con una superficie de más de cien metros cuadrados.

Mientras que en la casa todas las habitaciones estaban perfectamente ordenadas, bruñidas y amuebladas con muy buen gusto, el sótano era un revoltijo inefable con una iluminación triste y vacilante. La memoria rechazada de Villa Violette. Me fui abriendo camino a través del desbarajuste. En la primera parte de la estancia había unas bicicletas viejas, un patinete y unos monopatines que debían de ser de los críos de mi hermana. Al lado de una caja de herramientas, medio tapada por una lona, topé con mi antigua *mobylette*. Mi padre, a quien le apasionaba la mecánica, no había podido resistirse a restaurar el viejo ciclomotor. Había decapado la carrocería, dado una bonita mano de pintura brillante, cambiado las llantas, renovado los neumáticos... la 103 MVL estaba estupenda y flamante. ¡Incluso había conseguido las pegatinas Peugeot originales! En el siguiente cuarto había juguetes, baúles y ropa revuelta. Mis padres nunca habían escatimado el dinero para vestir bien. En otro, toneladas de libros. Los que se leían de verdad, pero que no eran lo bastante literarios para las estanterías de nogal de la biblioteca del salón. Novelas negras y novelas rosa que devoraba mi madre, documentos y ensayos poco intelectuales que le chiflaban a mi padre. Engalanados con su encuadernación de piel, Saint-John Perse y André Malraux tenían permiso para pavonearse en la planta noble, mientras que Dan Brown y *Cincuenta sombras* cogían polvo en el trastero, donde estaban los auténticos «bastidores de la vida».

Encontré lo que había ido a buscar en el último cuarto. Encima de una mesa de ping-pong, dos cajas de mudanza rotuladas con mi nombre y repletas de nostalgia. En un par de viajes, subí las cajas hasta la planta baja y las vacié para separar cosas.

Fui colocando en la mesa de la cocina todo lo que, de forma más o menos directa, guardaba algún vínculo con el año 1992 y podía serme de utilidad para mi investigación. Una mochila Eastpak turquesa pintarrajeada con Tipp-Ex, cuadernos de anillas llenos de apuntes de clase en hojas cuadriculadas. Boletines de notas que daban fe de que había sido un alumno modélico y dócil: «actitud muy positiva en clase», «alumno agradable y motivado», «participativo y siempre muy pertinente», «mente ágil».

Me enfrasqué en algunos trabajos que me habían dejado huella: un comentario de texto sobre *El durmiente del valle,* otro sobre el fragmento inicial de *Bella del Señor.* Encontré incluso varios exámenes de filosofía anotados de puño y letra por Alexis Clément cuando fue profesor mío en 2.º de bachillerato. En un ensayo cuyo tema era «¿El arte puede prescindir de tener reglas?», su calificación había sido «capacidad de reflexión interesante. 14/20». En otra tarea que versaba sobre «¿Se puede comprender una pasión?» (menudo programa), el profe hasta se ponía ditirámbico: «Un trabajo de calidad que, a pesar de algunos despistes, demuestra un buen dominio de los conceptos y se ilustra con ejemplos que dan fe de una sólida cultura literaria y filosófica. 16/20».

Entre otros tesoros, en la caja encontré la foto de clase de segundo de bachillerato y una serie de casetes en las que había grabado música minuciosamente escogida para Vinca, pero que por algún motivo nunca me atreví a enviarle. Abrí una funda al azar y rememoré la lista de temas de la banda sonora de mi vida. El Thomas Degalais de entonces se resumía en esas letras y esa música. Seguía siendo el chico distinto a los demás, un poco desfasado, amable, insensible a las modas, en armonía con sus sentimientos: Samson François tocando a Chopin, Jean Ferrat contando *Les yeux d'Elsa,* Léo Ferré recitando *Une saison en enfer.* Pero también *Moondance* de Van Morrison y *Love Kills* de Freddie Mercury, como una premonición...

También había libros. Viejos ejemplares de bolsillo con las páginas amarillentas que me habían acompañado durante esa época. Los títulos que citaba en las entrevistas cuando aseguraba que «desde muy joven comprendí que gracias a los libros nunca estaría solo».

«Ojalá fuera tan sencillo...»

Uno de esos libros no era mío. La antología de poemas de Marina Tsvetáyeva dedicado por Alexis que me había llevado del cuarto de Vinca al día siguiente del asesinato.

Para Vinca.
Me gustaría no ser sino un alma sin cuerpo para no dejarte nunca.
Quererte es vivir.
Alexis

No pude evitar reírme con maldad. A la sazón, esa dedicatoria me alucinó. Hoy sabía que ese mentiroso de mierda se la había copiado a Victor Hugo en la correspondencia con Juliette Drouet. Impostor hasta el final.

—Vaya, Thomas, ¿qué porras estás haciendo aquí?

Me di la vuelta. Con una podadora en la mano, mi padre acababa de entrar en la cocina.

Hablando de impostores...

3.

Aun sin ser muy cariñoso, mi padre, en cambio, era bastante sobón y pródigo en abrazos, aunque esta vez fui yo el que tuvo ganas de retroceder un paso cuando quiso estrecharme.

—¿Qué tal la vida en Nueva York? ¿Cómo lleváis lo de Trump? —me preguntó mientras se lavaba las manos con mucho cuidado en el chorro del grifo.

—¿Podemos ir a tu despacho? —contesté, haciendo caso omiso de la pregunta—. Quiero enseñarte una cosa.

Mi madre andaba rondando por ahí y no me apetecía que supiera nada de momento.

Richard se secó las manos refunfuñando sobre mi forma de aparecer en plan misterioso y me arrastró a su guarida, en el primer piso. Un amplio despacho-biblioteca amueblado como una sala de fumadores inglesa, con un sofá Chesterfield, estatuillas africanas y una colección de escopetas de caza antiguas. A través de los dos ventanales, la habitación gozaba de las mejores vistas de toda la casa.

De entrada, le alargué mi móvil, donde se veía la página del *Nice-matin* que contaba el hallazgo de la bolsa con los cien mil francos dentro.

—¿Habías leído este artículo?

Richard cogió las gafas, le echó un vistazo rápido sin ponérselas, a través de las lentes, y volvió a dejarlas.

—Sí, menuda historia.

Con los brazos cruzados, se plantó delante de una ventana y con la barbilla señaló en el césped los focos que rodeaban la piscina.

—Esas malditas ardillas asiáticas nos están invadiendo. Se han zampado los cables de la instalación eléctrica, ¿te lo puedes creer?

Volví al artículo:

—Ese dinero debieron de meterlo ahí más o menos durante tu mandato, ¿no?

—Puede, no lo sé —dijo torciendo el gesto, sin volverse—. ¿Te has fijado en que hemos tenido que talar una palmera? Una plaga de picudo rojo.

—¿No sabes de quién podría ser esa bolsa?

—¿Qué bolsa?

—La bolsa en la que apareció el dinero.

Richard se impacientó:

—¿Cómo voy a saberlo? ¿Por qué me tocas las narices con la historia esa?

—El periodista me dijo que la policía había sacado dos huellas. Una de ellas era de Vinca Rockwell. ¿Te acuerdas de ella?

En cuanto mencioné a Vinca, Richard se giró hacia mí y se sentó en un sillón de cuero cuarteado.

—Pues claro, la chica que desapareció. Tenía... la lozanía de las rosas.

Entornó los ojos y, para gran pasmo mío, el profesor de literatura que aún llevaba dentro empezó a recitar a François de Malherbe:

> Pero era de este mundo, do las más bellas cosas
> sufren peores penas.
> Y vivió, por ser rosa, lo que viven las rosas,
> una mañana apenas.

Richard hizo una pausa y, por primera vez, fue él quien retomó la conversación:

—Has dicho que sacaron huellas, ¿no es así?

—La policía aún no sabe a quién pertenece la otra porque no está fichada. Pero pondría la mano en el fuego a que es tuya, papá.

—¡Acabáramos! —se sorprendió.

Me senté frente a él y le enseñé los pantallazos de las redes sociales que me había enviado Pianelli.

—¿Te acuerdas de esta bolsa? Era la que llevabas cuando íbamos a jugar al tenis juntos. Te encantaban ese cuero flexible y la pátina verde oscuro, casi negro.

Una vez más necesitó las gafas para mirar el teléfono.

—Casi no veo nada, ¡esta pantalla tuya es enana!

Agarró el mando a distancia que había encima de una mesita baja, frente a él, y encendió la tele como si hubiéramos terminado la conversación. Fue pasando por las cadenas deportivas (L'Équipe, Canal+ Sport, Eurosport, beIN), se paró un momento en la retransmisión del *giro* de Italia y siguió zapeando hasta la semifinal del Masters de tenis de Madrid que disputaban Nadal y Djokovic.

—Cómo se echa de menos a Federer.

No me di por vencido:

—Quiero que también le eches un vistazo a esto. No te preocupes, son primeros planos.

Le tendí el sobre. Sacó las fotos y las observó sin dejar de prestar atención al partido de tenis. Pensé que se iba a turbar, pero se limitó a sacudir la cabeza, suspirando.

—¿De dónde has sacado esto?

—¡Qué más da! ¡Dime qué significa!

—Ya has visto las fotos. ¿Necesitas que te lo ponga por escrito?

Subió el volumen de la tele, pero le arranqué el mando de las manos y apagué el aparato.

—¡No creas que te vas a ir de rositas!

Volvió a suspirar y buscó en el bolsillo del *blazer* el puro empezado que siempre llevaba encima.

—Vale, me dejé engañar —reconoció, dándole vueltas al habano entre los dedos—. La putita esa no paraba de perseguirme. Me encandiló hasta que no pude aguantar más. Y luego me chantajeó. ¡Y fui tan gilipollas como para darle cien mil pavos!

—¿Cómo pudiste?

—¿Cómo pude qué? Tenía diecinueve años. Se tiraba a todo el que se le ponía por delante. No la obligué. ¡Fue ella la que se me echó encima!

Me puse de pie y le apunté con el dedo.

—¡Sabías que era amiga mía!

—¿Y qué cambiaba eso? —replicó—. En estas cosas, cada uno va a lo suyo. Y, entre tú y yo, no te perdiste gran cosa. Vinca era una tocapelotas y un mal negocio. Lo único que le importaba era el dinero.

Yo no sabía qué me resultaba más odioso, si su arrogancia o su maldad.

—Pero ¿tú oyes lo que estás diciendo?

Richard no solo no estaba turbado ni incómodo, sino que se reía por lo bajinis. Adiviné que una parte de él hasta debía de estar disfrutando con esa conversación. Seguro que se lo estaba pasando pipa con esa imagen del padre que reafirma su poder sobre el hijo infringiéndole algo tan penoso y humillante.

—Eres lo peor. Me das asco.

Mis insultos, por fin, le hicieron mella. Se levantó a su vez de la silla y se me acercó hasta quedarse a menos de veinte centímetros de mi cara.

—¡No conocías a esa chica! ¡El enemigo era ella, era ella la que amenazaba con destruir a nuestra familia!

Señaló las fotos tiradas encima de la mesa.

—¡Imagínate lo que habría pasado si tu madre o los padres de algún alumno llegan a ver eso! Tú es que vives en un mundo literario y romántico, pero la vida de verdad no es así. La vida es violenta.

Ganas me dieron de partirle la cara de un puñetazo para confirmarle lo violenta que puede llegar a ser la vida, pero no habría servido de nada. Y todavía necesitaba que me diera ciertos datos.

—Así que le diste el dinero a Vinca —dije, obligándome a bajar el tono—. ¿Y qué pasó luego?

—Lo que pasa con los chantajistas: que ella quería más y yo no cedí.

Mientras seguía estrujando el puro, entornó los ojos para rememorar mejor.

—La última vez que me lo pidió fue el día antes de las vacaciones de Navidad. Hasta vino a verme con una prueba de embarazo para presionarme más.

—¡O sea, que el niño era tuyo!

Se cabreó:

—¡Pues claro que no!

—¿Cómo lo sabes?

—Porque no encajaba con su calendario menstrual.

Era una explicación descabellada. Como si él fuera a saberlo. De todas formas, Richard siempre había sido un embustero redomado. Y lo que lo volvía peligroso era que, al cabo de un rato, él mismo se creía sus propias mentiras.

—Si ese niño no era tuyo, ¿de quién era?

Contestó como si fuera obvio:

—De ese mamoncete que se la follaba de extranjis, supongo. ¿Cómo se llamaba, hombre, el filósofo ese de los cojones?

—Alexis Clément.

—Ah, sí, Clément.

Le hice la pregunta con tono solemne:

—¿Sabes alguna otra cosa sobre la desaparición de Vinca Rockwell?

—¿Y qué quieres que sepa? No irás a creer que también fue cosa mía... Cuando desapareció, yo estaba en Papeete con tus hermanos.

Era un argumento irrebatible y en eso sí que lo creí.

—Y según tú, ¿por qué no se llevó los cien mil francos cuando desapareció?

—Ni lo sé ni me importa.

Había vuelto a encender el puro, que difundía un olor acre, y a coger el mando a distancia. Subió el volumen. Djokovic perdía frente a Nadal. El mallorquín ganaba 6-2 y 5-4, y le tocaba servir para poder llegar a la final.

El aire me resultaba irrespirable. Estaba deseando salir de ese cuarto, pero Richard no me dejó marchar sin enseñarme una última lección de la vida:

—Ya va siendo hora de que te curtas, Thomas. Y de que comprendas que la existencia es una guerra. A ti que te gustan los libros, vuelve a leer a Roger Martin du Gard: «Toda la existencia es una lucha. Y la vida, una victoria duradera».

10
El hacha de guerra

Cualquier persona es capaz de asesinar.
Es puramente cuestión de circunstancias,
sin que tenga absolutamente nada que ver
con el temperamento. [...] Cualquier persona,
su mismísima abuela. ¡Me consta!

PATRICIA HIGHSMITH

1.

La conversación con mi padre me había dado náuseas, pero no me había aportado casi nada que no supiera ya. Cuando regresé a la cocina, mi madre había apartado las cajas y estaba cocinando.

—Te voy a hacer una tarta de albaricoque. ¿Te sigue gustando?

Aquel era un rasgo suyo que nunca había logrado comprender, pero que constituía parte de su personalidad. Esa capacidad para pasar de un extremo a otro. A veces, Annabelle bajaba la guardia y una parte de ella se relajaba. Se volvía más dulce, más curvilínea, más mediterránea, como si Italia se impusiera a Austria. Se le encendía algo en la mirada que se parecía al amor. Durante mucho tiempo tuve dependencia de esa chispa, la acechaba y la buscaba, convencido siempre de que sería el preludio de un fuego más duradero, pero la llamita siempre se quedaba en la etapa de pavesa. Corriendo el tiempo, aprendí a no dejarme engañar. Le contesté lacónicamente:

—No te molestes, mamá.

—Pues claro que sí, me hace ilusión, Thomas.

Mis ojos se clavaron en los suyos y le preguntaron: «¿Por qué haces esto?». Se había soltado el moño. Tenía el pelo rubio como la arena de las playas de Antibes. Los ojos le brillaban con la claridad y transparencia de la aguamarina. Insistí: «¿Por qué eres así?». Pero los días como hoy tenía la mirada tan fascinante como indescifrable. Mi madre, aquella extraña, se confió hasta el punto de sonreír. La observé mientras sacaba de los armarios la harina y el molde para la tarta. Annabelle nunca había sido el tipo de mujer con la que los hombres se permitían ligar. Causaba la impresión de vivir muy lejos, en otro planeta, inaccesible. Incluso a mí, según crecía a su lado, siempre me pareció que era «demasiado». Demasiado sofisticada para la vida tan normalita que teníamos, demasiado brillante para compartir la vida con un tío como Richard Degalais. Como si su lugar estuviera entre las estrellas.

El timbre del portón me sobresaltó.

—¡Es Maxime! —exclamó Annabelle, pulsando el botón para abrirle.

¿A qué venía, tan de repente, ese tono regocijado? Acudió a recibir a mi amigo mientras yo salía a la terraza. Me puse las gafas de sol para mirar el Citroën color burdeos que cruzaba el portón automático. Seguí con la vista el vehículo familiar que subía por la avenida de cemento y aparcaba detrás del descapotable de mi madre. Cuando se abrieron las portezuelas, vi que Maxime se había traído a sus hijas. Dos morenitas diminutas y monísimas, que parecían estar familiarizadas con mi madre y le tendían los brazos con una espontaneidad arrebatadora. Se suponía que Maxime había ido a la comisaría en respuesta a la citación informal de Vincent Debruyne. Si ya estaba de vuelta, y además con las niñas, debía de ser que el encuentro no había ido demasiado mal. Cuando salió del coche a su vez, intenté descifrar las emociones en su rostro. Estaba saludándolo con la mano cuando me vibró el móvil en el bolsillo. Eché un vistazo a la pantalla. Rafael Bartoletti, mi «fotógrafo oficial».

—*Ciao*, Rafa —dije al descolgar.

—*Ciao*, Thomas. Te llamo por la foto de tu amiga Vinca.

—Ya sabía yo que te iba a gustar.

—De hecho, me tenía tan intrigado que hasta le pedí a mi asistente que la ampliara.

—¿Ah, sí?

—Al examinarla, he comprendido lo que me chirriaba.

Sentí retortijones en el estómago.

—Dime.

—Estoy casi seguro de que no le estaba sonriendo a su acompañante. No es a él a quien está mirando.

—¿Cómo? Y entonces ¿a quién?

—A otra persona que tiene enfrente, a seis o siete metros. En mi opinión, esta Vinca tuya en realidad ni siquiera está bailando con ese pavo. Es una ilusión óptica.

—¿Quieres decir que la foto es un montaje?

—¡No, qué va! Pero seguramente la recortaron. Créeme, la *ragazza* le está sonriendo a otra persona.

«Otra persona...»

Me costaba creerlo, pero le di las gracias a Rafa y me comprometí a mantenerlo al tanto. Para quedarme tranquilo, le mandé un SMS a Pianelli para saber si había tenido noticias de Claude Angevin, el antiguo redactor jefe del periódico que debía de saber quién había sacado la famosa foto.

Luego bajé las escaleras para reunirme con mi madre, Maxime y las niñas en el jardín. Enseguida me fijé en que

Maxime llevaba una abultada carpeta bajo el brazo y le dirigí una mirada interrogativa.

—Ahora te cuento —me susurró, sacando del asiento de atrás una bolsa de la que asomaban un perro de peluche y una jirafa de goma.

Me presentó a sus hijas, dos bichejos de sonrisa deslumbrante, y durante unos minutos todos nos olvidamos de nuestros problemas gracias a sus travesuras. Emma y Louise eran adorables, divertidas e irresistibles. Por cómo se comportaba mi madre (y también mi padre, que se había unido a nosotros), comprendí que Maxime era un habitual de la casa. Me resultaba bastante inverosímil ver a mis padres en el papel de abuelos, y por un momento llegué incluso a pensar que, en cierto modo, Maxime había ocupado en mi familia el hueco que yo dejé al marcharme. Pero no me dolió. Al contrario, me sentí más responsable que nunca de protegerlo de nuestro pasado.

Al cabo de un cuarto de hora, mi madre se llevó a las niñas a la cocina para que la ayudaran a hacer la tarta de albaricoque (cuyo secreto eran las flores secas de lavanda espolvoreadas encima de la fruta) y Richard volvió a subir a su torre para seguir el final de la etapa de la vuelta ciclista.

—Bueno —le dije a Maxime—. Consejo de guerra.

2.

Para mí, el sitio más agradable de Villa Violette era la casita de la piscina, de piedra y madera clara, que mis padres habían mandado construir en cuanto se mudaron a esta casa. Con la cocina al aire libre, el salón de verano y los visillos que tremolaban al viento, parecía una vivienda dentro de la vivienda. Me encantaba ese lugar donde había pasado miles de horas leyendo en el sofá de tela color crudo.

Me senté al extremo de una mesa de teca situada bajo una sombreada pérgola cubierta de parra virgen. Maxime se sentó a mi derecha.

Fui directamente al grano y le puse al tanto de lo que me había revelado Fanny: al final su vida, Ahmed sintió la necesidad de descargar su conciencia. El capataz le había confesado a nuestra amiga que había emparedado el cadáver de Clément en el gimnasio por orden de Francis. Y si se lo había contado a Fanny, bien podía habérselo contado a más gente. No era una buena noticia para nosotros, pero al menos ya no estábamos a ciegas y sabíamos quién había sido el traidor. Bueno, puede que traidor no, pero al menos, el responsable de que nos diéramos de bruces contra el pasado.

—Ahmed murió en noviembre. Si se lo hubiera contado a la policía, habrían tenido tiempo de sobra para sondear la pared del gimnasio —observó Maxime.

Aunque se le seguía reflejando la preocupación en la cara, me pareció que estaba menos agobiado que por la mañana y que dominaba mejor sus emociones.

—Estoy de acuerdo. Debió de contarle la historia a alguien, pero no a la policía. ¿Y tú? ¿Pasaste por la comisaría?

Se revolvió el pelo por encima de la nuca.

—Sí, fui a ver al comisario Debruyne. Tenías razón: no me quería interrogar sobre Alexis Clément.

—Entonces, ¿qué andaba buscando?

—Quería hablarme sobre la muerte de mi padre.

—¿Para decirte qué?

—Ahora te lo cuento, pero antes tienes que leer esto.

Dejó delante de mí la carpeta que había traído.

—Este encuentro con Debruyne me ha llevado a plantearme una cosa: ¿y si la muerte de mi padre tuviera algo que ver con el asesinato de Alexis Clément?

—Creo que no te sigo.

Maxime explicitó lo que se le había ocurrido:

—Creo que a mi padre lo asesinó la misma persona que nos está enviando los mensajes anónimos.

—¡Esta mañana me dijiste que Francis murió como consecuencia de un atraco que salió mal!

—Ya lo sé, pero minimicé los hechos para abreviar, y a la luz de lo que me he enterado en la comisaría, ahora tengo dudas.

Con un ademán, me indicó que abriese la carpeta.

—Lee esto y seguimos hablando. Voy a hacerme un café, ¿quieres uno?

Asentí con la cabeza. Se puso en pie para dirigirse a un retranqueo donde había una cafetera exprés y un juego de tazas.

Yo me enfrasqué en la carpeta. Contenía multitud de recortes de periódico sobre una oleada de robos en domicilios que había sufrido la Costa Azul a finales del año anterior y principios de 2017. Cerca de cincuenta robos en todos los rincones de postín de los Alpes Marítimos, desde Saint-Paul-de-Vence hasta Mougins, pasando por las mansiones de lujo de Cannes o de la zona interior de Niza. El *modus operandi* siempre era el mismo. Cuatro o cinco personas con pasamontañas irrumpían en la casa y rociaban con espray de pimienta a los ocupantes antes de atarlos y secuestrarlos. Era una banda armada, violenta y peligrosa. Les interesaban sobre todo el dinero en metálico y las joyas. En varias ocasiones, los atracadores no habían dudado en maltratar a las víctimas para sacarles el código de las tarjetas de crédito o la combinación de la caja fuerte.

Aquellos allanamientos habían aterrorizado a toda la región y causado la muerte de dos personas: una limpiadora, que falleció de un paro cardíaco cuando irrumpió la banda, y Francis Biancardini. Sin salir de Aurelia Park, la urbanización en la que vivía el padre de Maxime, habían asaltado cuatro casas. Algo impensable en uno de los lugares, en teoría, con más medidas de seguridad de la Costa Azul. Entre las víctimas figuraban un pariente lejano de la familia real saudí y un destacado empresario francés, coleccionista de arte, mecenas y cercano al poder. Este no estaba en casa cuando entraron a robar, pero los atracadores, rabiosos por no encontrar bienes fáciles de vender, se vengaron destrozando los cuadros que colgaban de las paredes del salón. Lo que no sabían era que entre ellos había uno valiosísimo, el titulado *Dig Up The Hatchet,* obra de Sean Lorenz, uno de los pintores contemporáneos más cotizados en el mercado del arte. La destrucción del cuadro provocó una conmoción que alcanzó a los Estados Unidos. El *New York Times* y la CNN se hicieron eco del atraco y el nombre de Aurelia Park, que hasta entonces había sido la joya de la corona inmobiliaria de la Costa Azul, pasó a ser en la actualidad casi una *no-go-zone*. En seis meses, de forma totalmente irracional, el precio de las viviendas cayó un treinta por ciento. Para atajar el pánico, las fuerzas de seguridad del departamento constituyeron un equipo dedicado exclusivamente a perseguir a esos ladrones.

A partir de ese momento, la investigación se aceleró. Muestras de ADN, teléfonos pinchados y vigilancia a gran escala. A principios de febrero la policía organizó un operativo desde por la mañana temprano en un pueblecito de la frontera italiana. Detuvieron a una decena de hombres, todos ellos macedonios, algunos en situación irregular y otros ya fichados por haber cometido robos similares. Registraron varias casas y descubrieron joyas, dinero en metálico, armas cortas, munición, material informático y documentación falsa. Encontraron los pasamontañas, los cuchillos y parte del botín. Al cabo de cinco semanas, habían encerrado al jefe de la red, que se ocultaba en un hotel a las afueras de París. También era el receptador y ya había revendido gran parte del botín en los países del este. A los cuatro delincuentes los trasladaron a Niza, donde los imputaron y encarcelaron en espera de juicio. Algunos reconocieron los hechos, pero no el robo en casa de Francis. Lo que no resultaba sorprendente dado que con un cargo de homicidio involuntario se arriesgaban a una pena de veinte años de cárcel.

3.

Sin dejar de sentir escalofríos, pasé las páginas del dosier de prensa con una mezcla de espanto y de emoción. Los recortes siguientes trataban exclusivamente del robo y de la agresión que había sufrido Francis Biancardini. El padre de Maxime no solo había sufrido maltrato. Lo habían torturado y golpeado hasta matarlo. Algunos artículos mencionaban la tumefacción exagerada del rostro, el cuerpo cubierto de cortes, las muñecas desolladas por el roce de las esposas. Iba entendiendo mejor lo que sugería Maxime. En mi cabeza fue tomando forma una hipótesis. Ahmed había hablado con alguien que acorraló a Francis antes de torturarlo. Seguramente para obligarlo a confesar algo. Pero ¿qué? ¿Su participación en la muerte de Clément? ¿La nuestra?

Seguí leyendo. Una periodista de *L'Obs,* Angélique Guibal, parecía haber tenido acceso al informe policial. El artículo versaba esencialmente sobre el cuadro de Sean Lorenz que habían destrozado, pero también hacía mención de los otros robos de Aurelia Park. Según ella, era probable que Francis siguiera vivo cuando sus agresores se marcharon. Al final del artículo, establecía un paralelismo con el caso de Omar Raddad, afirmando que Biancardini se había arrastrado hasta la ventana y había intentado escribir algo en el cristal con su propia sangre. Como si conociera a los que lo habían agredido.

Este relato me heló la sangre en las venas. Francis siempre me había caído bien, incluso antes de lo que hizo por nosotros en el asesinato de Clément. Se portaba bien conmigo. Me espantaba pensar cómo había pasado los últimos momentos de su vida.

Alcé los ojos de los documentos.

—¿Qué le robaron a Francis en el atraco?

—Solo una cosa: su colección de relojes de pulsera, pero según los del seguro, valía por lo menos trescientos mil euros.

Me acordé de que eran su pasión. Francis era un incondicional de la marca suiza Patek Philippe. Tenía por lo menos unos diez modelos distintos, que le encantaban. Cuando yo era adolescente, disfrutaba enseñándomelos y contándome su historia con tal entusiasmo que había acabado contagiándomelo. Me acordaba de los Calatrava, de los Grande Complication y de los Nautilus con diseño de Gérald Genta.

Desde por la mañana, me rondaba la cabeza una pregunta.

—¿Cuánto tiempo llevaba tu padre viviendo en Aurelia Park? Creía que aún vivía aquí, como antes, en la casa de al lado.

Maxime pareció apurado:

—Iba y venía de la una a la otra desde hacía años, desde mucho antes de que muriese mi madre. Aurelia Park era su proyecto inmobiliario. Invirtió dinero como promotor y, a cambio, se reservó una de las mejores mansiones de la urbanización. Lo cierto es que yo nunca tuve ganas de asomar por allí: incluso después de que muriera, he preferido que se haga cargo el portero. Creo que era una especie de picadero. Donde llevaba a sus amantes y a sus *escorts*. Hubo una época en la que se llegó a decir que organizaba orgías.

Francis siempre había tenido esa fama de mujeriego. Me acordaba de que, en efecto, hablaba abiertamente de sus conquistas, pero no me veía capaz de decir cómo se llamaban. Pese a sus excesos, siempre me había gustado, un poco a mi pesar, porque adivinaba que estaba atrapado dentro de una personalidad compleja y atormentada. Sus diatribas racistas, así como los argumentos machistas y antifeministas, resultaban demasiado exagerados y teatralizados. Más que nada, me parecía que contradecían sus actos. La mayoría de sus operarios eran magrebíes y todos le tenían mucho aprecio. Era un patrono de la vieja escuela, paternalista, en efecto, pero con el que sus hombres podían contar. En lo que se refiere a las mujeres, mi madre me señaló un día que eran las que ocupaban todos los cargos de responsabilidad en su empresa.

Un recuerdo me vino de pronto a la mente, y luego otro, más antiguo.

Hong Kong, 2007. Tengo treinta y tres años. Acabo de publicar mi tercera novela. Mi agente ha organizado una breve gira de firmas por Asia: el Instituto Francés de Hanói, la librería francesa Le Pigeonnier de Taipéi, la prestigiosa Universidad Ewha de Seúl, la librería francesa Paranthèses de Hong Kong. Estoy sentado a la mesa con una periodista en el bar de la planta 25 del hotel Mandarin Oriental. La silueta de Hong Kong se recorta en el horizonte hasta el infinito y, aun así, lo que me tiene absorto desde hace ya un buen rato es un hombre que está sentado a unos diez metros. Es Francis, aunque no lo reconozco. Está leyendo el *Wall Street Journal*, lleva un traje perfectamente cortado (sisas montadas con guata, solapas parisinas trazadas a escuadra) y habla un inglés lo bastante fluido como para departir con el camarero sobre las diferencias entre los *whiskies* japoneses y los *blends* escoceses. En un momento dado, la entrevistadora se da cuenta de que llevo un buen rato sin escucharla y se ofende. Salvo la situación devanándome los sesos para elaborar una respuesta algo sutil a lo que me ha preguntado. Y cuando vuelvo a alzar la vista, Francis ya no está en el bar.

Primavera de 1990, aún no he cumplido los dieciséis. Estoy repasando para el examen de bachillerato de lengua y literatura. Mis padres y mis hermanos se han ido de vacaciones a España. Me gusta esa soledad. Me paso de sol a sol sumergido en los libros del programa. Cada lectura suscita otra, cada descubrimiento es una invitación a profundizar en la música, la pintura y las ideas contemporáneas al texto estudiado. Un día, al recoger el correo a última hora de la mañana, me doy cuenta de que el cartero ha dejado en nuestro buzón una carta para Francis. Decido ir a llevársela *ipso facto*. Como entre su casa y la nuestra no hay ninguna valla, entro por detrás y cruzo el césped de los Biancardini. Uno de los ventanales se ha quedado abierto. Entro sin llamar en el salón con el único propósito de dejar la carta encima de la mesa y marcharme. De repente, veo a Francis sentado en un sillón. No me ha oído porque en la cadena de alta fidelidad está sonando un impromptu de Schubert (lo cual ya es sorprendente de por sí en una casa donde normalmente los únicos que tienen derecho de entrada son Michel Sardou y Johnny Hallyday). Más difícil todavía: Francis está leyendo. Y no un libro cualquiera. No me he movido, pero veo el reflejo de la cubierta en el cristal. Las *Memorias de Adriano* de Marguerite Yourcenar. Estoy pasmado. Francis se jacta a los cuatro vientos de no haber abierto un libro en su vida. Proclama su desdén por los intelectualoides que viven en su burbuja mientras él lleva partiéndose el lomo en la obra desde los catorce años. Me retiro de puntillas, con la cabeza llena de preguntas. Ya he visto a montones de gilipollas intentando hacerse pasar por alguien más listo, pero es la primera vez que veo a un hombre inteligente que se hace pasar por un gilipollas.

4.

—¡Papá, papá!

Los gritos me arrancaron de mis recuerdos. Desde el otro extremo del jardín, Emma y Louise venían corriendo hacia nosotros con mi madre a la zaga. De forma refleja cerré la carpeta y los horrores que tenía dentro. Mientras las nenas asaltaban a su padre, mi madre nos previno:

—Os dejo a las peques. Me voy a comprar albaricoques a Les Vergers de Provence.

Y agitó delante de mis ojos la llave del Mini Cooper que había dejado en el vaciabolsillos de la entrada.

—Me llevo tu coche, Thomas. El mío lo está bloqueando el de Maxime.

—Espere, Annabelle, que voy a moverlo.

—No, no, tengo que acercarme luego al centro comercial y ya voy tarde.

E insistió, mirándome:

—Así, Thomas, no podrás escaparte como un ladrón. Ni hacerle ascos a mi tarta de albaricoque.

—Pero yo tengo que volver a salir. ¡Necesito un coche!

—Pues coge el mío, las llaves están puestas.

Mi madre se fue sin dejarme tiempo para protestar. Mientras Maxime sacaba juguetes de la bolsa para entretener a las niñas, mi móvil se puso a vibrar encima de la mesa. Un número desconocido. Ante la duda, atendí la llamada. Era Claude

Angevin, el antiguo redactor jefe del *Nice-matin* y mentor de Stéphane Pianelli.

Era un hombre bastante majo, pero que hablaba como una tarabilla descompuesta. Me contó que se había establecido en el Douro y se pasó cinco minutos largos contándome las maravillas de esa región portuguesa. Lo encaminé hacia el caso Vinca Rockwell, tratando de sacarle qué opinaba sobre la versión oficial.

—Un cuento chino, pero nunca se va a poder demostrar.

—¿Por qué dice eso?

—Es una corazonada. Siempre he pensado que todo el mundo se había desviado de la investigación: la poli, los periodistas, las familias... Mira, diría incluso que se equivocaron de investigación.

—¿A qué se refiere?

—A que desde el principio se nos pasó lo esencial. No hablo de un detallito de nada, hablo de algo descomunal. Una cosa que nadie vio y que orientó las pesquisas hacia un callejón sin salida. ¿Ves lo que te quiero decir?

Eran unas afirmaciones imprecisas, pero yo lo comprendía y compartía la idea. El antiguo periodista prosiguió:

—Stéphane me dijo que andabas buscando al que sacó la foto de la pareja que bailaba.

—Sí, ¿sabe quién fue?

—*Claro que sei!* Fue un padre: Yves Dalanegra.

El nombre me sonaba de algo. Angevin me refrescó la memoria:

—He estado investigando. Era el padre de Florence y Olivia Dalanegra.

Ahora sí que me acordaba vagamente de Florence. Una chica alta y atlética que me sacaba unos diez centímetros. En segundo de bachillerato, ella estaba en la rama D y yo en la C, pero nos juntábamos en clase de deporte. Hasta debimos de jugar juntos en el equipo mixto de balonmano. En cambio, el padre no me sonaba de nada.

—Nos ofreció la foto él mismo, en 1993, justo después de que publicáramos el primer artículo sobre la desaparición de Vinca Rockwell y de Alexis Clément. Se la compramos sin dudarlo y desde entonces se ha utilizado mucho.

—¿La recortaron ustedes?

—No, no que yo recuerde, al menos. Creo que se publicó tal y como nos la vendió el hombre.

—¿Y sabe dónde vive ahora, ese Yves Dalanegra?

—Sí, te he buscado las señas. Te las mando por *email,* pero estate preparado para una sorpresita.

Tras indicarle mi dirección de correo electrónico, di las gracias a Angevin, que me hizo prometerle que le tendría al tanto si avanzaba en la investigación.

—No se olvida así como así a Vinca Rockwell —me soltó antes de despedirse.

«¡A mí me lo vas a decir!»

Cuando colgué, el café que me había preparado Maxime ya estaba frío. Me puse de pie para servirme otra taza. Tras asegurarse de que las niñas estaban entretenidas, Maxime se reunió conmigo junto a la cafetera exprés.

—Todavía no me has contado para qué te citó el comisario Debruyne.

—Quería que identificase algo relacionado con la muerte de mi padre.

—No me tengas en ascuas. ¿Que identificaras qué?

—El miércoles, el viento sopló muy fuerte y el mar se picó mucho. Las algas arrastraron montones de algas y de basura. Antes de ayer por la mañana, el servicio de limpieza municipal fue a despejar la orilla.

Con la mirada perdida, pero vigilando a sus hijas, tragó un sorbo de café antes de continuar:

—En la playa de La Salis, un empleado encontró un saco de yute que había arrojado la tormenta. ¿A que no adivinas lo que había dentro?

Negué con la cabeza, despistadísimo.

—En el saco estaban los relojes de mi padre. Toda la colección.

Enseguida comprendí el alcance de esa revelación. Los macedonios no tenían nada que ver con la muerte de Francis. El robo que había sufrido no era tal. El asesino de Francis había aprovechado hábilmente la oleada de atracos para maquillar el asesinato. Solo se había llevado la colección de relojes para simular un robo. Y luego se deshizo de ellos para no dejar rastro o por miedo a un registro inoportuno.

Maxime y yo nos miramos y luego ambos giramos la cabeza hacia las niñas. Sentí que me invadía un soplo helado. Ahora, el peligro estaba en todas partes. Teníamos pegado a los talones a un enemigo con una férrea determinación que no era, como yo creía al principio, ni un chantajista ni alguien que solo quisiera asustarnos.

Era un criminal.

Un asesino en el sendero de la guerra que estaba ejecutando una venganza implacable.

El chico distinto a los demás

Bajé la capota del cabriolé de mi madre. Rodeado de monte bajo y cielo azul, conduje tierra adentro. Una temperatura agradable y un paisaje bucólico. El extremo opuesto al tormento que padecía en mi fuero interno.

Para ser exactos, estaba ansioso, pero emocionadísimo. Aunque no me atreviera a reconocerlo, volvía a tener esperanzas. Aquella tarde, durante unas horas, estuve plenamente convencido de que Vinca no estaba muerta y de que iba a verla de nuevo. Y que así, sin más, mi vida volvería a tener sentido y a ser liviana, y la culpabilidad que arrastraba desaparecería para siempre.

Durante unas horas creí que iba a ganar la apuesta: no solo sabría cuál era la verdad sobre el caso Vinca Rockwell, sino que saldría de esa búsqueda fortalecido y feliz. Sí, estuve realmente convencido de que iba a liberar a Vinca de la misteriosa prisión en la que se estaba pudriendo y de que ella me iba a liberar a mí del desamparo y los años perdidos.

Al principio, busqué a Vinca sin descanso, pero a medida que pasaban los años, acabé esperando que fuese ella quien me encontrara a mí. Pero nunca me había resignado y me guardaba en la manga una carta de la que nadie más sabía nada. Un recuerdo más. No era una prueba categórica, sino una convicción íntima. La que, ante un tribunal, puede quebrar una vida o infundirle un nuevo aliento.

*

La escena se remontaba a unos años. En 2010, entre el día de Navidad y Nochevieja, Nueva York quedó paralizado por culpa de una tormenta de nieve, una de las más espectaculares que haya conocido la ciudad. Habían cerrado los aeropuertos y cancelado todos los vuelos, y durante tres días, Manhattan vivió bajo una capa de nieve y hielo. El 28 de diciembre, después del apocalipsis, un sol espléndido salpicó la ciudad durante el día entero. Sobre las doce del mediodía, yo salí de mi piso y fui a dar un paseo hacia Washington Square. A la entrada del parque, donde se reúnen los jugadores de ajedrez, me dejé tentar por una partida con Serguéi, un anciano ruso con el que ya había jugado otras veces. En las partidas de veinte dólares, el hombre siempre me había ganado *in extremis*. Me senté a una de las mesas de piedra, muy decidido a tomarme la revancha.

Me acuerdo perfectamente de ese momento. Me disponía a hacer un movimiento interesante: comerme el alfil de mi adversario con el caballo. Alcé la pieza del tablero al mismo tiempo que los ojos. Y entonces fue cuando una daga me atravesó el corazón.

Vinca estaba allí, en el otro extremo de la avenida, a quince metros de mí.

Estaba enfrascada en un libro, sentada en un banco con las piernas cruzadas y un vaso de papel en la mano. Radiante. Con una plenitud y una dulzura mayores que cuando estábamos en el liceo. Llevaba unos vaqueros claros, una chaqueta de ante color mostaza y una bufanda gruesa. A pesar del gorro que le tapaba el pelo, adiviné que lo llevaba más corto y que había perdido los reflejos pelirrojos. Me froté los párpados. El libro que tenía en la mano era el mío. En el momento en que iba a abrir la boca para llamarla, alzó la cabeza. Cruzamos la mirada un instante y...

—Bueno, ¿mueves de una maldita vez o qué? —me interpeló Serguéi.

Perdí a Vinca de vista unos segundos, justo cuando un grupo de chinos llegaba al parque. Me puse de pie, crucé entre la multitud para alcanzarla, pero, cuando llegué al banco, Vinca había desaparecido.

*

¿Qué credibilidad tenía ese recuerdo? La visión había sido fugaz, lo reconozco. Por miedo a que la escena se difuminara, me la había proyectado mentalmente una y otra vez, para fijarla así por siempre jamás. Como aquella imagen parecía que me sosegaba, me aferraba a ella, pero sabía lo frágil que era. Todo recuerdo implica una parte de ficción y de reconstrucción, y ese era demasiado bonito para ser cierto.

Al correr los años, yo había acabado dudando de la veracidad de esa visión mía. Sin duda, me había obligado a creer en algo. Hoy, aquel hecho cobraba un significado particular. Volví a pensar en lo que me había dicho Claude Angevin, el antiguo redactor jefe del *Nice-matin*: «... todo el mundo se había desviado de la investigación. Mira, diría incluso que se equivocaron de investigación. Desde el principio, se nos pasó lo esencial...»

Angevin tenía razón. Sin embargo, las cosas estaban cambiando. La verdad estaba en marcha. Puede que tuviera un asesino pisándome los talones, pero no me asustaba. Gracias a él podía remontarme hasta Vinca. Ese asesino era mi oportunidad...

Pero no podía vencerlo solo. Para adentrarme en el secreto de la desaparición de Vinca Rockwell necesitaba bucear en mis recuerdos, visitar al chico distinto a los demás que fui antaño, entre 1.º de bachillerato y mediados de 2.º. Un joven positivo y valiente, un ser de corazón puro, bendecido como por un estado de gracia. Sabía que nunca lograría resucitarlo, pero su presencia nunca había desaparecido. Incluso en mis momentos más sombríos, lo llevaba dentro. Una sonrisa, una palabra, una sabiduría que me traspasaba a veces y me recordaba quién había sido.

Ahora estaba convencido de que solo él sería capaz de hacer que estallara la verdad. Porque en mi afán por encontrar a Vinca, lo que estaba haciendo, sobre todo, era buscarme a mí mismo.

11
Detrás de su sonrisa

En fotografía, no existe la inexactitud.
Todas las fotos son exactas.
Ninguna muestra la verdad.

RICHARD AVEDON

1.

Yves Dalanegra vivía en una extensa finca en lo alto de Biot. Antes de plantarme en su casa sin avisar, llamé al número que me había indicado Claude Angevin. Primer golpe de suerte: aunque pasaba seis meses al año en Los Ángeles, en este momento estaba en la Costa Azul. Segundo golpe de suerte: sabía muy bien quién era yo porque Florence y Olivia, las hijas que habían coincidido conmigo en el liceo (y de las que conservaba un recuerdo borroso pero real) leían mis novelas y les gustaban. Me ofreció pues, *motu proprio,* ir a verlo a su casa-taller del camino de Les Vignasses.

Angevin me había advertido de que estuviese «preparado para una sorpresita». Al consultar la página web de Dalanegra, su entrada en la Wikipedia y varios artículos en Internet, comprendí que el hombre se había convertido en una auténtica celebridad en el mundillo fotográfico. Tenía una trayectoria tan asombrosa como peculiar. Hasta que cumplió los cuarenta y cinco, Dalanegra había llevado una vida de padre de familia. Era gestor en una pyme de Niza y llevaba casado veinte años con la misma mujer, Catherine, con la que tenía dos hijas. En 1995, la muerte de su madre le provocó una reacción que cambió radicalmente el rumbo de su vida. Se divorció, dejó el trabajo y se marchó a Nueva York para dar rienda suelta a su pasión: la fotografía.

Unos años más tarde, en una semblanza publicada en la última página del diario *Libération,* confesó que fue entonces cuando decidió aceptar que era homosexual. Las fotos que lo habían lanzado a la fama eran desnudos que emulaban ostensiblemente la estética de Irving Penn o Helmut Newton. Pero con el tiempo, su trabajo se volvió más personal. Ahora ya no fotografiaba más que cuerpos que se salían de los cánones de belleza tradicionales: mujeres con mucho sobrepeso o muy menuditas, modelos con la piel quemada, personas amputadas, enfermos en pleno tratamiento de quimioterapia... Físicos singulares que Dalanegra conseguía sublimar. Tras las reservas iniciales, la fuerza de sus obras, sin ningún atisbo de mal gusto o desviación, me dejó atónito. Se parecían más a la pintura de la escuela flamenca que a una campaña publicitaria políticamente correcta a favor de la diversidad de los cuerpos. Sus imágenes, muy elaboradas, con una puesta en escena original y una cuidada iluminación, parecían cuadros clásicos que trasladaban al espectador a un mundo donde la belleza se combinaba con el placer, la voluptuosidad y el alborozo.

Iba conduciendo al paso por la carreterita que subía entre olivos y muretes de piedras sueltas. De cada llano salía un camino aún más estrecho que llevaba a un conjunto de viviendas: casas tradicionales reformadas o casas más actuales, parcelas con villas provenzales construidas en la década de 1970... De repente, a la vuelta de una curva cerradísima, los olivos de tronco nudoso y hojas temblorosas desaparecieron para dar paso a una especie de palmeral inverosímil, como si alguien hubiese trasplantado un pedazo de Marrakech en mitad de la Provenza. Yves Dalanegra me había indicado el código para abrir el portón de entrada. Aparqué delante de la verja de hierro forjado y recorrí a pie la avenida bordeada de palmeras que llevaba hasta la casa.

De súbito, una mole parda se lanzó hacia mí ladrando. Un pastor de Anatolia gigantesco. Tengo pánico a los perros. A los seis años, en la fiesta de cumpleaños de un amigo, el beauceron de la familia se me echó encima de pronto. Sin motivo aparente, me mordió en la cara. Estuve a punto de perder un ojo y desde entonces, además de una cicatriz encima de la nariz, tengo un miedo visceral y desmesurado a los cánidos.

—¡Quieto, *Ulises!*

El portero de la finca, un hombrecillo de brazos musculosos y desproporcionados en relación con el cuerpo, apareció detrás del perrazo. Llevaba una camiseta marinera y una gorra de capitán, como Popeye.

—¡Perro bueno! —exclamó alzando la voz.

Pelo corto, cabeza grande, ochenta centímetros de altura: el kangal me desafiaba con la mirada, disuadiéndome de avanzar más. Debía de notar mi aprensión.

—¡Vengo a ver al señor Dalanegra! —le expliqué al portero—. Él me dijo el código de la entrada.

El hombre estaba dispuestísimo a creerme, pero *Ulises* ya me había agarrado el bajo del pantalón. No pude reprimir un grito que obligó al portero a intervenir y a forcejear con las manos desnudas para obligar al perro a soltar su presa.

—¡Vete, *Ulises!*

Popeye, algo contrariado, se deshacía en excusas:

—No sé lo que le ha dado. Suele ser tan cariñosón como un oso de peluche. Debe de ser algún olor que lleva usted encima.

«El olor del miedo», pensé mientras seguía camino adelante.

El fotógrafo se había construido una casa original, de estilo californiano en forma de L, edificada con bloques de hormigón translúcido. Una extensa piscina infinita ofrecía una vista espectacular del pueblo y de la colina de Biot. Desde las puertas de cristal abiertas me llegaba un dúo de ópera: el aria más famosa del acto II del *Caballero de la rosa* de Richard Strauss. Curiosamente, la puerta de entrada no tenía timbre. Llamé, pero la música estaba tan alta que no acudió nadie. Siguiendo la costumbre del sur, di la vuelta por el jardín para acercarme a la fuente musical.

Dalanegra me vio a través del cristal y, con un ademán, me indicó que entrara por uno de los amplios ventanales.

El fotógrafo estaba terminando una sesión de trabajo. La casa no era sino un *loft* inmenso convertido en estudio fotográfico. Una modelo se estaba vistiendo detrás de la cámara. Era una belleza curvilínea a la que el artista acababa de inmortalizar (según adiviné por los accesorios de la puesta en escena) con la misma pose que *La maja desnuda* de Goya. Había leído por ahí que la última fijación del artista era reproducir obras maestras de la pintura con modelos corpulentas.

La decoración era *kitsch* pero no malsana: un sofá muy grande de terciopelo verde, cojines mullidos, visillos de encaje, sábanas vaporosas que creaban la ilusión de un baño de espuma.

Dalanegra me tuteó a la primera:

—*How are you, Thomas? Come on,* ¡acércate, ya hemos terminado!

Físicamente, se parecía a Jesucristo. O más bien, para seguir con las comparaciones pictóricas, al autorretrato de Alberto Durero: melena ondulada hasta los hombros, rostro simétrico y afilado, barba corta bien perfilada, mirada fija y con ojeras. La indumentaria, en cambio, era harina de otro costal: vaqueros bordados, chaleco de trampero con flecos y botines tejanos.

—No me he enterado de nada de lo que me contaste por teléfono. Vine de L.A. anoche y estoy totalmente desfasado.

Me invitó a tomar asiento al extremo de una mesa de madera sin tratar mientras él se despedía de la modelo. Al mirar las fotos que había expuestas por doquier, me di cuenta de que en la obra de Dalanegra no existían los hombres. Estaban proscritos, borrados del mapa, liberando así el espacio para que las mujeres pudieran moverse en un mundo libre de mal-chos.

Ya de vuelta, el fotógrafo estuvo hablando primero de sus hijas y luego de una actriz que había actuado en la adaptación cinematográfica de una de mis novelas y a la que él había inmortalizado. Cuando agotamos estos temas de conversación, me preguntó:

—Dime qué puedo hacer por ti.

2.

—¡Esa foto es mía, *of course!* —reconoció Dalanegra.

Como parecía dispuesto a ayudarme, había ido directamente al grano y le había enseñado la cubierta del libro de Pianelli. Casi me lo arrancó de las manos y se quedó mirando la foto como si llevase años sin verla.

—Esto es el baile de promoción, ¿no?

—Más bien un baile de fin de año, a mediados de diciembre de 1992.

Asintió:

—Por entonces, yo llevaba el club de fotografía del liceo. Debía de andar por el centro y pasé volando para hacer unas fotos de Florence y de Olivia. Pero caí en la tentación y me puse a disparar a derecha e izquierda. Pero no se me ocurrió revelar ese trabajo hasta varias semanas más tarde, cuando se empezó a hablar de que la chica aquella se había fugado con un profesor. Esta imagen formaba parte de la primera tanda que saqué. Se la ofrecí al *Nice-matin* y me la compraron a tocateja.

—Pero está recortada, ¿no?

Entornó los ojos:

—Es cierto, qué buen ojo tienes. Debí de aislar a los dos protagonistas para acentuar la intensidad de la composición.

—¿Ha conservado el original?

—Mandé digitalizar todas las fotos analógicas que hice desde 1974 —dijo.

Pensé que estaba en racha hasta que torció el gesto.

—Están todas guardadas en algún servidor o en la nube, como dicen ahora, pero no sé muy bien cómo recuperarlas.

Al ver mi desencanto, me ofreció llamar por Skype a su asistente, que estaba en Los Ángeles. En la pantalla del ordenador apareció la cara de una joven japonesa aún medio dormida.

—Hola, Yûko, ¿me podrías hacer un favor?

Con las coletas azul turquesa, la inmaculada camisa blanca y la corbata de colegiala, parecía una *cosplayer* a punto de marcharse a una convención.

Dalanegra le explicó con mucha precisión lo que estaba buscando y Yûko se comprometió a decirnos algo rápidamente.

Después de colgar, el fotógrafo se metió detrás de la encimera de piedra de la cocina para preparar algo de beber en la batidora. Llenó el vaso de cristal con espinacas, plátano troceado y leche de coco. Al cabo de tres segundos, sirvió un batido verdoso en dos vasos grandes.

—¡Pruébalo! —dijo volviendo conmigo—. Es buenísimo para la piel y para el estómago.

—Casi que prefiero un whisky, si tuviera...

—Lo siento, dejé de beber hace veinte años.

Se tragó la mitad del brebaje antes de seguir hablando de Vinca:

—Para fotografiar a esa chica no hacía falta ser ningún genio —soltó, dejando el vaso junto al ordenador—. Disparabas y, al revelar, la foto era aún mejor que la realidad. No conozco a mucha gente con ese don.

Esas afirmaciones me llamaron la atención. Dalanegra hablaba como si hubiera fotografiado a Vinca más veces.

—¡Pues claro! —confirmó cuando se lo pregunté.

Al verme tan confundido, me contó unos hechos que yo desconocía.

—Dos o tres meses antes de desparecer, Vinca me pidió que le sacase unas fotos. Yo creía que eran para hacerse un *book* y trabajar de modelo, como algunas amigas de mis hijas, pero al final me confesó que eran para su novio.

Agarró el ratón e hizo clic varias veces para abrir el navegador.

—Hicimos dos sesiones realmente estupendas. Con tomas *soft* pero glamurosas.

—Y esas fotos ¿las ha conservado?

—No, era parte del trato y no insistí, pero lo raro es que han vuelto a aparecer en Internet hace unas semanas.

Giró el monitor hacia mí. Se había conectado a la cuenta de Instagram de las Heteroditas, la hermandad feminista del Saint-Ex que rendía culto a Vinca. Las jóvenes habían colgado en su página una veintena de fotografías, aquellas de las me acababa de hablar Dalanegra.

—¿Cómo han conseguido esas imágenes?

El fotógrafo barrió el aire con las manos:

—Mi agente su puso en contacto con ellas por temas de *copyright*. Según cuentan, las recibieron por correo electrónico de un remitente anónimo, así de fácil.

Pasé revista a las fotos inéditas no sin cierta emoción. Eran una auténtica oda a la belleza. Allí estaba todo lo que constituía el encanto de Vinca. Ninguno de sus rasgos era perfecto. La singularidad de su belleza residía en que todas esas pequeñas imperfecciones se combinaban para formar un conjunto armónico y equilibrado, que confirmaba el viejo dicho de que el todo nunca equivale a la suma de las partes.

Detrás de su sonrisa, detrás de la máscara apenas teñida de arrogancia, adiviné un sufrimiento del que no me había percatado entonces. O, cuando menos, una inseguridad que me confirmaba lo que experimenté más adelante al relacionarme con otras mujeres: la belleza también es una vivencia intelectual, un poder frágil que a veces no se sabe bien si se ejerce o se padece.

—Después de eso —prosiguió Dalanegra—, Vinca me pidió cosas más fuertes, casi porno. Pero esas veces le dije que no porque me daba la sensación de que quien las quería era su novio, pero que a ella no le apetecía mucho.

—Ese novio, ¿quién era? ¿Alexis Clément?

—Supongo. Ahora parece una nimiedad, pero en aquella época asustaba un poco. No quería meterme en eso. Porque además...

Dejó la frase en el aire mientras buscaba las palabras.

—Porque además, ¿qué?

—Es difícil de explicar. Un día, Vinca estaba radiante y, al siguiente, parecía abatida o hundida. Me pareció muy inestable. Y luego estaba ese otro encargo que me dejó helado: me pidió que la siguiera, a escondidas, para hacerle unas fotos con las que quería chantajear a un hombre mayor que ella, algo muy turbio y sobre todo...

Un sonido cristalino indicó que acababa de llegar un correo electrónico e interrumpió a Dalanegra.

—¡Ah, es Yûko! —dijo, echando un vistazo al ordenador.

Hizo clic para abrir el mensaje que llevaba adjuntas unas cincuenta fotos del baile de fin de año. Se puso las gafas de media luna y enseguida localizó la famosa imagen de Vinca y de Alexis Clément bailando.

Rafa estaba en lo cierto. Era una foto recortada. Al abrir el plano, la imagen cobraba otro significado: Vinca y Clément no estaban bailando juntos. Vinca estaba bailando sola mientras miraba a otra persona. Un hombre que solo aparecía de espaldas, desenfocado, en primer plano.

—¡Mierda!

—¿Qué estás buscando concretamente?

—Esta foto suya es engañosa.

—Como todas las fotos —respondió, tan tranquilo.

—Vale, no empecemos con los juegos de palabras.

Cogí un lápiz que andaba rodando por el escritorio y señalé la mancha amorfa y borrosa.

—Quiero identificar al tío este. Puede que tenga algo que ver con la desaparición de Vinca.

—Vamos a ver las otras tomas —sugirió el fotógrafo.

Acerqué mi silla a la pantalla y me pegué a él para mirar juntos todas las fotos. Dalanegra había sacado sobre todo a sus hijas, pero en algunas imágenes aparecían otros asistentes. Aquí, la cara de Maxime; allí, la de Fanny. La banda de alumnos, con algunos de los cuales me había cruzado por la mañana, sin ir más lejos: Éric Lafitte, «Régis es gilipollas», la brillante Kathy Laneau... Hasta yo aparecía en una foto, aunque no recordaba haber estado en esa velada. Parecía estar a disgusto, con la mirada algo perdida, con mi eterna camisa azul clarito y el *blazer*. El grupo de profesores, siempre en la misma formación. El hatajo de cabrones, que permanecían juntitos para darse calor: N'Dong, el profe de matemáticas sádico que disfrutaba sacando a los alumnos a la pizarra para torturarlos; Lehmann, el profe de física maníaco-depresivo; y la más perversa, la Fontana, que como no sabía hacerse respetar en el aula, se resarcía de forma muy cruel en las juntas de evaluación. Del otro lado, los docentes más humanos: la señorita DeVille, la profe de literatura inglesa de las clases preparatorias, tan guapa como ocurrente (podía cerrarle el pico a cualquier pesado con una cita de Shakespeare o de Epicuro), y el señor Graff, el que fuera mi mentor, mi maravilloso profesor de lengua y literatura en 4.º de secundaria y 1.º de bachillerato.

—¡Joder, no se ve nunca el contracampo! —me irrité cuando llegamos al final de la serie de fotos.

Sabía que acababa de pasar a un palmo de una revelación crucial.

—Es verdad, qué fastidio —admitió Dalanegra apurando el batido.

Yo el mío ni lo había tocado. Era superior a mis fuerzas. La luz de la habitación había ido bajando. El hormigón translúcido, propicio a crear efectos luminosos, transformaba la casa en una especie de pompa donde el mínimo cambio de claridad repercutía como un eco y movía las sombras sutiles que flotaban como fantasmas.

A pesar de todo, le agradecí al fotógrafo su ayuda y antes de despedirme le pedí si podía enviarme las fotos por *email,* cosa que hizo en el acto.

—¿Sabe si aquella noche alguien más hizo fotos, aparte de usted? —le pregunté desde el umbral de la puerta.

—Algunos alumnos, seguramente —conjeturó—. Pero fue mucho antes de que hubiese cámaras digitales. En aquellos tiempos, se trataba de no malgastar carrete...

«En aquellos tiempos...» Esta última expresión resonó en el silencio catedralicio de la sala y nos hizo sentir, tanto a él como a mí, tremendamente viejos.

3.

De vuelta en el Mercedes de mi madre, conduje varios kilómetros sin saber muy bien adónde ir. La visita al fotógrafo me había dejado con la miel en los labios. Quizá me estuviese equivocando de dirección, pero me debía a mí mismo investigar esa pista. Tenía que descubrir quién era el hombre de la foto.

En Biot, dejé atrás el campo de golf y llegué a la rotonda de La Brague. En lugar de seguir hacia el casco viejo, me metí por la carretera de Colles. La que conducía a Sophia Antipolis. Algo así como una fuerza de retorno me llevaba de vuelta al liceo Saint-Exupéry. Por la mañana no había tenido valor para afrontar allí los fantasmas cuya existencia había negado durante demasiado tiempo.

De camino, fui pensando en todas las fotos que había visto en casa de Dalanegra. Una en particular me había desazonado. La de un fantasma, precisamente: Jean-Christophe Graff, mi antiguo profesor de lengua y literatura. Entorné los ojos. Me volvían los recuerdos con su cortejo de tristeza. El señor Graff fue el profesor que había orientado mis lecturas y me había animado a escribir los primeros textos. Era un hombre cabal, sutil y generoso. Un larguirucho de rasgos delicados, casi femeninos, que siempre llevaba una bufanda, hasta en verano. Un profe capaz de hacer análisis literarios brillantes, pero que siempre parecía algo perdido, al margen de la realidad.

Jean-Christophe Graff se suicidó en 2002. Hacía quince años ya. Para mí, constituía una nueva víctima de la «maldición de la gente buena». Esa ley injusta, ese destino de mierda que se cebaba con algunas personas que se pasaban de frágiles y cuya única falta era intentar comportarse correctamente con los demás. Ya no sé quién afirmaba eso de que el destino le reserva a cada hombre solo lo que es capaz de soportar, pero se equivocaba. El destino es casi siempre un capullo perverso y vicioso al que le pone destrozarles la vida a los más débiles mientras tantísimos cabrones disfrutan de una vida larga y feliz.

La muerte de Graff me dejó anonadado. Antes de tirarse desde la terraza de su piso, me escribió una carta muy conmovedora que me llegó a Nueva York una semana después de que muriera. En ella se sinceraba sobre su inadaptación a la crueldad de los hombres y me confesaba que se moría de aislamiento. Se refería a la desilusión de comprobar que los libros, que tan a menudo lo habían ayudado a superar los momentos más duros, ahora ya no le bastaban para mantener la cabeza fuera del agua. Pudoroso, me contaba que un gran amor no compartido le había roto el corazón. En las últimas líneas de la misiva me deseaba buena suerte en la vida y me aseguraba que no tenía la menor duda de que yo sabría triunfar donde él había fallado: la búsqueda fructuosa de un alma gemela para hacer frente a las turbulencias de la existencia. Pero también él se hacía ilusiones sobre mis capacidades y, en los días malos, cada vez con mayor frecuencia, me daba por pensar que no era tan improbable que yo acabase como él.

Me esforcé por descartar esas ideas tan deprimentes al llegar al pinar. Esta vez no me paré delante de la tienda de Dino, sino que llegué hasta la garita que había a la entrada del liceo. A juzgar por sus rasgos, el portero debía de ser el hijo de Pavel Fabianski. El chico estaba viendo vídeos de Jerry Seinfield en la pantalla del móvil. Yo no tenía identificación, pero lo lie contándole que iba a arrimar el hombro en los preparativos de la fiesta. Me abrió la barrera sin molestarse en averiguar más y siguió mirando la pantalla. Entré en el recinto y aun a riesgo de contravenir las reglas, aparqué directamente en la losa de hormigón enfrente del Ágora.

Entre en el edificio, salté por encima del torniquete de la biblioteca y me planté en la sala principal, con tan buena suerte que Zélie no andaba por los alrededores. Un cartelito clavado en un panel de corcho indicaba que las sesiones del club de teatro, en el que oficiaba de gran sacerdotisa, se celebraban los miércoles y sábados por la tarde.

Detrás del mostrador de préstamos, una joven con gafas ocupaba su lugar. Estaba sentada en la silla de oficina con las piernas cruzadas como un indio y absorta en la edición inglesa de *On Writing* de Charles Bukowski. Tenía unas facciones muy dulces y llevaba una blusa azul marino con cuello bebé, un pantalón corto de *tweed*, pantis de plumeti y zapatos de cordones bicolores.

—Hola, ¿es usted la compañera de Eline Bookmans?

Apartó los ojos del libro y me miró sonriente.

Instintivamente, aquella chica me cayó bien. Me gustaba el moño formal que contrastaba con el brillante de la nariz; el tatuaje de arabescos que le bajaba desde detrás de la oreja para perderse en el cuello de la blusa; la taza cilíndrica en la que bebía té, que llevaba escrito «Reading is sexy». Era algo que no me pasaba casi nunca. No se podía comparar con un flechazo, sino que era algo por lo que sabía que la persona que tenía enfrente estaba «en mi bando» y no en el del enemigo, ni en la extensa tierra de nadie que poblaban todas las personas con las que nunca tendría nada en común.

—Me llamo Pauline Delatour —se presentó—. ¿Es usted un profesor nuevo?

—En realidad, no. Soy...

—Estoy de broma, ya sé quién es, Thomas Degalais. Todo el mundo lo vio esta mañana en la plaza de los Castaños.

—Yo estudié aquí, hace mucho tiempo —expliqué—. Puede que incluso antes de que usted naciera.

—No exagere; y si quiere hacerme un cumplido, tendrá que currárselo más.

Pauline Delatour se metió un mechón detrás de la oreja, riéndose, y descruzó las piernas para ponerse de pie. Me pareció entender mejor lo que me gustaba de ella. Combinaba cosas que rara vez iban emparejadas: plena conciencia de su sensualidad, pero sin la menor presunción, una verdadera alegría de vivir y como una elegancia natural que daba la sensación de que, hiciera lo que hiciese, nunca sería presa de la vulgaridad.

—No es usted de aquí, ¿verdad?

—¿De aquí?

—Del sur. De la Costa Azul.

—No, soy parisina. Me vine hace seis meses, cuando se creó el puesto.

—A lo mejor puede usted ayudarme, Pauline. Cuando yo estudiaba aquí, había un periódico del liceo que se llamaba el *Correo del Sur.*

—Sigue existiendo.

—Me gustaría consultar los archivos.

—Se los traeré. ¿Qué año le interesa?

—Digamos que el curso 1992-1993. Sería estupendo si también me encontrara el anuario de ese curso.

—¿Busca alguna cosa en concreto?

—Información sobre una antigua alumna: Vinca Rockwell.

—Pues claro, la famosa Vinca Rockwell... Cómo no haber oído hablar de ella por aquí.

—¿Se refiere al libro de Stéphane Pianelli que Zélie intenta censurar?

—Me refiero sobre todo a esas niñas de papá con las que me cruzo todos los días y que se creen feministas porque han leído los tres primeros capítulos de *El cuento de la criada*.

—Las Heteroditas...

—Tratan de apropiarse de la memoria de esa chica para convertirla en una figura simbólica que la pobre Vinca Rockwell seguramente no era.

Pauline Delatour tecleó en el ordenador y apuntó en un Post-it la signatura de las obras que le había pedido.

—Puede ir a sentarse: Le traeré los periódicos en cuanto consiga ponerles la mano encima.

4.

Me senté en «mi» sitio de entonces: al fondo de la sala, en un retranqueado, muy cerca de la ventana. La vista daba a un patio pequeño y cuadrado totalmente anacrónico, con una fuente cubierta de hiedra y adoquines. Lo rodeaba una galería de piedra rosada y siempre me había recordado a un claustro. Solo faltaban los cantos gregorianos para alcanzar la espiritualidad.

Dejé encima de la mesa la mochila Eastpak turquesa que había rescatado de casa de mis padres y saqué mis bolis y demás material como si fuera a redactar un trabajo de clase. Estaba a gusto. En cuanto me encontraba rodeado de libros e inmerso en un ambiente un poquito estudioso, algo dentro de mí se sosegaba. Sentía, físicamente, que la angustia refluía. Era tan eficaz como un bromazepam, aunque bastante más difícil de llevar encima.

Inmersa en un olor de cera y de cirio derretidos, esta parte de la sala (conocida con el nombre rimbombante de «gabinete de literatura») seguía teniendo el encanto de antaño. Me sentía como si estuviese en un santuario. Los viejos manuales de literatura francesa cogían polvo en los estantes. Detrás de mí, un mapa escolar antiguo de Vidal Lablache (que ya estaba obsoleto cuando yo estudiaba) mostraba el mundo de la década de 1950, con países que ya no existían: la URSS, la RDA, Yugoslavia, Checoslovaquia...

El efecto magdalena de Proust estaba funcionando y sacaba a flote los recuerdos. Aquí era donde solía hacer los deberes y estudiar. Aquí escribí mi primer relato. Recordé, sucesivamente, lo que me había dicho mi padre («vives en un mundo literario y romántico, pero la vida de verdad no es así. La vida es violenta, la existencia es una guerra») y esta observación de mi madre: «Tú no tenías amigos, Thomas. Tus únicos amigos eran los libros».

Era la verdad y me sentía orgulloso de ella. Siempre había estado convencido de que los libros me habían salvado, pero ¿sería así toda mi vida? Posiblemente no. ¿Acaso no era eso de lo que me había querido avisar Jean-Christophe Graff, entre líneas? Llegó un momento en que los libros lo dejaron tirado en campo abierto y Graff se precipitó al vacío. Para resolver el caso Vinca Rockwell, ¿no sería necesario que abandonara el mundo protector de los libros para hacerle frente a ese mundo oscuro y violento del que hablaba mi padre?

«Entra en guerra...», me susurraba una voz interior.

—¡Aquí tiene los periódicos y el anuario!

La voz firme de Pauline Delatour me devolvió al presente.

—¿Le puedo hacer una pregunta? —me dijo, soltando encima de la mesa una brazada de ejemplares del *Correo del Sur.*

—No tiene usted pinta de ser de las que espera a que le den permiso.

—¿Por qué nunca ha escrito sobre el caso Vinca Rockwell?

Hiciera lo que hiciese y dijera lo que dijese, siempre me traían de vuelta a los libros.

—Pues porque soy novelista, no periodista.

Insistió:

—Usted ya sabe a qué me refiero. ¿Por qué nunca ha contado la historia de Vinca?

—Porque es una historia triste y ya no soporto la tristeza.

Hacía falta mucho más para desalentar a esa joven:

—Precisamente ese es el privilegio del novelista, ¿no? Escribir ficciones para desafiar a la realidad. No solo para repararla, sino para ir a combatirla en su propio terreno. Auscultarla para negarla mejor. Conocerla para oponerle, con plena conciencia, un mundo sustitutorio.

—¿Ese discursito es suyo?

—Claro que no, es suyo. Es lo que suelta cada dos por tres en las entrevistas... Pero es más difícil aplicarlo en la vida real, ¿verdad?

Y me dejó allí plantado, con aquellas palabras bienintencionadas, satisfecha con su golpe de efecto.

12
Las muchachas con pelo de fuego

Tenía cabellos rojizos y llevaba un vestido gris
sin mangas. [...] Grenouille se inclinó sobre ella
y aspiró su fragancia, ahora totalmente desprovista
de mezclas, tal como emanaba de su nuca, de sus cabellos
y del escote [...]. Jamás había sentido un bienestar
semejante.

PATRICK SÜSKIND

1.

Con los ejemplares del *Correo del Sur* esparcidos delante
de mí, me abalancé sobre el número de enero de 1993, que
ofrecía una crónica del baile de fin de año. Esperaba encontrar un montón de fotos, pero por desgracia, solo había
unas cuantas imágenes académicas para restituir el ambiente de la velada y en ninguna pude identificar al hombre que
buscaba.

Aunque decepcionado, seguí mirando otros números
para impregnarme de la atmósfera de esa época. El periódico del liceo era un auténtico filón para tener una panorámica de la vida escolar a principios de la década de 1990. Todas las actividades estaban allí anunciadas y descritas con
todo detalle. Hojeé las páginas al azar, curioseando a través
de los acontecimientos que marcaban el ritmo cotidiano del
liceo: los resultados deportivos de los campeones locales, el

viaje de la clase de 4.º a San Francisco, la programación del cine-club (Hitchcock, Cassavetes, Pollack), la trastienda de la radio del liceo, los poemas y los textos de los asistentes al taller de escritura... Jean-Christophe Graff se encargó de que publicaran mi relato en la primavera de 1992. En septiembre del mismo año, el club de teatro anunciaba la programación para el año venidero. Entre otras funciones, una adaptación muy libre (seguramente obra de mi madre, que a la sazón se encargaba del club) de algunos fragmentos de *El perfume* de Patrick Süskind. Con Vinca en el papel de la muchacha de la calle de Les Marais y Fanny en el de Laure Richis. Dos pelirrojas de ojos claros, puras, tentadoras y que, si recordaba bien la novela, acababan asesinadas a manos de Jean-Baptiste Grenouille. No conservaba ningún recuerdo de haber visto esa obra ni de las reacciones que provocó. Abrí el libro de Pianelli para saber si la mencionaba en su investigación.

El periodista no la mencionaba siquiera, pero al pasar las páginas topé en el cuadernillo de fotos con los facsímiles de las cartas que Alexis Clément le había enviado a Vinca. Al releerlas por centésima vez, me recorrió el cuerpo un escalofrío y sentí la misma frustración que en casa de Dalanegra. La sensación de estar rozando la verdad para, acto seguido, dejarla escapar. Existía un vínculo entre el contenido de las cartas y la personalidad de Clément, pero una barrera mental me impedía establecerlo. Un bloqueo psíquico, como si le tuviera miedo a un «retorno de lo reprimido» en el ámbito de mi conciencia. El problema era yo: mi culpabilidad, la convicción que había tenido siempre de ser responsable de un drama que habría podido evitar si no hubiese dejado de ser el chico distinto a los demás. Pero en su momento, cegado por mi sufrimiento y mi pasión destructiva, no me percaté de que Vinca iba a la deriva.

Tuve una corazonada; cogí el móvil y llamé a mi padre.

—Papá, ¿me puedes hacer un favor?

—Dime —gruñó Richard.

—He dejado unas cosas encima de la mesa de la cocina.

—Sí, ¡menuda merienda de negros! —me confirmó.

—Entre los papeles, hay unas redacciones viejas de filosofía, ¿las ves?

—No.

—Por favor, papá, haz un esfuerzo. O si no, pásame a mamá.

—Aún no ha vuelto. Bueno, espera, que voy a ponerme las gafas.

Le expliqué lo que quería: que fotografiase con el móvil los comentarios manuscritos de Alexis Clément de mis trabajos y me los enviase por SMS. No debería haberle llevado más de dos minutos, pero tardó un cuarto de hora largo, aderezado con las típicas reflexiones amables de mi padre. Estaba desbocado, hasta tal punto que para zanjar la conversación me soltó:

—Con cuarenta años, ¿no tienes nada mejor que hacer que sumergirte otra vez en los años de liceo? ¿En eso consiste tu vida, en tocarnos las narices todo el puto día removiendo el pasado?

—Gracias, papá, hasta dentro de un rato.

Descargué las anotaciones manuscritas de Alexis Clément y las abrí en la pantalla del móvil. Al igual que ciertos escritores pretenciosos, el profesor de filosofía se recreaba con su propia escritura, pero lo que me importaba no era el fondo, sino la caligrafía. Amplié las imágenes y examiné los rasgos gruesos y finos. Era un trazado perezoso. No como patas de mosca, sino más bien como la receta de un médico en la que a veces se tardaba unos segundos en descifrar el sentido de una palabra o una expresión.

A medida que iba descubriendo las imágenes, se me aceleraba el corazón. Las comparé con las cartas dirigidas a Vinca y con la dedicatoria de la antología de poemas de Marina Tsvetáyeva. Y no tardé en descartar cualquier duda. Si bien la escritura manuscrita de la carta y la de la dedicatoria eran idénticas, no era el caso, en absoluto, de los trabajos corregidos por el profesor de filosofía.

2.

Notaba palpitaciones por todo el cuerpo. Alexis Clément no era el amante de Vinca. Había otro hombre, un segundo Alexis. Sin duda el de la silueta borrosa que aparecía de espaldas en la foto, con el que se había marchado aquel dichoso domingo por la mañana. «Alexis me obligó. ¡Yo no quería acostarme con él!» Las palabras de Vinca eran ciertas, pero yo las había interpretado mal. Todo el mundo llevaba veinticinco años interpretándolas mal. Por culpa de una foto recortada y de un rumor que habían empezado los alumnos, se le había atribuido a Vinca una relación con un hombre que jamás había sido amante suyo.

Me zumbaban los oídos. Las implicaciones de este descubrimiento eran tantas que apenas conseguía juntarlas. La primera era la más trágica: Maxime y yo habíamos matado a un inocente. Me parecía estar oyendo los alaridos de Clément mientras yo le reventaba el pecho y la rodilla. Como un relámpago, volvía a ver la escena con claridad. La cara de pasmo del profesor cuando le golpeé con la barra de hierro. «¿Por qué la violaste, tarado de mierda?» La expresión de sorpresa que le deformaba los rasgos era porque no entendía nada. No se defendió, sencillamente, porque no sabía de qué lo estaba acusando. En ese momento, ante su estupor, una voz resonó en mi fuero interno. Una fuerza de retorno me obligó a soltar el arma. Y entonces Maxime apareció en escena.

Con lágrimas en los ojos, me agarré la cabeza con las manos. Alexis Clément había muerto por mi culpa y nada de lo que pudiera hacer lo traería de vuelta. Me quedé postrado diez minutos largos antes de poder pensar en lo siguiente. Analicé mi error. Vinca tenía, en efecto, un amante que se llamaba Alexis. Pero no era el profesor de filosofía. Parecía casi increíble. Demasiado tremendo para ser cierto y, aun así, la única explicación posible.

«Pero entonces, ¿quién?». De tanto darle vueltas, acabé acordándome vagamente de un alumno: Alexis Stefanopoulos, o algo así. Una especie de caricatura de griego rico: el hijo de un armador que en vacaciones invitaba a sus amigos y amigas a irse con él de crucero por las Cícladas. Huelga decir que yo nunca fui.

Agarré el anuario del curso 1992-1993 que me había traído Pauline Delatour. A semejanza de los *yearbooks* estadounidenses, era como un álbum de fotografías donde figuraban todos los alumnos que habían estudiado en el liceo ese curso. Lo hojeé ansiosamente. Como los apellidos seguían el orden alfabético, encontré al griego en las primeras páginas. Antonopoulos (Alexis), nacido el 26 de abril de 1974 en Tesalónica. En la foto aparecía tal y como yo lo recordaba: melena corta y rizada, camiseta blanca, jersey azul marino con escudo. El retrato actuó como una chispa que me encendió la memoria.

Recordé que era uno de los pocos chicos matriculados en primer año de preparatoria de letras. Un tío deportista, campeón de remo o de esgrima. Un helenista, no muy inteligente, pero capaz de recitar de memoria fragmentos de Safo o de Teócrito. Bajo la pátina de hombre culto, Alexis Antonopoulos no era más que un *latin lover* algo tontorrón. Me costaba mucho creer que Vinca se condenara por ese bobo. Por otra parte, yo no estaba en situación de sentar cátedra sobre el tema.

¿Y si, por un motivo que no alcanzaba a comprender, el griego nos la tenía jurada a Alexis y a mí? Busqué la tableta en la mochila, pero me la había dejado en el coche de alquiler que se había llevado mi madre. Me conformé con el móvil para hacer unas búsquedas. Fue fácil encontrar el rastro de Alexis Antonopoulos en un reportaje fotográfico que *Point de Vue* había dedicado en junio de 2015 a la boda de Carlos Felipe de Suecia. Junto con su tercera mujer, Antonopoulos era uno de los *happy fews* invitados a la ceremonia. Haciendo clic acá y acullá, logré esbozar un retrato del tipo. Mitad hombre de negocios, mitad filántropo, el griego llevaba una vida propia de la *jet set,* alternando California con las Cícladas. La página web de *Vanity Fair* mencionaba su presencia casi todos los años en la famosa gala amfAR. Esta fiesta benéfica destinada a recoger fondos para investigar el SIDA se celebraba tradicionalmente coincidiendo con el Festival de Cannes en el prestigioso escenario del hotel Eden Roc. Así pues, Antonopoulos había mantenido el contacto con la Costa Azul, pero nada me permitía establecer un vínculo probatorio entre él y nosotros.

Como no avanzaba, decidí cambiar de rumbo. En el fondo, ¿cuál era el origen de nuestros tormentos? La amenaza que suponía para nosotros la inminente demolición del viejo gimnasio. Dicha demolición se incluía a su vez en el programa de obras faraónicas que iban a remodelar las instalaciones del liceo con la construcción de un nuevo edificio de cristal, un polideportivo ultramoderno con piscina olímpica y un jardín paisajístico.

Aquel proyecto integral era una serpiente de mar (llevábamos veinticinco años oyendo hablar de él), pero no se había ejecutado porque el liceo nunca conseguía reunir la enorme cantidad de fondos necesarios. Por lo que yo sabía, el modo en que se financiaba la institución había ido evolucionando con los años. Aunque cuando se inauguró era totalmente privado, el liceo Saint-Exupéry se convirtió luego en un centro mixto y fue entrando, mal que bien, en el ámbito de la educación pública y recibiendo subvenciones de la administración regional. Pero en los últimos años, en el Saint-Ex soplaban vientos de rebelión. Los distintos agentes educativos habían desarrollado la firme voluntad de emancipar al liceo de la burocracia. La elección del presidente Hollande aceleró las cosas. El pulso con la administración desembocó en una especie de secesión. El liceo recuperó la autonomía de otros tiempos, pero perdió la financiación pública. Las cuotas de los alumnos habían subido, pero según mis cálculos no eran más que el chocolate del loro comparadas con la fortuna necesaria para pagar las obras previstas. Para meterse en un proyecto así, el centro tenía que haber recibido una cuantiosa donación privada. Me acordé del discurso de la directora esa misma mañana, durante la colocación de la primera piedra. Les había dado las gracias a los «generosos mecenas» que habían hecho posible materializar «la obra más ambiciosa que ha conocido nuestro centro», pero se había guardado muy mucho de decir nombres. Había que tirar de ese hilo.

No encontré nada en Internet. Al menos, nada a lo que pudiera acceder directamente. En torno a la financiación de esas obras reinaba una opacidad absoluta. Si quería seguir avanzando, no me quedaba más remedio que volver a meter en el ajo a Stéphane Pianelli. Le escribí un SMS en el que resumía lo que había descubierto. Para reforzar mis argumentos, también le envié las fotos de las muestras caligráficas. Las de Alexis Clément en mis trabajos de filosofía y las del hombre misterioso en las cartas y la dedicatoria dirigidas a Vinca.

Me llamó en el acto. Descolgué con cierta aprensión. Pianelli era un *sparring* excelente, una mente despierta que te ayudaba a ampliar ideas, pero en mi situación era como andar por la cuerda floja. Tenía que racionarle la información, evitando que se volviese algún día contra mí, Maxime o Fanny.

3.

—¡Joder, qué locura! —exclamó Pianelli con un deje marsellés—. ¿Cómo se nos pudo pasar todo esto?

El periodista tenía que hablar a voces para tapar el ruido que hacía la multitud en las tribunas del circuito de Mónaco.

—Los testimonios y el rumor iban en esa dirección —dije—. Tu amigo Angevin tenía razón: todo el mundo metió la pata desde el principio.

Enlacé con la foto recortada de Dalanegra y la presencia de otro hombre en la fotografía.

—Espera, ¿me estás diciendo que el tío ese también se llamaba Alexis?

—Lo has pillado.

Hubo un silencio muy largo durante el que Pianelli debía de estar pensando a toda máquina. Al otro lado del aparato, casi me parecía oír los engranajes de su cerebro. Tardó menos de un minuto en remontarse a la misma pista que yo.

—En el Saint-Ex había otro Alexis —exclamó—. Un griego. Le tomábamos el pelo todo el rato llamándolo Rastapopoulos, ¿te acuerdas?

—Alexis Antonopoulos.

—¡Ese!

—Ya lo he pensado —dije—, pero me extrañaría que fuese el tío al que buscamos.

—¿Por qué?

—Era un zote. No me imagino a Vinca con ese menda.

—Eso es muy endeble, ¿no? Era rico y estaba bueno; y si, a los dieciocho, las chicas solo salieran con los tíos inteligentes, nos habríamos enterado... ¿No te acuerdas de lo que nos putearon?

Cambié de tema.

—¿Tienes algún soplo sobre cómo se financian las obras del liceo?

El ruido de fondo bajó de golpe, como si Pianelli hubiese encontrado un refugio en algún lugar insonorizado.

—Desde hace unos años, el Saint-Ex funciona como en Estados Unidos: matrícula por las nubes, unos cuantos padres ricos que hacen donaciones para que les pongan su nombre a los edificios y unas pocas becas que se conceden a alumnos desfavorecidos y meritorios para acallar su mala conciencia.

—Pero las obras previstas van a costar millones. ¿Cómo ha logrado reunir semejante suma la dirección?

—Supongo que parte la cubrirán con un préstamo. Ahora la tasa de interés está baja y...

—Ningún préstamo abarca semejante suma, Stéphane. ¿No podrías tirar de ese hilo?

Oliéndose un marrón, el periodista intentó escaquearse:

—No veo qué relación tiene eso con la desaparición de Vinca.

—Tú hazlo, por favor. Solo quiero comprobar una cosa.

—Si no me dices lo que andas buscando, no podré tirar de nada.

—Busco si algún particular o alguna empresa ha hecho una donación destinada a financiar la construcción de los nuevos edificios, la piscina y el jardín.

—Vale, voy a poner a un becario a currar.

—¡No, un becario no! Es un trabajo serio y complicado. Encárgaselo a alguien curtido.

—Fíate de mí, el chico en el que estoy pensando es como un perro trufero. Y no pertenece a la casta que intenta apropiarse del Saint-Ex...

—Un tío como tú, vamos...

Pianelli se rio brevemente y me preguntó:

—¿Qué esperas encontrar detrás de esa financiación?

—No tengo ni idea, Stéphane. Y ya que estamos, quería preguntarte otra cosa: ¿qué opinas de la muerte de Francis Biancardini?

4.

—Opino que es bueno que haya un cabrón menos en este mundo.

Aquella ocurrencia provocadora no me hizo gracia.

—Te lo estoy preguntando en serio.

—Pero ¿no estábamos investigando sobre Vinca? ¿Se puede saber a qué juegas?

—Te pasaré todos los datos que tengo, te lo prometo. ¿Tú te crees la hipótesis del atraco que acabó mal?

—No desde que encontraron la colección de relojes.

Definitivamente, Pianelli estaba muy enterado. El comisario Debruyne debía de haberle pasado la información.

—Y entonces, ¿qué?

—A mí me parece un ajuste de cuentas. Biancardini condensaba en uno solo todos los cánceres que corroen la Costa Azul: especulación, corrupción política, relaciones turbias con la mafia...

Le planté cara para defender a Francis:

—Ahí te equivocas. Los vínculos de Biancardini con la mafia calabresa son pura difamación. Hasta el fiscal Debruyne pinchó en hueso.

—Precisamente, Yvan Debruyne y yo nos conocíamos bien y tuve acceso a algunos de sus casos.

—Siempre me han gustado los jueces que les pasan información a los periodistas. Y el secreto de sumario, total, para qué...

—Ese es otro tema —me interrumpió—, pero lo que sí puedo decirte es que Francis estaba de mierda hasta el cuello. ¿Sabes con qué apodo lo conocían los de Ndrangheta?[1] ¡Whirlpool! Porque él supervisaba la lavadora gigante donde blanqueaban el dinero.

—Si Debruyne hubiese tenido pruebas sólidas, a Francis lo habrían condenado.

—Ojalá fuera tan fácil... —suspiró—. En cualquier caso, vi extractos de cuentas sospechosos, movimientos de dinero a los Estados Unidos, que es donde Ndrangheta se quiere implantar desde hace años.

Desvié la conversación por otros derroteros.

—Maxime me contó que te dedicabas a acosarlo desde que decidió meterse en política. ¿Por qué aireas todos esos expedientes viejos de su padre? Sabes de sobra que Maxime está limpio y no se le puede achacar lo que hicieron sus padres.

—¡No es tan sencillo! —replicó el periodista—. ¿Con qué dinero crees que fundó Maxime su flamante empresita ecológica y su vivero de empresas emergentes? ¿Con qué dinero va a financiar su campaña? Con todo el dinero sucio que el sinvergüenza de Francis ganó en los años ochenta. La fruta está podrida desde el principio, querido.

—O sea, ¿que Maxime no tiene derecho a hacer nada?

—No finjas que no lo entiendes, artista.

---

1 La mafia calabresa (N. del A.).

—Eso es lo que nunca me ha gustado de los tíos como tú, Stéphane: esa intransigencia, esas pretensiones justicieras y de ir dando lecciones. El Comité de Salvación Pública en versión Robespierre.

—Eso es lo que nunca me ha gustado de los tíos como tú, Thomas: esa capacidad para olvidar lo que les molesta, esa facilidad para creer que nunca tienen la culpa de nada.

Pianelli se estaba poniendo cada vez más virulento. Aquel tira y afloja dibujaba una frontera entre dos formas de ver el mundo que me parecían irreconciliables. Podría haberlo mandado a tomar por culo, pero lo necesitaba. Así que recogí velas:

—Ya hablaremos de esto otro día.

—No entiendo por qué defiendes a Francis.

—Porque lo conocía mejor que tú. Mientras tanto, si quieres saber algo más sobre su muerte, te puedo pasar un soplo.

—Hay que reconocer que tienes un don para darle la vuelta a la tortilla.

—¿Conoces a una periodista de *L'Obs,* Angélique Guibal?

—No, no me suena.

—Al parecer, tuvo acceso al informe policial. Por lo que he leído, Francis se arrastró en un charco de sangre e intentó escribir el nombre de su asesino en la superficie de la puerta acristalada.

—Ah, sí, ese artículo sí que lo he leído: gilipolleces de periódico parisino.

—Claro, en la era de las *fake news,* menos mal que nos queda el *Nice-matin* para salvaguardar el honor de la profesión.

—Lo dices de coña, pero andas descaminado del todo.

—¿No podrías llamar a Angélique Guibal para sonsacarle algún dato adicional?

—Pero ¿tú te crees que los periodistas cambiamos soplos como si fueran cromos? ¿O es que tú eres amiguito de todos los escritores que publican en París?

A ratos, aquel tío me sacaba de quicio. Como me estaba quedando sin argumentos, probé una táctica burda:

—Si de verdad eres mejor que los periodistas parisinos, demuéstramelo, Stéphane. Intenta conseguir el informe de la policía.

—Se te ve el plumero, ¿sabes? ¿Te crees que así voy a picar?

—Lo que yo pensaba. Se te va la fuerza por la boca. No sabía que el OM le tenía miedo al PSG. Con hinchas como tú, lo llevamos claro.

—Pero ¿qué dices? No tiene nada que ver.

Esperó unos segundos, y al cabo dejó que mi tentadora trampa lo atrapase.

—Pues claro que somos mejores que los parisinos —protestó—. Te voy a conseguir ese maldito informe de las narices. Nosotros no tendremos la pasta de Qatar, pero somos bastante más listos.

La conversación prosiguió en ese agradable batiburrillo y se cerró con aquello que, por encima de nuestras diferencias, siempre nos mantendría unidos. En 1993, el OM les trajo a sus aficionados la única Copa de Europa verdadera. La que nunca nadie podría arrebatarnos.

5.

Me puse de pie para ir a por un café a la máquina que había al fondo de la habitación. Por una puertecita de servicio se podía salir al patio para estirar las piernas. Eso fue lo que hice y, una vez fuera, alargué el «paseo» hasta los edificios históricos: los aularios neogóticos de ladrillo rojo.

Gracias a una especie de derogación especial, el local del club de teatro siempre había estado en el ala más prestigiosa del liceo. Al llegar a la altura de la entrada lateral, me crucé con algunos alumnos que bajaban las escaleras montando bulla. Eran las seis de la tarde. El sol empezaba a declinar y la clase acababa de terminar. Subí la escalera que conducía a un anfiteatro pequeñito del que subían notas amaderadas y ahumadas de cedro y sándalo. El escenario estaba vacío. En torno, fotos en blanco y negro enmarcadas (las mismas que hacía veinticinco años: Madeleine Renaud, Jean-Louis Barrault, María Casares...) y carteles de representaciones: *El sueño de una noche de verano, El intercambio* de Claudel, *Seis personajes en busca de autor...* El club de teatro del Saint-Exupéry siempre había sido elitista y yo nunca me había sentido a gusto en él. Aún no había nacido quien se atreviera a montar aquí *La jaula de las locas* o *Flor de cactus*. Los estatutos especificaban que el club solo admitía a veinte alumnos. Yo nunca quise entrar, ni siquiera cuando mi madre lo codirigía con Zélie. Para ser justos, hay que decir que Annabelle hizo cuanto estaba en su mano para abrir sus puertas a más alumnos y también a una cultura menos encorsetada, pero las viejas costumbres son duras de roer y, en el fondo, nadie quería que ese bastión del buen gusto y la endogamia se transformara en un anexo del *Def Comedy Jam*.

De pronto se abrió una puerta al fondo del escenario y apareció Zélie. Sería un eufemismo decir que no vio con buenos ojos que estuviera allí:

—¿Qué se te ha perdido aquí, Thomas?

De un brinco, me reuní con ella sobre las tablas.

—Qué recibimiento tan conmovedor.

Me miró a los ojos sin pestañear.

—Esta ya no es tu casa. Esa época se acabó.

—Nunca me he sentido en casa en ninguna parte, así que...

—Vas a conseguir hacerme llorar.

Como solo tenía una vaga idea de lo que había ido a buscar allí, lancé un primer cebo para probar suerte:

—Sigues siendo miembro del consejo de administración, ¿verdad?

—¿Y a ti qué te importa? —contestó mientras guardaba sus cosas en una cartera de cuero.

—Si es así, debes de saber quién financia las obras de renovación. Supongo que los miembros habrán recibido esa información y habrán votado.

Me miró con renovado interés.

—El primer tramo se financia mediante préstamo —me contó—. Esa parte es la que se ha votado en el consejo de administración.

—¿Y el resto?

Se encogió de hombros y cerró la cartera.

—El resto se votará a su debido tiempo, pero la verdad es que no sé muy bien de dónde piensa sacar el dinero la dirección.

«Un punto para mí.» Sin solución de continuidad, se me vino a la mente otra pregunta.

—¿Te acuerdas de Jean-Christophe Graff?

—Claro. Era un buen profesor —reconoció—. Un ser frágil, pero buena gente.

Zélie no siempre decía tonterías.

—¿Sabes por qué se suicidó?

Me mandó contra las cuerdas:

—¿Sigues creyendo que hay una respuesta única y racional que explica por qué la gente decide quitarse la vida?

—Antes de morir, Jean-Christophe me escribió una carta. En ella me revelaba que había querido a una mujer, pero que no fue un amor recíproco.

—Querer sin que te quieran es el sino de muchas personas.

—Por favor, tómatelo en serio.

—Hablo muy en serio, por desgracia.

—¿Sabías algo de esa historia?

—Jean-Christophe me lo había contado, sí.

Por algún motivo que ignoraba, a Graff, mi mentor y la persona más sutil y generosa que he conocido jamás, le caía bien Zélie Bookmans.

—¿Sabes quién era esa mujer?

—Sí.

—¿Quién era?

—Me estás tocando las narices.

—Es la segunda vez que me lo dicen hoy.

—Y me da que no va a ser la última.

—¿Quién era esa mujer?

—Si Jean-Christophe no te lo dijo, no me corresponde a mí hacerlo —suspiró.

No le faltaba razón, y eso me apenaba. Pero sabía el motivo.

—No me lo dijo por pudor.

—Pues respeta ese pudor.

—Yo te digo tres nombres y tú me dices si tengo razón, ¿de acuerdo?

—No vamos a jugar a eso. No ensucies la memoria de los muertos.

Conocía lo bastante bien a Zélie para saber que no iba a poder resistirse a ese juego enfermizo. Porque, durante unos segundos, la bibliotecaria tendría un poder mínimo sobre mí.

De hecho, mientras se ponía la chaqueta de pana, se volvió hacia mí:

—Si tuvieras que sugerir un nombre, ¿por quién empezarías?

El primero lo tenía clarísimo:

—No era mi madre, ¿verdad?

—¡Qué va! ¿Cómo se te ocurre...?

Bajó los peldaños del escenario.

—¿Eras tú?

Se rio a medias:

—No me habría importado, pero no.

Cruzó el anfiteatro hacia la salida.

—Cuando salgas, cierra con un portazo, ¿de acuerdo?

Le iluminaba la cara una sonrisa malévola. Me quedaba una última oportunidad:

—¿Era Vinca?

—Perdiste. *¡Bye bye,* Thomas! —exclamó mientras salía del anfiteatro.

6.

Estaba solo en el escenario delante de un público fantasma. Al lado del encerado, la puerta se había quedado abierta. Recordaba vagamente aquella habitación a la que a veces llamaban «la sacristía». Era un local con el techo bajo, pero bastante amplio, que servía un poco para todo: de bastidores en los ensayos, de almacén para los trajes y la utilería y también era el lugar donde se guardaban los archivos.

Al fondo de la sala había, en efecto, cuatro estanterías metálicas con documentos metidos en cajas de cartón. Cada caja correspondía a un curso. Fui remontando el tiempo hasta el curso 1992-1993. Dentro había folletos, carteles y un grueso cuaderno de tipo Moleskine con las cifras de taquilla de cada espectáculo, de los pedidos, del mantenimiento del anfiteatro y también de la gestión del material.

Todo estaba inventariado metódicamente, no con la escritura fina y prieta de mi madre, sino con la letra mucho más grande, redonda y abierta de Zélie Bookmans. Cogí el cuaderno y lo acerqué a la única ventana para leer la lista de material. La primera vez no hubo nada que me llamara la atención, pero al releerlo me fijé en una cosa: en el inventario de primavera, fechado el 27 de marzo de 1993, Zélie había apuntado: «Falta 1 peluca pelirroja».

Aun haciendo de abogado del diablo (ese dato no demostraba nada, el material se deterioraba muy deprisa, seguro que desaparecían trajes o accesorios a menudo), tenía la sensación de que ese descubrimiento era un paso más que me acercaba a la verdad. Pero una verdad amarga y oscura hacia la que me dirigía marcha atrás.

Cerré la puerta y salí del anfiteatro para volver a la biblioteca. Recogí mis cosas y regresé a la entrada, donde estaba el mostrador de préstamo.

A diez metros de mí, con mirada inocente, risa algo sobreactuada y el pelo echado ostensiblemente hacia atrás, Pauline Delatour interpretaba una escena de seducción para dos alumnos de las clases preparatorias. Dos chicos rubios, altos y cachas que, a juzgar por la ropa, la conversación y el sudor, acababan de disputar un partido de tenis encarnizado.

—Gracias por su ayuda —le dije, devolviéndole los números del *Correo del Sur.*

—Me alegra haber podido ayudarle.

—¿Puedo quedarme con el anuario?

—De acuerdo, ya me apañaré con Zélie, pero que no se le olvide devolvérmelo.

—Una cosa más. Faltaba un número del periódico: el de octubre de 1992.

—Sí, me había fijado. El ejemplar no estaba en su sitio. Miré detrás de las estanterías por si se hubiera caído, pero no encontré nada.

Los dos tenistas me miraban fatal. Estaban deseando que me largara. Que les devolviera el interés sensual de Pauline.

—No importa —dije.

Ya me había dado la vuelta cuando ella me agarró por la manga.

—¡Espere! El liceo digitalizó íntegramente el archivo del *Correo del Sur* en 2012.

—¿Y puede localizar el número?

Me llevó a rastras hacia su escritorio mientras los dos deportistas, ofendidos de que los eclipsara, se retiraban.

—Puedo incluso imprimírselo con láser.

—Estupendo, gracias.

Inició la impresión, que tardó menos de un minuto, y luego grapó las hojas cuidadosamente antes de alargarme el documento. Pero cuando yo estiré la mano para cogerlo, lo retiró bruscamente:

—Esto bien se merece una cena, ¿no?

Y por fin se descubría el fallo de Pauline Delatour: un estado de seducción permanente y desenfrenada con el que debía de sentirse muy insegura y gastar muchísima energía.

—Creo que no me necesita para que la inviten a cenar.

—¿Y si le doy mi número de móvil?

—No, solo quiero el periódico que ha tenido la amabilidad de imprimir.

Sin dejar de sonreír, escribió el número en la hoja impresa.

—¿Qué quiere que haga con eso, Pauline?

Me contestó como si fuera obvio:

—Yo le gusto y usted me gusta; por ahí se empieza, ¿no?

—No funciona así.

—Funciona así desde hace siglos.

Decidí no seguir dándole cuerda. Me limité a tender la mano y ella, rindiéndose al fin, me entregó el ejemplar que había anotado. Pensé que había salido bien parado, pero ella no pudo resistirse a dedicarme un insulto:

—¡So capullo!

Definitivamente, no era mi día. Esperé a estar en el coche para hojear el periódico. La página que me interesaba era la de la reseña de la obra de teatro adaptada de *El perfume*. El artículo, que habían redactado los alumnos, hablaba de «una representación impactante gracias a la interpretación intensa de las dos actrices». Pero me fijé sobre todo en las fotos de la función. En la de mayor tamaño se veía a Vinca y a Fanny frente a frente. Dos muchachas con el pelo de fuego. Casi gemelas. Me acordé de *Vértigo,* de Hitchcock, y del dúo de Madeleine Elster y de Judy Barton: las dos caras de una misma mujer.

En el escenario, mientras que Vinca era fiel a sí misma, Fanny se había metamorfoseado. Pensé en lo que habíamos hablado ella y yo a primera hora de la tarde. Me volvió a la memoria un detalle y adiviné que aún le quedaba mucho que contarme.

La muerte y la doncella

13
La plaza de La Catastrophe

Hay momentos en que la verdad
carece de toda bondad y belleza.

Anthony Burgess

1.

Siete de la tarde.

Me fui del liceo para acercarme otra vez al hospital de La Fontonne. Esta vez no pasé por recepción y subí directamente al servicio de cardiología. Según salí del ascensor, me topé con una enfermera con bata y pantalón de color rosa que me interpeló:

—¡Usted es el hijo de Annabelle Degalais!

Piel de ébano, trencitas teñidas con reflejos rubios y sonrisa espléndida: la joven irradiaba una luz alegre en el entorno apagado del hospital. Como una melodía de Lauryn Hill de la época de *Killing me softly*.

—Me llamo Sophia —se presentó—. Conozco bien a su madre. ¡Cada vez que viene a vernos, nos habla de usted!

—Creo que me confunde usted con mi hermano Jérôme. Trabaja para Médicos Sin Fronteras.

Ya estaba acostumbrado a los ditirambos de mi madre sobre su hijo mayor y no me cabía duda de que Jérôme se merecía esos elogios. De todas formas, no es posible enfrentarse en igualdad de condiciones con alguien que se pasa el día salvando vidas en países devastados por la guerra o las catástrofes naturales.

—No, qué va, nos habla de usted, del escritor. Si hasta tengo una novela suya dedicada que me consiguió su madre.

—Me extrañaría.

Pero Sophia no se daba por vencida:

—¡Tengo el libro en la sala de descanso de las enfermeras! Venga a verlo, es aquí al lado.

Como me había despertado la curiosidad, la seguí hasta el extremo del pasillo a una habitación larga y estrecha. Allí me tendió un ejemplar de *Unos días contigo,* mi última novela. Y, en efecto, estaba dedicado: «Para Sophia, esperando que esta historia le sirva tanto para entretenerse como para reflexionar. Atentamente, Thomas Degalais». Salvo que no era mi letra, ¡sino la de mi madre! Me vino a la mente una imagen surrealista: mi madre imitando mi firma para satisfacer la demanda de mis lectores.

—¿Y he firmado muchos como este?

—Unos diez. ¡En este hospital le lee mucha gente!

Aquel comportamiento me intrigaba. Me había perdido algo.

—¿Desde cuándo atienden aquí a mi madre?

—Diría que desde las pasadas Navidades. La primera vez que estuvo a mi cuidado fue durante la guardia de Nochebuena. Tuvo un ataque en plena noche.

Tomé nota mental de ese dato.

—He venido a ver a Fanny Brahimi.

—La doctora acaba de marcharse —me contestó Sophia—. ¿Quería hablar con ella de su madre?

—En absoluto, Fanny es una vieja amiga, estudiamos juntos desde primaria.

Sophia asintió con la cabeza.

—Sí, la doctora me lo contó cuando me asignó a su madre. Qué pena, no la ha pillado por muy poco.

—Tengo que verla, es importante, ¿tiene su número de móvil?

Sophia vaciló un momento y luego sonrió consternada:

—No estoy autorizada a dárselo, de verdad. Pero si yo fuera usted, me llegaría hasta Biot...

—¿Por qué?

—Es sábado por la noche. Muchas veces cena con el doctor Sénéca en la plaza de Les Arcades.

—¿Thierry Sénéca? ¿El biólogo?

—Sí.

Me acordaba de él: un alumno de 2.º de bachillerato científico que entró en el Saint-Ex un par de años antes que nosotros. Había abierto un laboratorio de análisis médicos en Biot 3000, el polígono empresarial situado a los pies del pueblo. Allí era donde mis padres solían hacerse los análisis de sangre y los chequeos.

—¿O sea, que Sénéca y Fanny salen juntos? —pregunté.

—Puede decirse que sí —asintió la enfermera algo apurada, consciente sin duda de que se había ido de la lengua.

—Muy bien, se lo agradezco.

Ya había llegado al otro extremo del pasillo cuando Sophia me preguntó amablemente desde lejos:

—¿Para cuándo será la próxima novela?

Fingí que no la había oído y me metí en el ascensor. Normalmente esa pregunta me hacía ilusión, era como un guiño de los lectores. Pero cuando las puertas de la cabina se cerraron, me di cuenta de que nunca habría una próxima novela. El lunes encontrarían el cadáver de Alexis Clément y me encerrarían durante quince o veinte años. Al mismo tiempo que la libertad, perdería lo único que me hacía sentirme vivo. Para huir de esos pensamientos mortíferos, miré mecánicamente el móvil. Tenía una llamada perdida de mi padre (que no me llamaba nunca) y un SMS de Pauline Delatour que se las había ingeniado, no sé cómo, para conseguir mi número: «Siento lo de antes. No sé qué me ha dado. A veces hago gilipolleces. PD: se me ha ocurrido un título para el libro que al final va a escribir sobre Vinca: *La noche y la doncella*».

2.

Volví al coche y puse rumbo a Biot. Me costaba concentrarme en la carretera. Tenía toda la atención puesta en la foto que había descubierto en el periódico del liceo. Con la peluca pelirroja puesta, Fanny (que siempre había sido rubia) tenía un parecido inquietante con Vinca. No era solo el color del pelo, sino la actitud, la expresión del rostro, el porte de la cabeza... Ese carácter gemelar me recordó los ejercicios de improvisación que mi madre realizaba con sus alumnos del club de teatro. Simulaciones reales y dinámicas que a los jóvenes les encantaban. La actividad consistía en encarnar a varios personajes sucesivos con los que se habían cruzado por la calle, en la parada del autobús, en un museo... Lo llamaban el juego del camaleón y Fanny lo dominaba como nadie.

Una conjetura empezó a cobrar forma en mi cabeza. ¿Y si Fanny y Vinca se hubiesen intercambiado los papeles? ¿Y si aquel famoso domingo por la mañana hubiese sido Fanny la que se subió al tren de París? Podía parecer descabellado, pero no imposible. Tenía *in mente* los testimonios que habían recabado todos los que habían llegado a investigar. ¿Qué dijeron exactamente el portero del liceo, los empleados municipales, los pasajeros del TGV de París y el portero de noche del hotel? Que se habían cruzado con una «joven pelirroja», una «pelirrojita muy guapa», una «chica de ojos claros y pelo rojizo». Unas descripciones lo bastante ambiguas para que cuadrase mi hipótesis. ¡Puede que por fin fuera esa la pista que llevaba buscando todos estos años! La posibilidad racional de que Vinca aún estuviera viva. Durante todo el trayecto, fui ensayando mentalmente ese guion para dotarlo de realidad. Por un motivo que yo ignoraba, Fanny había cubierto la huida de Vinca. Todo el mundo buscó a Vinca en París, pero puede que jamás cogiera ese tren.

Llegué a la entrada de Biot con los últimos resplandores del sol. El aparcamiento público estaba abarrotado. Con las luces de emergencia encendidas, innumerables coches en segunda fila esperaban a que otros dejaran una plaza libre. Después de haber dado dos vueltas por el pueblo sin conseguir aparcar, me resigné a meterme por el camino de Les Bachettes que se hundía hacia la hondonada de Les Combes. Al final encontré sitio ochocientos metros más abajo, delante de las canchas de tenis. Así que tuve que volver a subir todo el desnivel a paso ligero: una pendiente del 20 % que rompía las piernas y cortaba el resuello. Había llegado casi al final del calvario cuando recibí otra llamada de mi padre.

—Me estoy empezando a preocupar, Thomas. Tu madre todavía no ha vuelto. No es normal. Solo había salido a hacer unas compras.

—Supongo que la habrás llamado.

—Es que, precisamente, se ha dejado el móvil en casa. ¿Qué puedo hacer?

—No tengo ni idea, papá. ¿Seguro que no te estás agobiando sin motivo?

Aquella reacción me sorprendía tanto más cuanto que mi madre se pasaba la vida de excursión o de viaje. A principios de la década de 2000, empezó a colaborar con una ONG en pro de la escolarización de las niñas en África y se ausentaba de casa muy a menudo, sin que a su marido nunca pareciera haberle molestado.

—No —contestó Richard—. ¡Tenemos invitados y nunca me dejaría así, en la estacada!

Me daba miedo entenderlo. ¡Lo que le contrariaba a Richard era que su mujer no estuviera en casa para ocuparse de las tareas domésticas!

—Si tan preocupado estás, empieza por llamar a los hospitales.

—De acuerdo —gruñó.

Cuando colgué, por fin había llegado a la entrada de la zona peatonal. El pueblo era aún más pintoresco de lo que recordaba. Aunque todavía quedaban restos de la antigua dominación templaria, la arquitectura de Biot era deudora sobre todo de la población llegada desde el norte de Italia. A esa hora del día, los tintes ocres y la pátina de las fachadas aportaban un toque cálido a las callejuelas adoquinadas, de forma tal que los visitantes tenían la sensación de estar paseando en alguna ciudad pequeñita de Savona o de Génova.

A ambos lados de la calle mayor, las tiendas ofrecían los sempiternos productos provenzales (jabón, perfume, artesanía en madera de olivo), aunque también había talleres artísticos donde se exponía el trabajo de los sopladores, pintores y escultores locales. Delante de la terraza de un bar de vinos, una joven con una guitarra masacraba alegremente el repertorio de los Cranberries, pero a su alrededor, la gente que marcaba el ritmo dando palmas añadía un toque de júbilo vespertino.

Sin embargo, en mi fuero interno, Biot iba asociado a un recuerdo muy particular. En primero de secundaria presenté a mis compañeros el primer trabajo de mi vida escolar; trataba sobre una historia local que siempre me había fascinado. A finales del siglo XIX, un caserón de una de las calles del pueblo se hundió de forma súbita y sin razón aparente. La tragedia ocurrió al atardecer, cuando los habitantes del edificio se habían reunido para celebrar con una comida la primera comunión de uno de los niños. En pocos segundos, esa pobre gente quedó destrozada y sepultada. Los equipos de rescate sacaron de los escombros casi treinta cadáveres. Aquel drama perduró mucho tiempo en la memoria colectiva y, al cabo de un siglo, su huella seguía siendo visible porque nadie se había atrevido a reconstruir la casa sobre las ruinas de la anterior. Aquel lugar que permanecía obstinadamente vacío se llamaba en la actualidad la plaza de La Catastrophe.

Cuando llegué a la plaza de Les Arcades, me impactó encontrármela tal y como la había dejado veinte años antes. Larga y estrecha, se extendía hasta la iglesia de Santa María Magdalena, flanqueada de dos galerías de soportales en forma de arco sobre los que se alzaban los edificios menudos y coloridos, de dos o tres plantas.

No tardé mucho en encontrar a Thierry Sénéca. Estaba sentado a una mesa del Café Les Arcades y me saludó con la mano, como si me estuviera esperando a mí en lugar de a Fanny. Con el pelo moreno muy corto, la nariz regular y la perilla bien perfilada, Sénéca no había cambiado mucho. Llevaba ropa informal: pantalón de lona, camisa de manga corta y jersey echado sobre los hombros. Parecía que acababa de bajarse de un barco y me recordó a algunos anuncios antiguos de los náuticos Sebago, o a los carteles electorales de mi adolescencia, en los que los candidatos de la Agrupación por la República querían demostrar que eran tipos majos y enrollados. En general, lograban el resultado contrario al que pretendían.

—Hola, Thierry —dije, acercándome a él bajo el soportal.

—Buenas noches, Thomas. Cuánto tiempo.

—Estoy buscando a Fanny. Según parece, cenaba contigo.

Hizo un ademán para invitarme a tomar asiento frente a él.

—Debe de estar al caer. Me dijo que te había visto esta mañana.

El cielo, de color rosa, bañaba de luz acaramelada las viejas piedras. En el aire flotaba un sabroso aroma a sopa de albahaca y guisos hechos a fuego lento.

—Tranquilo, no os voy estropear la velada. Solo quiero comprobar una cosa, será visto y no visto.

—No te preocupes.

El Café Les Arcades era una auténtica institución en Biot. Picasso, Fernand Léger y Chagall habían sido clientes habituales en otros tiempos. Las mesas cubiertas con manteles de cuadros desbordaban alegremente por toda la plaza.

—¿Se sigue comiendo igual de bien aquí? Antes venía mucho con mis padres.

—Entonces, te sentirás como en casa, la carta es la misma desde hace cuarenta años.

Charlamos un rato sobre los pimientos asados, las flores de calabacín rellenas, el conejo a las hierbas y lo bonitas que eran las vigas vistas que sustentaban la galería exterior. Luego pasó un ángel e intenté romper el silencio:

—¿Qué tal va el laboratorio?

—Deja de intentar darme conversación, Thomas —respondió él en tono casi agresivo.

Al igual que Pianelli por la mañana, el biólogo sacó un cigarrillo electrónico y empezó a soltar bocanadas que olían a flan chino. Me pregunté qué pensarían hombres como Francis o mi padre al ver que a los tíos de ahora lo que les pone es chuperretear chismes con olor a chuchería y beber batidos *detox* de espinacas en lugar de un buen vaso de whisky.

—¿Conoces la vieja teoría sobre la chorrada esa del alma gemela? —añadió Thierry Sénéca desafiándome con la mirada—. La que dice que todos buscamos a nuestra media naranja perfecta. La única persona capaz de curarnos para siempre de la soledad.

Le contesté sin perder la calma:

—En *El banquete,* Platón se la atribuye a Aristófanes y no me parece que sea una chorrada. Me parece poética y me gusta lo que simboliza.

—Sí, se me olvidaba que tú siempre fuiste el gran romántico de guardia —se burló.

Como no sabía a dónde quería llegar, dejé que continuara:

—Pues resulta que Fanny también se la cree, fíjate tú. Yo entiendo que se pueda creer eso a los trece o a los catorce años, pero cuando se está cerca de los cuarenta, se convierte en un problema.

—¿Qué estás intentando decirme, Thierry?

—Que hay gente que se queda atrapada en un punto del tiempo. Gente para quien el pasado no pasa.

Me pareció que Séneca estaba retratándome a mí, pero en realidad hablaba de otra persona.

—¿Sabes de qué está convencida Fanny en lo más hondo? Se piensa que algún día volverás a buscarla. Cree a pies juntillas que una buena mañana te darás cuenta de que ella es la mujer de tu vida y que llegarás en tu corcel para llevártela hacia un destino mejor. En psiquiatría eso se llama...

—Me parece que estás caricaturizando un poco —lo interrumpí.

—Si solamente...

—¿Lleváis mucho tiempo juntos?

Pensé que me iba a mandar a paseo, pero optó por la sinceridad:

—Cinco o seis años. Hemos pasado épocas de auténtica felicidad y momentos más complicados. Pero ¿sabes?, incluso cuando estamos bien, incluso cuando tenemos algo bonito, ella sigue pensando en ti. Fanny no puede evitar estar convencida de que la relación sería más intensa y más plena si fuera contigo.

Con la mirada baja y un nudo en la garganta, Thierry Sénéca hablaba con voz ahogada. No estaba fingiendo que sufría.

—Es muy difícil luchar contra ti, ¿sabes?, el «chico distinto a los demás». Pero ¿en qué eres distinto, Thomas Degalais, aparte de en ir por ahí rompiendo parejas y vendiendo sueños?

Me miró con una mezcla de animosidad y de desamparo, como si yo fuera a la vez la causa de su malestar y su potencial salvador. Lo que me había dicho me parecía tan exagerado que ni siquiera intenté justificarme.

Se rascó la perilla y luego se sacó el móvil del bolsillo para enseñarme la foto que tenía como fondo de pantalla: un niño de ocho o nueve años jugando al tenis.

—¿Es tu hijo?

—Sí, se llama Marco. Su madre ha conseguido la custodia completa y se lo ha llevado a Argentina, donde vive con su nueva pareja. Me está matando no poder verlo más a menudo.

Era una historia muy conmovedora, pero me daba apuro que alguien con quien nunca había tenido confianza se me sincerase así, de pronto.

—Quiero tener otro hijo —afirmó Sénéca—. Y me gustaría que fuera con Fanny, pero hay un obstáculo que le impide dar el paso. Y ese obstáculo eres tú, Thomas.

Me daban ganas de contestarle que yo no era su psicólogo, y que si Fanny no quería tener hijos, seguramente el obstáculo era él; pero el pobre hombre estaba tan hecho polvo y tan alterado que no tuve valor para hundirlo aún más.

—No voy a estar esperándola eternamente.

—Ese es problema vuestro, no m...

Dejé la frase en el aire. Fanny acababa de aparecer debajo del soportal y se había quedado petrificada al vernos sentados a la mesa. Me hizo un ademán («sígueme») y cruzó la plaza para entrar en la iglesia.

—Me alegro de haberte visto, Thomas —me soltó el biólogo mientras me ponía de pie—. En su momento se quedó un asunto pendiente y espero que lo resuelvas esta noche.

Me fui sin despedirme y crucé el pavimento de guijarros de la plaza para reunirme con Fanny dentro del templo.

3.

Al entrar, el olor a incienso y madera ahumada me sumergió en una atmósfera de recogimiento. La iglesia, cuya belleza residía en la simplicidad, tenía unos peldaños que bajaban desde la entrada principal hasta la nave. Fanny estaba esperándome sentada al pie de la escalera, junto a un recio candelero en el que ardían decenas de velas.

«¿El lugar más indicado para una confesión?»

Llevaba los vaqueros, la camisa y los zapatos de tacón que le había visto por la mañana. Se había abrochado la trinchera y tenía las rodillas encogidas contra el pecho como si estuviera muerta de frío.

—Hola, Fanny.

Estaba muy pálida, con los ojos hinchados y la cara fruncida.

—Supongo que tenemos que hablar.

Me salió un tono más duro de lo que pretendía. Ella asintió con la cabeza. Iba a preguntarle por la peluca y la hipótesis que había elaborado en el coche, pero alzó los ojos hacia mí y el desamparo que vi en ellos me asustó tanto que, por primera vez, no estuve seguro de querer saber la verdad.

—Te he mentido, Thomas.

—¿Cuándo?

—Hoy, ayer, antes de ayer, hace veinticinco años... Te he mentido siempre. Nada de lo que te he contado hoy tiene nada que ver con la realidad.

—¿Me has mentido en lo de que sabías que había un cadáver en la pared del gimnasio?

—No, eso era verdad.

Por encima de su cabeza, los cirios iluminaban los paneles de un retablo antiguo que brillaban con una luz parda. En el centro del marco de madera dorada, una virgen de la Misericordia sujetaba con una mano al Niño Jesús y con la otra un rosario de color rojizo.

—Hace veinticinco años que sé que hay un cadáver emparedado en la sala de deportes —prosiguió.

Quería que se detuviera el tiempo. No quería que me contara lo que venía después.

—Pero hasta que tú me lo dijiste, no sabía que era el de Alexis Clément —añadió Fanny.

—No lo entiendo.

«No quiero entenderlo.»

—¡En esa jodida pared hay dos cadáveres! —gritó, poniéndose de pie—. Yo no sabía lo de Clément, Ahmed no me lo dijo, pero sabía lo del otro.

—¿Qué otro cadáver?

Sabía lo que iba a contestarme, y mi cerebro ya estaba montando argumentos para rebatir la verdad.

—El de Vinca —dijo al fin.

—No, estás equivocada.

—Esta vez estoy diciendo la verdad, Thomas: Vinca está muerta.

—¿Y cuándo murió?

—La misma noche que Alexis Clément. El dichoso sábado 19 de diciembre de 1992, el día de la tormenta de nieve.

—¿Cómo puedes estar tan segura?

A su vez, Fanny miró el panel de la Virgen con el rosario. Detrás de María, dos ángeles aureolados le abrían de par en par la capa e invitaban a los más humildes a cobijarse allí. En ese momento, me habría gustado unirme a ellos, para hurtarme a las heridas de la verdad. Pero Fanny alzó la cabeza, me miró a los ojos y con una sola frase destrozó todo lo que me importaba.

—Porque la maté yo, Thomas.

Fanny

Sábado 19 de diciembre de 1992
  Residencia de estudiantes Nicolas de Staël
Estoy muerta de cansancio y no paro de bostezar. Los apuntes de biología molecular me bailan delante de los ojos y mi cerebro ya no consigue asimilarlos. Peleo por no quedarme dormida. Lo peor es el frío que me cala hasta los huesos. El calefactor de emergencia está en las últimas y solo escupe un aire polvoriento y templaducho. Me he puesto música para mantenerme despierta. En los bafles de la cadena de alta fidelidad, la profunda melancolía de The Cure se desgrana canción a canción: *Disintegration, Plainsong, Last Dance...* El reflejo exacto de mi alma solitaria.

Con la manga del jersey limpio el vaho acumulado en la ventana de mi habitación. Fuera, el paisaje resulta irreal. El campus está desierto y silencioso, petrificado debajo de una capa de nácar. Por un instante, se me pierde la mirada a lo lejos, más allá del cielo gris perla que sigue soltando copos.

El estómago me suena y me da calambres. No he comido nada desde ayer. Tengo la despensa y la nevera vacías porque no me queda ni un franco. Sé que debería resignarme a dormir un poco y dejar de poner el despertador a las cuatro y media de la madrugada, pero el sentimiento de culpabilidad me lo impide. Pienso en el programa de repasos que he trazado para estas dos semanas de vacaciones. Pienso en el primer año de la carrera de Medicina que dejará fuera a dos tercios de los alumnos de mi clase preparatoria. Y me pregunto si de verdad todo esto tiene algún sentido. O más bien, me pregunto si este es el lugar que me corresponde. ¿Mi vocación es ser médico? ¿Hacia dónde se orientará mi vida si no apruebo el examen de ingreso? Cada vez que me pongo a pensar en el futuro, solo veo un paisaje triste y opaco. Ni siquiera una llanura invernal, sino un abanico infinito de grises. Como el cemento, como las vigas de los edificios, como las carreteras y los despertadores a las cinco de la mañana. Como las salas de hospital, como el acero que te deja mal sabor de boca cuando te despiertas, con el cuerpo pringoso, al lado de la persona equivocada. No sé lo que me espera porque nunca he tenido esa ligereza y esa despreocupación de las que hacen gala tantos alumnos de este liceo. Cada vez que pienso en mi futuro, solo veo miedo, preocupación, vacío, huida y dolor.

*

¡Pero de repente veo a Thomas! A través del cristal distingo su silueta doblada por el viento, que se recorta sobre el blanco lechoso de esta tarde de invierno. Y como siempre, se me sale el corazón del pecho y se me pone mejor humor. De repente, ya no tengo sueño. De repente, tengo ganas de vivir y de progresar. Porque solo contigo podré tener una vida serena, prometedora, portadora de proyectos, de viajes, de sol y de niños riendo. Intuyo que existe una senda estrecha hacia la felicidad, pero solo podré seguirla contigo. No sé cuál es esa magia que, cuando estoy contigo, parece borrar el sufrimiento, el lodo y la oscuridad que llevo dentro desde la infancia. Pero sin ti, estaría siempre sola.

De repente te veo, Thomas, pero la ilusión se disipa tan rápido como surge, y comprendo que no vienes a verme a mí. Te oigo subir las escaleras y entrar en su habitación. Ya nunca vienes a verme a mí. Vienes a ver a la Otra. A Ella. Siempre Ella.

Conozco a Vinca mejor que tú. Sé que tiene esa forma de mirar, de moverse, de meterse un mechón detrás de la oreja o de entreabrir un poco la boca para sonreír sin sonreír. Y sé que esa forma de ser no solo es nefasta sino mortal. Mi madre también la tenía: esa especie de aura maléfica que vuelve locos a los hombres. Tú no lo sabes, pero cuando ella nos dejó, mi padre se quiso matar. Se empaló voluntariamente en la estructura oxidada de un bloque de hormigón. Para cobrar los seguros, siempre hemos dicho que fue un accidente de trabajo, pero fue un intento de suicidio. Después de todas las humillaciones que le hizo sufrir mi madre, el muy atontado aseguraba que no podía vivir sin ella y estaba dispuesto a abandonar a sus tres hijos menores de edad.

Tú eres distinto, Thomas, pero tienes que liberarte de ese dominio que ejerce sobre ti antes de que te destruya. Antes de que te obligue a hacer cosas que lamentarás toda la vida.

*

Llamas a la puerta y acudo a abrir.

—Hola, Thomas —digo, quitándome las gafas graduadas que llevo puestas.

—Hola, Fanny, necesito que me eches una mano.

Me cuentas que Vinca se encuentra mal, que necesita que alguien la cuide y también medicamentos. Me desvalijas el botiquín y hasta me pides que le prepare un té. Y a mí, como una pava, lo único que se me ocurre decir es: «Yo me encargo». Y como se me ha acabado el té, no me queda otra que sacar una bolsita usada del fondo de la papelera.

Y es que solo sirvo para eso, claro: para estar al servicio de Vinca, el pobre pajarillo herido. Pero ¿por quién me has tomado? ¡Éramos felices antes de que viniera a devorar nuestras vidas! ¡Mira lo que nos ha obligado a hacer! ¡Mira lo que me obligas a hacer tú para lograr que me hagas caso y ponerte celoso: eres tú quien me arroja a los brazos de todos esos tíos con los que voy! Eres tú quien me obliga a hacerme daño.

Me seco las lágrimas antes de salir al pasillo. Allí me das un empujón y sin siquiera disculparte ni decirme algo, bajas corriendo la escalera.

*

Bueno, pues ya estoy en la habitación de Vinca y me siento bastante gilipollas, yo sola con mi tacita de té. No he oído lo que habéis hablado, pero apuesto a que ha sido la misma escena de siempre. Esa que se sabe al dedillo y consiste en manipular a la gente en su teatro de títeres en el que ella interpreta el papel de pobre víctima.

Dejo la maldita taza de té encima de la mesilla de noche y miro a Vinca, que se ha quedado amodorrada. Una parte de mí comprende el deseo que inspira. A una parte de mí casi le apetece tumbarse a su lado, acariciar esa piel diáfana, probar esa boca roja de labios respingados, besarle las pestañas rizadas. Pero otra parte de mí la odia y retrocedo cuando, por un segundo, veo la imagen de mi madre superpuesta a la de Vinca.

*

Debería volver a estudiar, pero algo me retiene en esa habitación. Hay una botella de vodka medio llena en el alféizar interior de la ventana. Bebo un par de tragos a morro. Y luego me pongo a curiosear, examino los papeles que hay tirados por el escritorio, leo por encima la agenda de Vinca. Abro los armarios, me pruebo algunas prendas de ropa y descubro lo que tiene en el botiquín. No me sorprende demasiado encontrar somníferos y ansiolíticos.

Tiene todo el equipo del yonqui ideal: Rohypnol, Tranxilium y lorazepam. Aunque las dos últimas cajas están casi vacías, el tubo de hipnóticos está lleno. Me pregunto de dónde ha sacado esas pastillas. Debajo de los medicamentos encuentro recetas viejas firmadas por un médico de Cannes, el doctor Frédéric Rubens. Obviamente, el matasanos ese receta drogas como si fueran caramelos.

Conozco las propiedades del Rohypnol. Es una molécula, el flunitrazepam, que se usa en casos de insomnio severo, pero como es adictiva y tiene una semivida muy larga, solo se puede tomar a corto plazo. No son pastillas que se receten a la ligera o durante mucho tiempo. Sé que también se usan para flipar, mezcladas con alcohol o incluso con morfina. Yo no las he tomado nunca, pero me han contado que tienen efectos devastadores: pérdida de control, comportamientos erráticos y, a menudo, ausencia total de recuerdos. Un profesor de la facultad, un médico de urgencias, nos contó que cada vez les llegan más pacientes al hospital con sobredosis y que los violadores a veces usan Rohypnol para anular la capacidad de defensa de las víctimas y para que no recuerden nada. Circula por ahí una anécdota: en Grasse, durante una *rave* en el campo, una chica que se tomó una dosis muy alta se inmoló antes de arrojarse desde lo alto de un acantilado.

Estoy tan agotada que ya no pienso con claridad. Hay un momento en que, sin saber cómo, se me ocurre esa idea, fantaseo con la posibilidad de disolver las pastillas de benzodiazepina en el té. No quiero matar a Vinca. Solo quiero que desaparezca de mi vida y de la tuya. Muchas veces sueño con que la atropella un coche por la calle o que se suicida. No quiero matarla y, aun así, cojo un puñado de pastillas. Y las echo en la taza caliente. Solo he tardado unos segundos, como si me hubiese desdoblado, como si yo no estuviera allí y fuera otra persona la que ha hecho ese gesto.

Cierro la puerta y vuelvo a mi habitación. Ya no me tengo en pie. Me tumbo yo también en la cama. Cojo la carpeta de anillas y las fichas de anatomía. Tengo que estudiar, que concentrarme en los apuntes, pero los ojos se me cierran solos y el sueño me vence.

*

Cuando me despierto es noche cerrada. Estoy chorreando como si hubiese tenido una fiebre muy alta. El radiodespertador indica que son las doce y media de la noche. No puedo creerme que haya dormido ocho horas del tirón. Ni siquiera sé si has vuelto en ese rato, Thomas. Ni tampoco sé cómo está Vinca.

Me invade un pánico retrospectivo y voy a llamar a su puerta. Como no responde, me decido a entrar en la habitación. En la mesilla de noche, la taza de té está vacía. Vinca sigue durmiendo, en la misma postura en la que la dejé. O al menos eso es lo que quiero creer, pero cuando me inclino sobre ella, compruebo que el cuerpo está frío y que ya no respira. Se me para el corazón, una onda expansiva me aniquila. Me desplomo.

Puede que la historia ya estuviera escrita. Puede que, desde el principio, las cosas tuvieran que acabar así: en la muerte y en el miedo. Y sé cuál es el siguiente paso: acabar con todo yo también. Deshacerme para siempre de este sufrimiento insidioso que se me pega a la piel desde hace demasiado tiempo. Abro de par en par la ventana del cuartito. El frío glacial me aspira, me muerde, me devora. Salgo al alféizar para saltar, pero no logro llegar hasta el final. Como si la noche, después de haberme olfateado, no me quisiera. Como si la propia muerte no tuviera tiempo que perder con alguien tan insignificante como yo.

*

Azorada, cruzo el campus como una zombi. El lago, la plaza de los Castaños, la administración. Todo está oscuro, apagado y sin vida. Excepto el despacho de tu madre. Y es a ella a quien estoy buscando. A través del cristal, vislumbro su silueta. Está hablando con Francis Biancardini. En cuanto me ve, comprende enseguida que ha pasado algo grave. Francis y ella acuden hacia mí. Ya no me sostienen las piernas. Me desplomo en sus brazos y se lo cuento todo. Con frases incoherentes y entre sollozos. Antes de llamar a emergencias, corren a la habitación de Vinca. Francis es el primero que examina el cuerpo. Con un ademán de la cabeza, confirma que ya no merece la pena pedir ayuda.

Y entonces es cuando me desmayo.

*

Cuando recupero el conocimiento, estoy tumbada en el sofá del despacho de tu madre con una manta en el regazo.

Annabelle está sentada a mi lado. Me sorprende lo tranquila que está, pero también me reconforta. Siempre me ha caído bien. Desde que la conozco, ha sido muy generosa y afable conmigo. Me apoyó y me ayudó cuando tuve que hacer trámites. Conseguí esta habitación de estudiante gracias a ella. Me dio confianza en mí misma para atreverme a estudiar Medicina e incluso me consoló cuando te alejaste de mí.

Me pregunta si me encuentro mejor y me pide que le cuente con precisión lo que ha pasado.

—Sobre todo, no te olvides de ningún detalle.

Al hacerlo, vuelvo a ver el engranaje fatídico que ha desembocado en la muerte de Vinca. Mis celos, mi ataque de locura, la sobredosis de Rohypnol. Cuando intento justificar lo que hice, me pone un dedo en la boca.

—Por mucho que lo lamentes, no va a volver. ¿Pudo alguien más que no fueras tú ver el cuerpo de Vinca?

—Puede que Thomas, pero no creo. Éramos las únicas alumnas del edificio que no se habían ido de vacaciones.

Me pone la mano en el antebrazo, intenta captar mi mirada y me comunica muy seria:

—Lo que está a punto de pasar va a ser el momento más importante de tu vida, Fanny. No solo tendrás que tomar una decisión difícil, sino que tendrás que tomarla rápido.

Tengo los ojos clavados en ella, sin imaginarme ni por un segundo lo que está a punto de decir:

—Tienes que elegir. La primera alternativa es llamar a la policía y contarle la verdad. Esta misma noche dormirás en una celda. Durante el juicio, el fiscal y la opinión pública te despedazarán. A los medios de comunicación les apasionará el caso. Tú serás la puta diabólica y celosa, el monstruo que mató a sangre fría a su mejor amiga, la reina del liceo a la que todos adoraban. Eres mayor de edad, te condenarán a una pena larga.

Estoy derrotada, pero Annabelle da otra vuelta de tuerca.

—Cuando salgas de la cárcel tendrás treinta y cinco años y durante todo lo que te quede de vida llevarás la etiqueta de «asesina». Es decir, que tu existencia habrá acabado antes de haber empezado realmente. Esta noche te has metido en un infierno del que no saldrás nunca.

Siento como si me ahogara. Como si me hubieran dado un golpe en la cabeza, estuviera tragando agua y no fuera capaz de respirar. Me quedo callada un minuto largo antes de preguntar:

—¿Cuál es la segunda posibilidad?

—Luchas para salir de ese infierno. Y estoy dispuesta a ayudarte para que lo consigas.

—No se me ocurre cómo.

Tu madre se pone de pie.

—Ese problema no es tuyo directamente. Lo primero es hacer desaparecer el cuerpo de Vinca. Y sobre todo lo demás, cuanto menos sepas, mejor para ti.

—No se puede hacer desaparecer un cuerpo así como así —digo.

En ese momento, Francis entra en el despacho y deja en la mesita baja un pasaporte y una tarjeta de crédito. Descuelga el teléfono, marca un número y conecta el altavoz:

—Hotel Sainte-Clotilde, dígame.

—Buenas noches, quisiera saber si les queda alguna habitación doble para mañana por la noche.

—Nos queda una, pero es la última —responde el recepcionista antes de indicarle el precio.

Satisfecho, Francis contesta que se queda con ella. La reserva a nombre de Alexis Clément.

Tu madre me mira y me da a entender que la maquinaria está lista y que para ponerla en marcha solo falta que yo dé la señal.

—Te dejo sola dos minutos para que reflexiones —me dice.

—No necesito dos minutos para elegir entre el infierno y la vida.

Leo en su mirada que esa era la respuesta que esperaba. Se vuelve a sentar a mi lado y me coge por los hombros:

—Debes entender una cosa. Esto solo funcionará si haces exactamente lo que yo te diga. Sin hacer preguntas y sin intentar buscar motivos ni explicaciones. Es la única condición, pero es innegociable.

Todavía no sé cómo va a funcionar un plan así, pero tengo la sensación casi increíble de que Annabelle y Francis tienen la situación controlada y que podrían reparar lo irreparable.

—Si cometes el mínimo error, se acabó —me advierte solemnemente Annabelle—. No solo irás a la cárcel, sino que nos arrastrarás a Francis y a mí.

Asiento en silencio y pregunto qué tengo que hacer.

—De momento, el plan es que te vayas a la cama para mañana estar en plena forma —me contesta.

*

¿Quieres saber lo más demencial? Que esa noche dormí de maravilla.

Al día siguiente, cuando tu madre me despertó, llevaba puestos unos vaqueros y una cazadora de hombre. Se había recogido el pelo en un moño y lo había escondido debajo de una visera. La gorra de un club de fútbol alemán. Cuando me alargó la peluca pelirroja y el jersey rosa con puntitos blancos de Vinca, comprendí cuál era el plan. Era como los ejercicios de improvisación que hacíamos con ella en el club de teatro, cuando nos pedía que nos metiéramos en el pellejo de otra persona. Incluso a veces utilizaba ese método para el reparto de papeles en una obra. Salvo que ahora, la improvisación no iba a durar cinco minutos sino todo el día, y yo no me estaba jugando un puesto en una función teatral, sino la vida.

Todavía recuerdo lo que sentí al ponerme la ropa de Vinca y llevar la peluca. Fue un sentimiento de plenitud, de excitación y de logro. Era Vinca. Era tan liviana, tan desenvuelta, tan ocurrente como ella, y tenía esa especie de frivolidad elegante tan suya.

Tu madre se sentó al volante del Alpine y salimos del centro. Bajé la ventanilla para saludar al portero cuando alzó la barrera, saludé a dos hombres del ayuntamiento que estaban despejando la rotonda. Al llegar a la estación de Antibes, nos encontramos con que para paliar las cancelaciones del día anterior, la SNCF había fletado un tren adicional con destino París. Tu madre sacó dos billetes. El viaje hasta la capital se me hizo cortísimo. Me recorrí todos los vagones, lo suficiente para que se fijaran en mí y me recordaran vagamente, pero sin llegar a quedarme mucho rato en el mismo sitio. Cuando llegamos a París, tu madre me dijo que había elegido ese hotel de la calle de Saint-Simon porque se había alojado allí seis meses antes y el portero de noche era un señor mayor al que sería fácil despistar. De hecho, cuando llegamos a eso de las diez de la noche, solicitamos pagar la habitación por adelantado so pretexto de que nos teníamos que marchar muy temprano al día siguiente. Dejamos suficientes rastros como para que pareciera que Vinca había estado allí. A mí se me ocurrió lo de pedir una Coca Cherry; y a tu madre, lo de dejarse olvidado el neceser con un cepillo con ADN de Vinca.

¿Quieres saber lo más demencial? Que ese día (en que terminé tomándome dos cervezas con un Rohypnol) fue uno de los más emocionantes de mi vida.

*

La sensación de bajón, la vuelta a la realidad, fue proporcional. A la mañana siguiente todo volvía a ser anodino e inquietante. Desde que me desperté, estuve a punto de rajarme. No me imaginaba cómo iba a seguir viviendo un día más cargando con esa culpabilidad y ese desprecio hacia mí misma. Pero le había prometido a tu madre que aguantaría hasta el final. Ya había echado a perder mi vida y no iba a arrastrarla a ella en mi caída. Con las primeras luces del alba nos fuimos del hotel en metro. Primero la línea 12, desde la calle de Le Bac hasta la estación de Concorde, y luego la 1, directamente hasta la estación de París-Lyon. El día anterior Annabelle me había comprado un billete de vuelta para Niza. Ella se iría luego a la estación de Montparnasse para coger el tren hasta Dax, en las Landas.

En un café que había enfrente de la estación dijo que todavía faltaba lo más duro: aprender a vivir con lo que había hecho. Pero enseguida añadió que no le cabía duda de que yo lo conseguiría porque, al igual que ella, era una luchadora, que eran las únicas personas a las que respetaba.

Me recordó que para las mujeres como nosotras que parten de cero, la vida era una guerra sin tregua: teníamos que pelear por cada cosa y en cada ocasión. Que a menudo los fuertes y los débiles no son quienes parecen. Que muchas personas llevan en secreto dolorosas luchas en su fuero interno. Me dijo que el verdadero reto era saber mentir a largo plazo. Y que para mentir bien a los demás, primero hay que mentirse a uno mismo.

«Solo hay una forma de mentir, Fanny, que es negar la verdad: que tu mentira extermine la verdad hasta que tu mentira se convierta en la verdad.»

Annabelle me acompañó por el andén hasta mi vagón y me dio un beso. Sus últimas palabras fueron para decirme que se podía vivir con el recuerdo de la sangre. Que ella lo sabía por experiencia propia. Y me dejó esta frase para que meditara: «La civilización no es más una membrana muy fina por encima de un caos ardiente».

14
El fiestón

Había caído en la oscuridad.
Y en el instante en que lo supo, cesó de saber.

JACK LONDON

1.

Como si estuviera febril, Fanny concluyó el relato casi delirando. Se había levantado de los peldaños labrados en piedra y estaba de pie, en mitad de la iglesia, aún a punto de perder el equilibrio. Zozobrando entre los bancos de madera, me recordaba a la última pasajera de un barco que naufraga.

Yo no estaba mucho mejor. Casi había perdido el resuello. Encajé las revelaciones como otros tantos puñetazos que me tenían al borde del K.O. y del caos. Tenía la mente saturada, incapaz de poner los hechos en perspectiva. «A Vinca la asesinó Fanny con la complicidad de mi madre para hacer desaparecer el cuerpo...» No negaba la realidad, pero no parecía encajar con lo que yo siempre había sabido sobre el temperamento de mi madre y el de mi amiga.

—¡Fanny, espera!

Se había abalanzado fuera de la iglesia. ¡Un segundo antes parecía a punto de desmayarse y de repente salía disparada como si su vida dependiese de ello!

«¡Mierda!»

En lo que tardé en tropezarme por la escalera y salir yo también a la plaza, Fanny ya estaba lejos. Corrí tras ella, pero me había torcido mucho el tobillo. Me llevaba demasiada ventaja y era más rápida que yo. Crucé el pueblo cojeando y bajé la cuesta de Les Vachettes lo más deprisa que pude. Me encontré el coche con una multa, la arrugué, me senté al volante y vacilé sobre lo que debía hacer.

«Mi madre.» Tenía que hablar con mi madre. Era la única que me podía confirmar o desmentir lo que me había contado Fanny, y ayudarme a separar lo verdadero de lo falso. Encendí el móvil, que había apagado en la iglesia. No tenía ningún mensaje nuevo de mi padre, pero sí un SMS de Maxime pidiéndome que lo llamara. Así lo hice mientras arrancaba el coche.

—Tenemos que hablar, Thomas. He descubierto algo. Algo muy grave que...

Tenía la voz alterada. No tenía por qué ser miedo, pero sí una vulnerabilidad que no fingía.

—Dime.

—Por teléfono, no. Nos vemos en el Nido del Águila más tarde. Acabo de llegar a la velada del Saint-Ex y tengo que hacer un poco de campaña.

Durante el trayecto, en la tranquilidad del habitáculo del Mercedes, intenté ordenar mis pensamientos. El sábado 19 de diciembre de 1992, en el recinto del liceo Saint-Exupéry, se produjeron, pues, dos asesinatos con unas horas de diferencia. Primero, el de Alexis Clément, y luego, el de Vinca. Dos asesinatos cuya concomitancia permitió a mi madre y a Francis elaborar un guion imparable para protegernos a los tres: a Maxime, a Fanny y a mí. Protegernos haciendo desaparecer los cuerpos primero; y después, y ese era el toque magistral, trasladando la escena del crimen de la Costa Azul a París.

Ese guión resultaba bastante novelesco (los padres aliados dispuestos a correr cualquier riesgo para salvar a los jóvenes adultos que éramos...), pero mi cerebro lo rechazaba porque implicaba la muerte de Vinca.

Repasando lo que me había contado Fanny, decidí llamar a un médico para comprobar un punto que me había dejado intrigado. Intenté localizar a mi médico de cabecera en Nueva York, pero no abría la consulta en fin de semana. A falta de otros contactos, me resolví a llamar a mi hermano.

Decir que nos llamábamos poco sería un eufemismo. Ser el hermano de un héroe intimida bastante. Cada vez que hablaba con él tenía la sensación de estar robándole tiempo que habría podido dedicar a curar niños, y eso daba a nuestras conversaciones un tono muy raro.

—¡Hola, hermanito! —me dijo al descolgar.

Como de costumbre, su entusiasmo, en lugar de ser comunicativo, me chupaba la energía.

—Hola, Jérôme, ¿cómo te va?

—Déjate de charlas insustanciales y vete al grano, Thomas. ¿Qué puedo hacer por ti?

Al menos, hoy me facilitaba el trabajo.

—He visto a mamá esta tarde. ¿Sabías lo del infarto?

—Pues claro.

—¿Por qué no me avisaste?

—Porque ella me pidió que no lo hiciera. Para no preocuparte.

«Sí, seguro...»

—¿Sabes lo que es el Rohypnol?

—Claro que sí. Una guarrería, pero en la actualidad ya no se receta.

—¿Lo has tomado alguna vez?

—No, ¿por qué quieres saberlo?

—Es para una novela que estoy escribiendo. Una historia que transcurre en los años noventa. ¿Cuántos comprimidos harían falta para que la dosis fuera mortal?

—No lo sé, depende de la posología. La mayoría contenía 1 mg de flunitrazepam.

—¿O sea?

—O sea que yo diría que depende de cada organismo.

—No me estás ayudando mucho.

—Es lo que tomó Kurt Cobain para intentar suicidarse.

—Creía que se había volado los sesos.

—Te estoy hablando de un intento de suicidio fallido, unos meses antes. Aquella vez le encontraron unos cincuenta comprimidos en el estómago.

«Fanny habló de un puñado de pastillas, debían de ser muchas menos de cincuenta.»

—¿Y si te tomas unos quince?

—Pues te colocarías, puede que te quedases al borde del coma, sobre todo si los mezclas con alcohol. Pero, una vez más, depende de la posología. En los años noventa, el laboratorio que lo fabricaba también comercializaba píldoras de 2 mg. En ese caso, quince píldoras y un Jim Beam sí que te podrían mandar al otro barrio.

«Vuelta a la casilla de salida...»

De repente se me ocurrió una pregunta que no tenía prevista.

—¿Tú no conocerás a un médico que ejercía en Cannes hace unos veinte años, un tal Frédéric Rubens?

—¡El doctor Mabuse! Todo el mundo lo conocía por allí, y no por sus virtudes.

—¿Mabuse era su apodo?

—Tenía otros —se rio Jérôme—: Fredo Drogota, Freddy Krueger el camello... Era a la vez yonqui y distribuidor. Estaba metido en todos los tráficos posibles e imaginables: dopaje, ejercicio de la medicina ilegal, tráfico de recetas...

—¿Lo expulsaron del Colegio?

—Sí, y deberían haberlo hecho mucho antes, creo yo.

—¿Sabes si sigue viviendo en la Costa Azul?

—Con todo lo que se metía, no duró mucho. Rubens murió cuando yo todavía estaba estudiando. ¿Tu próximo libro va a ser un *thriller* médico?

2.

Ya era casi de noche cuando llegué al liceo. Habían bloqueado la barrera automática en la posición abierta. Solo había que identificarse ante el portero, que buscaba el nombre en una lista. Yo no estaba apuntado en ninguna parte, pero como el hombre me había visto unas horas antes, me reconoció y me permitió pasar después de indicarme que dejara el coche en el aparcamiento habilitado junto al lago.

De noche, el sitio estaba precioso, más unificado y coherente que a la luz del día. Gracias al mistral, el cielo estaba despejado y cuajado de estrellas. Desde el aparcamiento, las luminarias, las antorchas y las guirnaldas luminosas daban al campus una dimensión hechicera y guiaban a los visitantes hacia las celebraciones. La que tenía lugar en el gimnasio estaba destinada a las promociones de 1990 a 1995.

Al llegar a la sala, me invadió como un malestar. Aquello era casi como un baile de disfraces cuyo tema podría haber sido «los peores atuendos de los noventa». Los cuarentones habían sacado del armario las Converse, los 501 agujereados de talle alto, las *bombers* Schott y las camisas de cuadros grandes. Los más deportistas llevaban pantalones *baggy*, chándales Tacchini y plumíferos Chevignon.

Vi a Maxime de lejos, vestido con una camiseta de los Chicago Bulls. La gente se apiñaba en torno a él como si ya fuera diputado. El nombre de Macron estaba en boca de todos. En esa asamblea de empresarios, profesionales liberales y directivos, todavía les costaba creer que el país lo gobernara ahora un presidente de menos de cuarenta años que hablaba inglés, sabía cómo funcionaba la economía y exponía de forma pragmática su voluntad de superar los viejos estratos ideológicos. Si algo iba a cambiar algún día en este país, tenía que ser ahora o no llegaría a ser nunca.

Cuando Maxime me vio me hizo una señal con la mano: «¿Diez minutos?». Asentí con la cabeza y, hasta entonces, me confundí en la multitud. Crucé la sala hasta el bufé que, irónicamente, estaba pegado a la pared donde se llevaban pudriendo veinticinco años los cadáveres de Alexis Clément y Vinca. La habían decorado con guirnaldas y pósteres viejos. Al igual que por la mañana, no sentí ninguna turbación particular. Nada de ondas negativas. Pero sabía que mi cerebro estaba creando todos los mecanismos de defensa posibles para negar la muerte de Vinca.

—¿Le sirvo algo, señor?

A Dios gracias, esta vez sí que había alcohol. Había incluso un camarero que preparaba cócteles sobre la marcha.

—¿Podría hacerme una caipiriña?

—Por supuesto.

—¡Que sean dos! —exclamó una voz detrás de mí.

Me di la vuelta y reconocí a Olivier Mons, el marido de Maxime, que dirigía la mediateca municipal de Antibes. Lo felicité por tener unas hijas tan adorables y recordamos algunas anécdotas de los «buenos tiempos que, en el fondo, tampoco eran tan buenos». Aunque yo lo recordaba como un intelectualoide creído, resultó ser un hombre encantador con mucho sentido del humor. Al cabo de dos minutos de conversación, se sinceró contándome que notaba a Maxime muy nervioso desde hacía unos días. Estaba convencido de que le ocultaba el motivo de su preocupación y también de que yo debía de saber algo.

Decidí ser sincero a medias y le conté que ante la inminencia de las próximas elecciones, algunos enemigos de Maxime estaban intentando sacarle esqueletos del armario para que no se presentase. Fui bastante ambiguo y mencioné de pasada el precio que hay que pagar por meterse en política. Le prometí que yo estaba allí para ayudarlo y que esas amenazas pronto no serían más que un recuerdo lejano.

Y Olivier me creyó. Era una de esas extravagancias de la vida. Yo, que era de temperamento inquieto, tenía el extraño poder de reconfortar a la gente.

El camarero nos sirvió las bebidas y, después de brindar, nos divertimos observando los atuendos de los invitados. En ese sentido, Olivier, al igual que yo, había optado por la sobriedad. No era el caso de todo el mundo. Saltaba a la vista que gran parte de las mujeres añoraban la época de los *tops* ombligueros. Otras llevaban vaqueros cortos, vestidos de tirantes con camiseta debajo, gargantillas ceñidas o bandanas enrolladas en las asas del bolso. Por suerte, nadie se había atrevido con unas plataformas Buffalo de suela compensada. ¿Qué sentido tenía todo eso? ¿Solo divertirse o tratar de retener algo de la juventud perdida?

Pedimos otros dos cócteles.

—¡Y esta vez, no escatime la cachaza! —exigí.

El camarero me obedeció al pie de la letra y nos preparó unas copas fuertecitas. Me despedí de Olivier y, con el cóctel en la mano, salí a la terraza donde se habían juntado los fumadores.

3.

La velada apenas había empezado, pero ya había un tío pasando abiertamente coca y costo detrás de la sala. Justo aquello de lo yo siempre había huido. Vestido con una vieja chupa de cuero remendado y una camiseta de Depeche Mode,

Stéphane Pianelli se había acodado a la barrera mientras vapeaba y sorbía una cerveza sin alcohol.

—¿Al final no has ido al concierto?

Con la cabeza señaló a un niño de cinco años que se divertía escondiéndose debajo de las mesas.

—Mis padres me iban a cuidar a Ernesto, pero les ha surgido un imprevisto a última hora —expresó mientras expulsaba el vapor de agua que olía a pan de jengibre.

La obsesión de Pianelli se manifestaba incluso en el nombre de su hijo.

—¿Fuiste tú quien decidió llamarlo Ernesto? ¿Como Ernesto «Che» Guevara?

—Sí, ¿por qué? ¿No te gusta? —me preguntó, levantando una ceja amenazadora.

—Sí, claro que sí —contesté para no ofenderlo.

—A su madre le parecía muy estereotipado.

—¿Quién es su madre?

Puso cara de póker.

—No la conoces.

Pianelli me hacía mucha gracia. Le parecía legítimo interesarse por la vida privada de la gente a condición de que no fuera la suya.

—Es Céline Feulpin, ¿a que sí?

—Sí, es ella.

La recordaba bien. Una chica de 2.º de bachillerato A, muy concienciada con las injusticias y siempre en cabeza durante las huelgas estudiantiles. El equivalente femenino de Stéphane, con el que había estudiado en la Facultad de Letras. En los círculos de extrema izquierda habían luchado mucho juntos por los derechos de los estudiantes y de las minorías. Yo había coincidido con ella hacía poco, dos o tres años, en un vuelo Nueva York-Ginebra. Radicalmente cambiada. Con un Lady Dior y en compañía de un médico suizo del que parecía muy enamorada. Cruzamos unas palabras y me pareció que estaba alegre y en su mejor momento, pero eso no se lo conté a Pianelli.

—Tengo cosas para ti —dijo para cambiar de tema.

Dio un paso hacia un lado y, de repente, una de las bombillas blancas de la guirnalda luminosa le iluminó el rostro. También él tenía ojeras y los ojos inyectados como si no hubiese dormido desde hacía tiempo.

—¿Has conseguido información sobre la financiación de las obras del liceo?

—No exactamente. He puesto a mi becario manos a la obra, pero es un secreto bien guardado. Se pondrá en contacto contigo en cuanto encuentre algo.

Buscó a su hijo con los ojos y le hizo un ademán.

—En cambio, he podido echar un vistazo al proyecto final. Son realmente unas obras faraónicas. Hay cosas con un precio desproporcionado cuya utilidad no resulta nada obvia.

—¿A qué te refieres?

—Al proyecto de una rosaleda enorme: el jardín de los Ángeles. ¿Habías oído hablar de él?

—No.

—Es una locura. El objetivo es construir un lugar de recogimiento que iría desde el emplazamiento actual de los campos de lavanda hasta el lago.

—¿Cómo que un lugar de recogimiento?

Se encogió de hombros.

—El becario me lo ha contado por teléfono. No lo he pillado todo, pero tengo otra cosa para ti.

Puso cara de misterio y se sacó del bolsillo una hoja de papel en la que había tomado unas notas.

—He visto el informe de la policía sobre la muerte de Francis Biancardini. Es verdad que el pobre viejo lo pasó mal.

—¿Lo torturaron?

Se le encendió una llama malvada en los ojos.

—Sí, de mala manera. Para mí, eso confirma la tesis del ajuste de cuentas.

Suspiré:

—Pero ¿qué ajuste de cuentas, Stéphane? ¿Aún sigues con la historia esa de mafia y blanqueo de dinero? Párate a pensar un minuto, joder. Aunque Francis trabajara para ellos (cosa que no creo), ¿por qué iban a eliminarlo?

—Puede que intentara engañar a los de Ndrangheta.

—Pero ¿para qué? Tenía 74 años y estaba forrado.

—Esa gente nunca tiene bastante.

—Déjalo, no merece la pena. ¿Es cierto que intentó escribir el nombre de su agresor con letras de sangre?

—Qué va, la chica me confesó que se lo había inventado para darle dramatismo al artículo. En cambio, Francis intentó llamar a alguien justo antes de morir.

—¿Se sabe a quién?

—Sí, a tu madre.

Me quedé de piedra, intentando desactivar la bomba que él acababa de cebar:

—Lógico, eran vecinos y se conocían ya en el colegio.

El periodista asintió con la cabeza, pero sus ojos decían: «Eso se lo dirás a todos, majo, pero conmigo no cuela».

—¿Se sabe si ella contestó?

—¡Pregúntaselo! —me respondió.

Se terminó la cerveza sin alcohol.

—Venga, nos volvemos a casa, mañana hay entrenamiento de fútbol —me soltó, reuniéndose con su hijo.

4.

Eché un vistazo a la sala. Maxime seguía rodeado de su corte. En el otro extremo de la terraza, habían instalado otro bar (como un local clandestino) que servía chupitos de vodka.

Me tomé uno (vodka con menta) y luego otro (vodka con limón). No era razonable, pero yo no tenía niños que llevar a casa ni entrenamientos deportivos al día siguiente. No me gustaba la cerveza sin alcohol ni tampoco el zumo de espinacas, y quizá estuviera en la cárcel la semana siguiente...

No me quedaba más remedio que ver a mi madre. ¿Por qué había huido? ¿Por qué tenía miedo de que yo descubriera la verdad? ¿Por qué le asustaba que le hicieran las mismas atrocidades que a Francis?

Un tercer vodka (con cereza) so pretexto de que pensaría mejor en estado de embriaguez. A la larga, es mentira, claro, pero en lo que la borrachera tarda en subir, había un breve periodo de euforia, ese momento en el que las ideas chocan entre sí y, antes del gran caos mental, salta una chispita. Mi madre había cogido mi coche de alquiler. El vehículo seguramente llevaría instalado un localizador GPS. ¿Y si llamaba a la agencia, fingía que me habían robado el coche y pedía que lo localizaran? Se podía hacer, pero era sábado por la noche y no iba a ser fácil.

Un último chupito de vodka (naranja) para el camino. El cerebro me funcionaba a toda velocidad. Era estimulante, aunque no iba a durar. Por suerte, se me ocurrió una idea bastante ingeniosa. ¿Por qué no buscar sencillamente mi iPad, que se había quedado en el coche? El ultracontrol policial moderno lo permitía. Ejecuté en el móvil la aplicación correspondiente. Si se configuraba bien, el invento aquel era bastante eficaz y funcionaba más de una vez de cada dos. Introduje los datos (correo y contraseña) y contuve el aliento. Un punto empezó a parpadear en el plano. Amplié el mapa con dos dedos. Si la tableta seguía estando en el coche, este se encontraba en el extremo sur del cabo de Antibes, en un lugar que yo conocía: el aparcamiento de la playa Keller, donde dejaban el coche los clientes del restaurante o los turistas que querían ir a dar una vuelta por la senda costera.

Llamé a mi padre sobre la marcha.

—¡He localizado el coche de mamá!

—¿Cómo lo has hecho?

—Ahora da igual, pero está en el aparcamiento Keller.

—Pero ¿qué demonios pinta ahí Annabelle, carajo?

Una vez más, noté que estaba tremendamente preocupado y comprendí que me estaba ocultando algo. Lo negó, arisco, hasta que me obligó a subir el tono:

—¡Vete a la mierda, Richard! Me llamas cuando tienes un problema, pero luego no te fías de mí.

—Vale, tienes razón —admitió—. Cuando se fue, tu madre se llevó algo...

—¿El qué?

—Una de mis escopetas de caza.

Se me cayó el alma a los pies. No me imaginaba a mi madre con un arma. Cerré los ojos unos segundos y se me formó una imagen en la mente. Al contrario de lo que quería creer, me imaginaba muy bien a mi madre con un arma.

—¿Sabe usarlo? —le pregunté a mi padre.

—Me voy al cabo de Antibes —me soltó como única respuesta.

No estaba seguro de que fuera una buena idea, pero no se me ocurría qué más hacer.

—Termino un asunto y me reúno allí contigo. ¿De acuerdo, papá?

—De acuerdo, date prisa.

Colgué y volví a la sala. El ambiente había cambiado. Bajo el efecto desinhibidor del alcohol, los invitados empezaban a lanzarse. La música estaba alta, casi ensordecedora. Busqué a Maxime en vano. Comprendí que había salido y que debía de estar esperándome fuera.

«El Nido del Águila, claro...»

Salí del gimnasio y subí por el camino que conducía a la cornisa florida. Habían marcado el camino con balizas y luminarias que guiaron mis pasos.

Cuando llegué al pie del pico rocoso, alcé la cabeza y vi la brasa de un cigarro que se consumía en la noche. Acodado en la terracita, Maxime me saludó con la mano.

—¡Ten cuidado al subir! —gritó—. De noche es bastante peligroso.

Encendí prudentemente la linterna del móvil para no escurrirme y me dispuse a reunirme con él. El tobillo que me había torcido en la iglesia empezó a hacerse notar. Me dolía a cada paso. Mientras trepaba, me fijé en que el viento que soplaba desde por la mañana había cesado. El cielo estaba cubierto y ya no había ninguna estrella. Ya había llegado a mitad de la subida cuando oí un grito espantoso que me obligó a alzar la cabeza. Dos siluetas se recortaban sobre una aguada de tinta gris. Una de ellas era la de Maxime; la otra, la de un desconocido que intentaba empujarlo por encima de la baranda. Grité y eché a correr para ayudar a mi amigo, pero cuando llegué arriba ya era demasiado tarde. Maxime había caído desde una altura de casi diez metros.

Me lancé a perseguir al agresor, pero con el tobillo torcido no pude ir muy lejos. Cuando volví sobre mis pasos, un grupito de invitados se había acercado al cuerpo de Maxime y estaba llamando a emergencias.

Se me llenaron los ojos de lágrimas. Por un instante, me pareció ver al fantasma de Vinca deambulando entre los antiguos alumnos. Como una aparición, diáfana y magnética, la joven atravesaba la noche vestida con un vestido lencero, chupa de motero negra, medias de rejilla y botines de cuero.

Inalcanzable, ese espectro parecía más vivo que todas las personas que lo rodeaban.

Annabelle

Sábado 19 de diciembre de 1992

Me llamo Annabelle Degalais. Nací en Italia al final de los años cuarenta, en un pueblecito del Piamonte. En el colegio, los niños me apodaban «la Austriaca». En la actualidad, en el liceo, para alumnos y profesores soy «la señora directora». Me llamo Annabelle Degalais y, antes de que acabe la velada, me convertiré en una asesina.

Sin embargo, según cae la tarde, nada permite presagiar el trágico desenlace que va a tener este primer día de vacaciones escolares. Richard, mi marido, se ha marchado con dos de nuestros tres hijos y me ha dejado a mí sola al timón del liceo. Estoy en el puente desde primera hora de la mañana, pero me gusta la acción y tomar decisiones. El mal tiempo ha desorganizado la vida local y provocado una confusión increíble. Por fin, a las seis de la tarde, me puedo tomar un descanso por primera vez en el día. Como se me ha quedado el termo vacío, decido ir a coger un té a la máquina de la sala de profesores. Apenas me he levantado de la silla cuando la puerta de mi despacho se abre y entra una joven sin que yo se lo haya indicado.

—Hola, Vinca.

—Hola.

Miro a Vinca Rockwell con cierta aprensión. A pesar del frío, solo lleva un vestidito escocés, una cazadora de cuero y botines de tacón. Enseguida me doy cuenta de que está colocada.

—¿Qué puedo hacer por ti?

—Darme setenta y cinco mil francos más.

Conozco bien a Vinca y la aprecio, aunque sé perfectamente que mi hijo está enamorado de ella y eso lo hace sufrir. Es una de mis alumnas del club de teatro. Una de las que tiene más talento. Cerebral a la par que sensual, con un toque alocado que la hace entrañable. Es una artista culta y brillante. Compone canciones *folk* a escondidas y me ha dejado oír algunas. Estribillos elegantes de belleza mística, con influencias de P. J. Harvey y Leonard Cohen.

—¿Setenta y cinco mil francos?

Me alarga un sobre de papel de estraza y, sin esperar a que se lo ofrezca, se deja caer en el sillón que está enfrente de mí. Abro el sobre y miro las fotos. Me sorprendo sin sorprenderme. No me afectan, todas las decisiones que he tomado en la vida responden a un único objetivo: no ser vulnerable nunca. Ahí reside mi fuerza.

—Tienes mala cara, Vinca —le digo, devolviéndole el sobre.

—A ver qué cara se le queda a usted cuando les enseñe a los padres de los alumnos estas fotos con el cerdo de su marido.

Me fijo en que está tiritando. Parece a la vez febril, nerviosa y agotada.

—¿Por qué me pides setenta y cinco mil francos «más»? ¿Richard ya te ha dado dinero?

—Me ha dado cien mil francos, pero no es suficiente.

La familia de Richard nunca ha tenido ni un céntimo. Todo el dinero de nuestro matrimonio es mío. Lo heredé de mi padre adoptivo, Roberto Orsini, que lo ganó con el sudor de su frente construyendo casitas de campo por toda la costa mediterránea.

—No tengo esa suma aquí, Vinca.

Intento ganar tiempo, pero no se deja intimidar:

—¡Pues se las apaña! Quiero el dinero antes de que acabe el fin de semana.

Me doy cuenta de que está a la deriva y descontrolada al mismo tiempo. Seguramente bajo los efectos de una mezcla de alcohol y pastillas.

—Pues no lo tendrás —le digo con brutalidad—. Los chantajistas me dan asco. Richard ha sido un idiota dándote dinero.

—¡Muy bien, usted lo ha querido! —me amenaza mientras se levanta y se va dando un portazo.

*

Me quedo un momento sentada detrás del escritorio. Pienso en mi hijo, que está loco por esa chica y que está mandando los estudios al carajo por su culpa. Pienso en Richard, que solo piensa con la polla. Pienso en que tengo que proteger a mi familia y pienso en Vinca. Sé exactamente por qué tiene esa especie de aura venenosa. Porque es imposible imaginársela más adelante. Como si no fuera más que una estrella fugaz cuyo destino es no rebasar nunca esa edad tan singular que son los veinte años.

Tras reflexionar largo y tendido, salgo a la noche y avanzo con dificultad por la nieve hasta el pabellón Nicolas de Staël. Tengo que intentar razonar con ella. Cuando me abre la puerta de la habitación, se cree que he ido a darle el dinero.

—Escúchame, Vinca, tú no estás bien. Estoy aquí para ayudarte. Cuéntame por qué haces esto. ¿Para qué necesitas el dinero?

Entonces se pone como loca y me amenaza. Me ofrezco para llamar a un médico o ir con ella al hospital.

—Este no es tu estado normal. Vamos a buscar una solución al problema que tienes.

Intento calmarla, recurro a toda mi capacidad de persuasión, pero no tengo ninguna influencia sobre ella. Vinca está como poseída y es capaz de hacer cualquier cosa. Pasa del llanto a una risa malévola. Y, de repente, se saca una prueba de embarazo del bolsillo:

—¡Esto es obra de su maridito!

Por primera vez desde hace tiempo, yo, la mujer a la que nada inmuta, me siento turbada. Un profundo y brutal abismo interior me desgarra y no sé cómo pararlo. Una sacudida sísmica en mi fuero interno que me aterroriza. Veo que mi vida se incendia. Mi vida y la de toda mi familia. De ninguna manera me puedo quedar sin hacer nada. No puedo aceptar que nuestra vida se consuma y quede reducida a cenizas por culpa de esa pirómana de diecinueve años. Mientras Vinca sigue provocándome, me fijo en la réplica de una escultura de Brancusi. Un regalo que le compré a mi hijo en el Museo del Louvre y que Thomas se apresuró a regalarle a ella. Un velo blanco me nubla la vista. Agarro la escultura y le machaco el cráneo a Vinca. Con la violencia del impacto, se desploma como una muñeca de trapo.

*

Me quedé en blanco un rato muy largo durante el cual el tiempo se detuvo. Ya no existía nada. Mi conciencia se concentró en la imagen de la nieve que inmovilizaba el paisaje allí fuera. Cuando empecé a volver en mí, comprobé que Vinca estaba muerta. La única cosa que me pareció obvia fue intentar ganar tiempo. Arrastré a Vinca hasta la cama y la tumbé de costado, disimulando la herida, y luego la tapé con la manta.

Crucé el campus, lúgubre como un páramo fantasma, para volver al entorno protector de mi despacho. Sentada en la silla de trabajo, intenté llamar a Francis tres veces, pero no contestó. Esta vez, se acabó todo.

Cerré los ojos para intentar concentrarme a pesar de mi estado de nervios. La vida me ha enseñado que muchos problemas se pueden solventar reflexionando. La primera idea que se me ocurrió, la más obvia, fue que bastaba con deshacerse del cuerpo de Vinca antes de que nadie lo encontrase. Se podía hacer, aunque era difícil. Pergeñé montones de hipótesis y situaciones, pero siempre regresaba al mismo punto y a la misma conclusión: que la joven heredera Rockwell desapareciera del liceo provocaría una conmoción enorme. Se recurriría a medios insospechados para encontrarla. La policía iba a registrar el liceo de arriba abajo, realizar todo tipo de análisis científicos, a interrogar a los alumnos, a investigar con quién se relacionaba Vinca. Puede que hubiese testigos de su relación con Richard. Quien hubiera hecho las fotos también acabaría por manifestarse para retomar el chantaje o ayudar a la policía. No tenía escapatoria.

Por primera vez en mi vida, me veía atrapada. Obligada a capitular. A las diez de la noche, me resolví a llamar a los gendarmes. Cuando estaba a punto de descolgar el teléfono, divisé a Francis, que bordeaba el Ágora en compañía de Ahmed para dirigirse a mi despacho. Salí a recibirlos. También él tenía una cara que nunca le había visto.

—¡Annabelle! —gritó, comprendiendo enseguida que había pasado algo malo.

—He hecho algo horrible —dije, refugiándome en sus brazos.

*

Y le cuento la espantosa confrontación que he tenido con Vinca Rockwell.

—Ánimo —me susurra cuando por fin callo—, porque tengo que contarte una cosa.

Yo, que creía que estaba al borde del precipicio, por segunda vez en este día me asfixio y pierdo todos mis recursos cuando me cuenta el asesinato de Alexis Clément en el que están implicados Thomas y Maxime. Me dice que Ahmed y él han aprovechado las obras del liceo para emparedar el cadáver en el gimnasio. Me confiesa que primero pensó en no contarme nada para protegerme.

Me abraza y me asegura que va a encontrar una solución, me recuerda todas las pruebas que ya hemos superado en la vida.

*

La idea se le ocurre a él primero.

Me hace la observación de que, paradójicamente dos desapariciones resultan menos preocupantes que solo una. Que el asesinato de Vinca puede servir para tapar el de Alexis y viceversa si logramos ligar ambos destinos.

Pasamos dos horas largas pensando una historia verosímil. Le cuento el rumor que corre sobre que están liados. Le digo que mi hijo me ha hablado de unas cartas que le han roto el corazón y que corroboran esa tesis. Francis recobra la esperanza, pero yo no soy tan optimista. Aunque logremos que los cuerpos desaparezcan, la investigación se centrará en torno al liceo y nos caerá encima una presión insostenible. Él está de acuerdo, sopesa los pros y los contras, se plantea incluso confesar él los crímenes. Es la primera vez, en su vida y en la mía, que estamos a punto de capitular. No por falta de voluntad ni de coraje, sino sencillamente porque hay combates que no se pueden ganar.

De repente, en el silencio de la noche, nos sobresalta un golpeteo. Como un solo hombre nos giramos hacia la ventana. Una chica, con expresión azorada, está dando golpecitos en la ventana. No es el fantasma de Vinca Rockwell que viene a rondarnos. Es Fanny Brahimi, a la que he dado permiso para quedarse en el internado durante las vacaciones.

—¡Señora directora!

Intercambio una mirada preocupada con Francis. Fanny vive en el mismo pabellón que Vinca. Estoy segura de lo que va a decirme: ha encontrado el cuerpo sin vida de su amiga.

—Se acabó, Francis —le digo—. Vamos a tener que llamar a la policía.

Pero la puerta de mi despacho se abre y Fanny se desploma en mis brazos, llorando. En ese momento, todavía no sé que Dios me acaba de enviar la solución a todos nuestros problemas. El Dios de los italianos. Aquel a quien le rezábamos cuando éramos niños en la capillita de Montaldicio.

—¡He matado a Vinca! —confiesa—: ¡He matado a Vinca!

15
La más guapa del colegio

La mejor manera
de defenderte es no
asimilarte a ellos.

Marco Aurelio

1.

Eran las dos de la madrugada cuando salí de las urgencias del hospital de la Fontonne.

¿Cómo huele la muerte? Para mí huele al tufo de medicinas, de desinfectantes y los productos de limpieza que flotan en los pasillos de los hospitales.

Maxime se había caído desde una altura de más de ocho metros antes de aterrizar en el camino asfaltado. Varias ramas que crecían por debajo del talud habían amortiguado la caída, pero no lo suficiente para evitar múltiples fracturas en vértebras, pelvis, piernas y costillas.

Me subí con Olivier en mi coche y seguí a la ambulancia hasta el hospital, donde vi rápidamente a mi amigo cuando llegaba. Con el cuerpo lleno de contusiones e inmovilizado mediante una carcasa rígida y un collarín. El rostro pálido y apagado que desaparecía debajo de los tubos de los goteros me recordó dolorosamente que había sido incapaz de protegerlo.

Los médicos con quienes pudo hablar Olivier nos transmitieron la gravedad de la situación. Maxime estaba en coma.

Tenía la tensión muy baja, y a pesar de haberle inyectado noradrenalina, había subido muy poco. Además de un traumatismo craneal, tenía una contusión y puede incluso que un hematoma cerebral. Nos quedamos en la sala de espera, pero el personal sanitario nos dio a entender que nuestra presencia allí no iba a servir de nada. El pronóstico era muy reservado, aunque le iban a hacer un escáner de cuerpo entero para establecer un panorama más exhaustivo de todas las lesiones. Las próximas setenta y dos horas iban a ser cruciales para determinar el curso de los acontecimientos. Gracias a lo que se callaban, comprendí que la vida de Maxime solo pendía de un hilo. Olivier se negó a marcharse, pero insistió en que yo fuera a descansar.

—Tienes muy mala cara, y además yo prefiero esperar solo, de verdad.

Accedí porque, en el fondo, no me apetecía estar allí cuando la policía fuera a recabar testimonios; crucé el aparcamiento del hospital bajo una fuerte lluvia. En unas pocas horas, el tiempo había cambiado radicalmente. El viento cesó para dar paso a un cielo bajo, de color gris algodonoso, que atravesaban los relámpagos y el retumbar de los truenos.

Me refugié en el Mercedes de mi madre y miré el móvil. No había noticias de Fanny ni de mi padre. Intenté llamarles, pero ninguno contestó. Eso era muy propio de Richard. Como seguramente ya había encontrado a su mujer y se había quedado tranquilo, ¡a los demás que les den!

Giré la llave de contacto, pero me quedé en el aparcamiento, con el motor encendido. Tenía frío. Se me cerraban los ojos, tenía la garganta seca, la mente aún borrosa por el alcohol. Pocas veces había estado tan exhausto. Anoche, en el avión, no había dormido mucho, ni tampoco la noche anterior. Estaba pagando el precio del desfase horario, el exceso de vodka y el estrés. Ya no era dueño de mis pensamientos, que se desperdigaban por doquier. Atrapado en el repiqueteo de la lluvia, me desplomé encima del volante.

«Tenemos que hablar, Thomas. He descubierto algo. Algo muy grave que...» Las últimas palabras de Maxime me zumbaban en los oídos. ¿Qué era eso tan urgente que quería contarme? El futuro era muy negro. No había concluido mi investigación, pero empezaba a hacerme a la idea de que no iba a encontrar a Vinca jamás.

«Alexis, Vinca, Francis, Maxime...» La lista de víctimas de este caso cada vez era más larga. Me correspondía a mí ponerle fin, pero ¿cómo? El olor que reinaba en el habitáculo me devolvía a mi infancia. Era el perfume que usaba antes mi madre. Jicky de Guerlain. Un olor misterioso y pertinaz en el que se mezclaban los efluvios de la Provenza (lavanda, cítricos y romero) y la hondura más persistente del cuero y la civeta. Me aferré un momento a las notas del perfume. Todo me conducía siempre hacia mi madre...

Encendí la luz del techo. Una pregunta tonta: ¿cuánto costaría un coche como este? Ciento cincuenta mil euros, quizá. ¿De dónde había sacado mi madre el dinero para permitirse un coche así? Mis padres tenían una buena jubilación y una bonita casa que se habían comprado a finales de la década de 1970, cuando el mercado inmobiliario en la Costa Azul todavía era asequible para la clase media. Pero ese coche no le pegaba nada. De repente, tuve una iluminación: Annabelle no me había dejado el descapotable por pura casualidad. Era un acto premeditado. Me acordé de la escena de aquella tarde. Annabelle me había puesto ante los hechos consumados. No me había dejado más alternativa que coger su propio coche. «Pero ¿por qué?»

Examiné el manojo de llaves. Además de la del coche, reconocí la de la casa, la del buzón (más larga) y otra llave, más imponente, con un forro de goma negra. Las tres colgaban de un lujoso llavero: un óvalo de cuero granulado marcado con dos iniciales cromadas: una A entrelazada con una P. Si la A era de Annabelle, ¿a quién correspondía la P?

Encendí el GPS y eché un vistazo a las direcciones registradas sin ver nada sospechoso. Pulsé la primera entrada (Casa) y aunque el hospital estaba a menos de dos kilómetros del barrio de La Constance, el GPS calculó una distancia de veinte kilómetros con un itinerario complicado que me llevaba hasta la costa para conducirme hacia Niza.

Confundido, quité el freno de mano y salí del aparcamiento preguntándome cuál sería ese lugar desconocido al que mi madre consideraba su casa.

2.

En plena noche, y a pesar de la lluvia, el tráfico era fluidísimo. En menos de veinte minutos, siguiendo las instrucciones del GPS, llegué a mi destino: una urbanización protegida a medio camino entre Cagnes-sur-Mer y Saint-Paul-de-Vence. «Aurelia Park», donde Francis tenía su picadero, donde lo habían asesinado. Aparqué en un retranqueado a unos treinta metros de la imponente verja de hierro forjado que protegía la entrada. Después de la oleada de atracos del año anterior, habían reforzado la seguridad drásticamente. Un segurata con pinta de centinela montaba guardia delante del puesto de vigilancia.

Un Maserati me adelantó y cruzó la puerta de entrada. Se podía entrar por dos sitios. A la izquierda, los visitantes tenían que identificarse, mientras que los residentes podían ir por la entrada de la derecha. Un sensor escaneaba la matrícula y abría la verja automáticamente. Sin apagar el motor, me paré a pensar un momento. Las iniciales A y P se referían a Aurelia Park, la urbanización que había construido Francis junto con otros promotores. De repente, me acordé de un detalle. Aurelia era el segundo nombre de mi madre. De hecho, le gustaba más que el de Annabelle. Y entonces tuve otra certeza: Francis le había regalado el descapotable a mi madre.

¿Francis y mi madre habían sido amantes? Esa posibilidad jamás se me había pasado por la cabeza, pero ahora no me parecía tan descabellada. Encendí el intermitente y me adentré en la fila reservada a los residentes. Llovía tanto que estaba casi seguro de que el vigilante no podría verme la cara. El sensor escaneó la matrícula del Mercedes y la entrada se abrió. Si la matrícula estaba registrada significaba, desde luego, que mi madre iba allí con frecuencia.

Fui conduciendo al paso por una carreterita asfaltada que penetraba en un bosque de pinos y olivos. Construida a finales de la década de 1980, AP se había hecho famosa porque los promotores habían reconstituido un parque mediterráneo gigantesco donde crecían especies exóticas y poco comunes. Su gran proeza, que en su momento hizo correr mucha tinta, consistía en haber creado un río artificial que atravesaba la finca.

En el parque solo había unas treinta casas, muy alejadas entre sí. Recordaba haber leído en el artículo de *L'Obs* que la de Francis tenía el número 27. Estaba en lo alto de la finca, en mitad de una densa vegetación. A través de la oscuridad, vislumbré la sombra de unas palmeras y unos magnolios muy altos. Aparqué delante de la puerta de hierro forjado que rebasaba los setos de ciprés.

Al acercarme a las hojas, oí un clic y la puerta se abrió ante mí. Comprendí que la llave que tenía en mi poder era en realidad una llave maestra inteligente que daba acceso electrónico a la casa. Mientras avanzaba por el suelo enlosado, me sorprendió el sonido del agua. No era un murmullo lejano, era como si un río corriese directamente a mis pies. Pulsé el interruptor exterior: el jardín y las distintas terrazas se iluminaron a la vez. Hasta que no di la vuelta a la casa, no comprendí lo que pasaba. Al igual que la Casa de la Cascada, la obra maestra del arquitecto Frank Lloyd Wright, la casa de Francis estaba construida directamente sobre el curso del río.

Era un edificio moderno que no tenía ni rastro de estilo provenzal o mediterráneo, sino que se parecía más bien a algunas arquitecturas estadounidenses. Tenía una altura de dos plantas dispuestas en voladizo, combinaba varios materiales (cristal, piedra clara, hormigón armado) y se integraba perfectamente en el entorno vegetal de la explanada rocosa en la que estaba construida.

La cerradura digital se desbloqueó en cuanto me acerqué a la puerta. Temí que se pusiera en marcha alguna alarma. En la pared había atornillado un cajetín, pero no se activó nada. También las luces de dentro se encendían con un único interruptor. Lo pulsé y descubrí un interior tan elegante como espectacular.

La planta baja albergaba un salón, un comedor y una cocina abierta. Como en la arquitectura japonesa, el espacio no estaba compartimentado, las distintas zonas de actividad solo se acotaban mediante paneles abiertos de madera clara que dejaban pasar la luz.

Anduve unos pasos por el interior del *loft* y recorrí la estancia con la mirada. No me había imaginado que el picadero de Francis fuera así. Todo era refinado y acogedor. La amplia chimenea de piedra blanca, las vigas de roble color miel, los muebles de nogal de formas redondeadas. En la encimera de la barra de cócteles, una botella de cerveza a medias indicaba que alguien había estado allí recientemente. Al lado de la Corona había un paquete de cigarrillos y un mechero con la carcasa adornada con una estampa japonesa.

«El Zippo de Maxime...»

Pues claro, había venido aquí después de hablar conmigo en casa de mi madre. Y lo que había descubierto lo trastornó tanto como para marcharse precipitadamente, olvidándose el tabaco y el mechero.

Al acercarme a los amplios ventanales de puertas correderas, tuve conciencia de que ese era el lugar exacto donde habían asesinado a Francis. Debieron de torturarlo al lado de la chimenea, puede que lo dieran por muerto. Luego se había arrastrado por esa tarima envejecida hasta la extensa pared de piedra que daba directamente sobre el río. Aquí había conseguido llamar a mi madre. Pero yo ignoraba si ella había recibido la llamada.

3.

«Mi madre...»

Lo notaba, su presencia impregnaba toda la casa. Adivinaba su toque en cada mueble, en cada elemento decorativo. Esta también era su casa. Un crujido me sobresaltó. Me giré y me encontré de narices con ella.

O mejor dicho, con un retrato suyo que colgaba de la pared, en el otro extremo del salón. Me dirigía a la zona de sofá y biblioteca donde había expuestas otras fotos. Cuanto más me acercaba, más me daba cuenta de la historia que me había perdido hasta ahora. En unas quince fotos se reflejaba como una retrospectiva de la vida paralela que habían llevado Francis y Annabelle durante años. Juntos habían dado la vuelta al mundo. Mirando fotos al azar reconocí lugares emblemáticos: el desierto africano, Viena nevada, el tranvía de

Lisboa, las cataratas de Gullfoss, en Islandia, los cipreses del campo toscano, el castillo escocés de Eilean Donan, el Nueva York anterior a la destrucción de las torres.

Más que los lugares, lo que me puso la carne de gallina fue su forma de sonreír y la serenidad de su rostro. Mi madre y Francis estaban enamorados. Durante décadas habían vivido una historia de amor absoluta, pero clandestina. Una relación insospechada y duradera, lejos de los ojos del mundo.

«Pero ¿por qué? ¿Por qué nunca habían hecho oficial la relación?»

En lo más hondo de mí, ya sabía la respuesta. O más bien, la adivinaba. Era compleja y tenía que ver con su personalidad peculiar. Annabelle y Francis eran dos caracteres rudos y muy suyos que se habían tenido que reconfortar mutuamente construyéndose una burbuja sin ayuda de nadie más. Dos individualidades fuertes que siempre se habían erigido contra el mundo. Contra la mediocridad, como el infierno de los otros, del que nunca habían dejado de emanciparse. La bella y la bestia. Dos temperamentos fuera de lo común que despreciaban las conveniencias, los códigos y el matrimonio.

Me percaté de que estaba llorando. Sin duda porque en las fotos mi madre sonreía, encontraba a esa otra persona a la que había conocido en mi infancia y cuya dulzura volvía a surgir, a veces, detrás de la careta gélida de la Austriaca. Yo no estaba loco. No lo había soñado. Esa otra mujer existía de verdad y hoy había encontrado la prueba.

Me sequé las lágrimas, pero seguían corriendo. Me emocionaba esa doble vida, esa historia de amor singular que solo les pertenecía a ellos. ¿Acaso el verdadero amor, en el fondo, no está despojado de todas las conveniencias? Ese amor químicamente puro era el que Francis y mi madre habían experimentado mientras yo me conformaba con soñarlo o emularlo a través de los libros.

Una última imagen, colgada de la pared, captó mi atención. Una foto de clase pequeña de color sepia, muy vieja, tomada en la plaza de un pueblo. Una inscripción a pluma rezaba así: «Montaldicio, 12 de octubre de 1954». Sentados en tres filas de bancos, los niños tienen unos diez años. Son todos morenos como el ébano. Excepto una niña rubia de ojos claros que está algo apartada. Todos los niños miran al objetivo, menos uno de cara redonda pero hermética. En el momento en que el fotógrafo pulsó el disparador, Francis giró la cabeza y solo tuvo ojos para la Austriaca. La más guapa del colegio. Toda su historia estaba ya escrita en esa foto. Todo se gestó allí, durante la infancia, en el pueblo de Italia que los había visto crecer.

4.

Una escalera colgante de madera sin tratar subía hacia las habitaciones. De un solo vistazo, abarqué la distribución de la primera planta: una *suite* principal enorme y sus dependencias, despachos, vestidores y sauna. En mayor medida que en la planta baja, la omnipresencia de las superficies acristaladas borraba las fronteras entre el interior y el exterior. El entorno era excepcional. Se notaba la proximidad del bosque y el borboteo del río se mezclaba con el sonido de la lluvia. Una terraza acristalada conducía hasta una piscina cubierta con vistas al cielo y a un jardín colgante plantado de glicinias, mimosas y cerezos japoneses.

Por un segundo, estuve a punto de volver sobre mis pasos por miedo a lo que pudiera descubrir. Pero no era el momento de aplazar las cosas. Empujé la puerta pivotante del dormitorio y descubrí un territorio aún más íntimo. También había fotos, pero esta vez eran mías. En todas las edades de la infancia. La misma sensación que no me había abandonado en todo el día, que se había intensificado a medida que profundizaba en mis averiguaciones: al buscar información sobre Vinca, lo que estaba haciendo, ante todo, era buscarme a mí mismo.

La imagen más antigua era una foto en blanco y negro. «Maternidad Jeanne-d'Arc, 8 de octubre de 1974, nacimiento de T.» Un *selfie* adelantado a su tiempo. Francis está sujetando la cámara y abraza a mi madre, que sujeta al bebé que acaba de parir. Y ese bebé soy yo.

Pasmosa y evidente. La verdad me golpeó la cara violentamente. Una oleada de emociones me inundó. Al retirarse, su espuma catártica me dejó grogui. Todo se aclaraba, todo volvía a su lugar, pero con un dolor cruel. Mis ojos miraban la foto con obstinación. Miraba a Francis y me parecía estar mirándome en un espejo. ¿Cómo podía haber estado ciego tanto tiempo? Ahora lo entendía todo. Por qué nunca me había sentido hijo de Richard, por qué siempre había considerado que Maxime era mi hermano, por qué un instinto animal me sublevaba siempre que alguien atacaba a Francis.

Presa de sentimientos contradictorios, me senté al borde de la cama para secarme las lágrimas. Saber que era hijo de Francis me liberaba de un peso, pero saber que no podría hablar con él me hacía lamentar muchas cosas. Empezó a rondarme una pregunta: ¿estaría enterado Richard de ese secreto de familia y de la doble vida de su mujer? Casi seguro, pero no del todo. Quizá había estado escondiendo la cabeza durante años, sin acabar de entender del todo por qué Annabelle toleraba sus innumerables escarceos amorosos.

Me puse de pie para salir del dormitorio, pero volví sobre mis pasos para descolgar la foto de la maternidad. Necesitaba llevármela como prueba de mis orígenes. Al levantar el marco, descubrí una caja fuerte pequeñita empotrada en la pared. Tenía un teclado para pulsar seis números. «¿Mi fecha de nacimiento?» No me lo creí ni por un segundo, pero no me resistí a intentarlo. A veces, lo obvio...

La puerta de la caja fuerte se abrió con un chasquido. El cubículo de acero no era muy profundo. Metí la mano y la saqué con un revólver. La famosa pipa que a Francis no le dio tiempo a usar cuando lo atacaron. En una bolsita de tela encontré también una decena de cartuchos del calibre 38. Las armas nunca me han atraído. Normalmente, lo único que sentía por ellas era repulsión. Pero no me había quedado más remedio que interesarme por ellas al documentarme para mis novelas. Sopesé el revólver. Compacto y pesado, parecía un Smith & Wesson Modelo 36. El famoso *Chiefs Special* con culata de madera y carcasa de acero.

¿Qué sentido tenía la presencia de esa pipa detrás de esa foto? ¿Que la felicidad y el amor verdadero hay que protegerlos por todos los medios? ¿Que conseguirlos tenía un precio que podía ser el de la sangre y las lágrimas?

Llené el tambor con cinco balas y me lo metí en el cinturón. No estaba seguro de saber usarlo, pero ahora tenía la certeza de que el peligro estaba en todas partes. Porque alguien se había propuesto eliminar a todos aquellos a quienes creía responsables de la muerte de Vinca. Y puede que yo fuera el siguiente de la lista.

Cuando llegué al pie de la escalera, me sonó el móvil. Dudé en contestar. Nunca es buena señal que alguien te llame desde un número oculto a las tres de la madrugada. Era la policía. El jefe de división Vincent Debruyne me llamaba de la comisaría de Antibes para comunicarme que habían hallado muerta a mi madre y que mi padre se acusaba de haberla matado.

Annabelle

Antibes

Sábado 13 de mayo de 2017

Me llamo Annabelle Degalais. Nací en Italia a finales de los años cuarenta, en un pueblecito del Piamonte. Y los próximos minutos puede que sean los últimos de mi vida.

Cuando el pasado 25 de diciembre Francis Biancardini me llamó en plena noche antes de fallecer, solo tuvo tiempo de decir media frase: «Protege a Thomas y a Maxime...».

Esa noche comprendí que el pasado había vuelto. Con su cortejo de amenaza, de peligro y de muerte. Más tarde, al leer los artículos de periódico que relataban todo lo que Francis había sufrido antes de morir, también comprendí que aquella vieja historia solo podía acabar como había empezado: con sangre y miedo.

Sin embargo, durante veinticinco años habíamos conseguido mantener el pasado a distancia. Para proteger a nuestros hijos, cerramos todas las puertas con doble vuelta y procuramos no dejar ningún rastro. El estado de alerta se convirtió en nuestra segunda naturaleza, aunque con el tiempo la desconfianza que sentíamos dejó de ser enfermiza. Algunos días, incluso, la preocupación que me había atenazado tantos años parecía haberse evaporado. Acabé bajando la guardia. E hice mal.

La muerte de Francis casi me mata. Se me desgarró el corazón. Pensé que me iba. Mientras me trasladaban al hospital en ambulancia, una parte de mí quería darse por vencida y reunirse con Francis, pero una fuerza de retorno me ató a la vida.

Tenía que seguir luchando para proteger a mi hijo. La amenaza había vuelto para arrebatarme a Francis, pero no se llevaría a Thomas.

Mi último combate sería terminar ese trabajo, es decir, aniquilar a la persona que pone en peligro el futuro de mi hijo. Y hacerle pagar la muerte del único hombre al que he amado.

Cuando me dieron el alta en el hospital, volví a bucear en mis recuerdos e investigué por mi cuenta para comprender quién, después de tantos años, podía querer vengarse. Con una violencia, una saña y una determinación espantosas. Ya no soy ninguna niña, pero aún tengo las ideas claras. A pesar de dedicar todo mi tiempo a buscar respuestas, no hallé ni una sola pista. Todos los protagonistas que podían tener veleidades de venganza habían muerto o eran muy viejos. Algo que ignorábamos había atascado el engranaje apacible de nuestra vida y amenazaba con descarrilarla. Vinca se había ido llevando consigo un secreto. Un secreto de cuya existencia ni siquiera nos habíamos percatado y que ahora volvía a flote sembrando la venganza a su paso.

Busqué por todas partes, pero no encontré nada. Hasta que hace un rato, Thomas subió sus cosas viejas del sótano y las esparció por la mesa de la cocina. De pronto, lo evidente se me metió por los ojos. Me dieron ganas de llorar de rabia. La verdad estaba ahí, delante de nuestras narices, desde hacía mucho, oculta tras un detalle que ninguno supimos ver.

Un detalle que lo cambiaba todo.

*

Cuando llego al cabo de Antibes aún es de día. Me paro delante de una fachada blanca del bulevar de Bacon que no permite deducir demasiado sobre el tamaño y la extensión de la casa. Aparco en doble fila y llamo al interfono. Un jardinero que está podando los setos me dice que la persona a quien busco ha sacado los perros a pasear a Tire-Poil.

Recorro unos pocos kilómetros más hasta el aparcamiento pequeñito que hay en la playa de Keller, en la intersección del camino de la Garoupe y de la avenida André-Sella. El lugar está desierto. Abro el maletero para sacar la escopeta de caza que le he cogido a Richard.

Para infundirme valor, me acuerdo de cuando iba de caza al bosque con mi padre adoptivo, los domingos por la mañana. Me encantaba acompañarlo. Aunque no hablásemos mucho, era un tiempo juntos que tenía mucho más sentido que cualquier discurso. Me acuerdo con cariño de *Butch,* nuestro setter irlandés. Siembre acechando a las perdices, las chochas y las liebres, no había ninguno mejor para acercarse y marcarlas antes de que pudiéramos disparar.

Sopeso el arma, acaricio la culata de nogal aceitado y admiro la delicadeza de los grabados que decoran la escopeta. Con un chasquido, abro el bloque basculante de acero y meto dos cartuchos en la recámara. A continuación, me adentro por el camino estrecho que bordea el mar.

Al cabo de unos cincuenta metros, una barrera me disuade de seguir adelante: «Zona peligrosa: Prohibido el paso». Los golpes de mar del miércoles habrán provocado derrumbes. Rodeo el obstáculo saltando por las rocas.

El aire marino me sienta bien y la vista panorámica espléndida que llega hasta los Alpes me recuerda de dónde vengo. Tras la curva del borde escarpado diviso la silueta, alta y esbelta, de la persona que asesinó a Francis. Los tres perrazos que la rodean vienen hacia mí todos juntos.

Encaro la escopeta. Deslizo la mirada hacia el blanco. Lo tengo en el punto de mira. Sé que no tendré una segunda oportunidad.

Cuando suena el tiro, nítido, breve y rápido, todo me vuelve a la cabeza.

Montaldicio, los paisajes de Italia, la escuelita, la plaza del pueblo, los insultos, la violencia, la sangre, el orgullo de permanecer de pie, la sonrisa irresistible de Thomas cuando tenía tres años, el amor duradero de un hombre distinto a los demás.

Todo lo que me ha importado en la vida...

16
La noche sigue esperándote

Empieza a creer que la noche sigue esperándote.

RENÉ CHAR

1.

En la noche tormentosa, las calles de Antibes parecían salpicadas con una sustancia espesa y viscosa que algún pintor torpe hubiese vertido en el lienzo.

Eran las cuatro de la madrugada. Yo iba y venía bajo la lluvia delante de la comisaría de la avenida de Les Frères-Olivier. Me había puesto el impermeable, pero tenía el pelo empapado y el agua se deslizaba bajo el cuello de la camisa. Con el móvil pegado a la oreja, estaba intentando convencer a un ilustre abogado de Niza de que tuviera a bien representar a mi padre si se prolongaba su detención.

Tenía la sensación de estar ahogándome bajo la avalancha de catástrofes que se encadenaban. Una hora antes, cuando salía de Aurelia Park, los gendarmes me detuvieron por exceso de velocidad. Con la impresión, en la autopista había acelerado el descapotable hasta más de 180 km/h. Tuve que soplar en el alcoholímetro y los cócteles y los chupitos de vodka me costaron la suspensión del permiso de conducir con efecto inmediato. Para poder irme, no me quedó más remedio que pedir a Stéphane Pianelli que fuera a buscarme. El periodista ya estaba enterado de que mi madre había muerto y me aseguró que llegaría enseguida. Fue a buscarme en el SUV Dacia en cuyo asiento de atrás su hijito Ernesto dormía a pierna suelta. El coche olía a pan de jengibre y tenía pinta de no haber entrado nunca en un autolavado. Mientras conducía hacia la comisaría, me dio el parte y completó la información que me había comunicado el comisario Debruyne. Habían encontrado el cuerpo de mi madre en las rocas de la senda costera. La policía municipal, a quien habían llamado unos vecinos preocupados porque habían oído un disparo, fue la primera que constató la muerte.

—Siento mucho tener que contarte esto, Thomas, pero las circunstancias en que la mataron son realmente horribles. En Antibes nunca se había visto nada igual.

La luz de techo del Dacia se había quedado encendida. Pianelli temblaba y estaba muy pálido, muy afectado por el espanto que había irrumpido en su círculo de relaciones. Al fin y al cabo, él conocía bastante a mis padres. Yo estaba anestesiado. Por encima del cansancio, de la pena y del dolor.

—Cerca de la escena del crimen había una escopeta de caza, pero a Annabelle no la mataron de un tiro —empezó a decir.

Le costaba mucho contarme lo que seguía y le tuve que insistir para que me soltara la verdad.

Y eso era lo que yo estaba ahora intentando explicarle al abogado, después de salir de la comisaría: a mi madre le habían deshecho la cara a culatazos. Por supuesto, mi padre no lo había hecho. Richard había ido hasta allí porque yo se lo había dicho, y Annabelle ya estaba muerta cuando llegó. Se había derrumbado en las rocas, llorando, y no había cometido más crimen que mirar el cadáver de su mujer mientras sollozaba: «¡Lo he hecho yo!». Claro está que esta afirmación, le expliqué al abogado, no había que tomársela al pie de la letra. Saltaba a la vista que se trataba más de un lamento por no haber sido capaz de evitar el crimen que de una confesión de culpabilidad. El letrado se mostró de acuerdo sin poner pegas y me aseguró que nos ayudaría.

Cuando colgué seguía lloviendo a cántaros. Me refugié en la marquesina de una parada de autobús de la plaza del Général-de-Gaulle, desde donde hice dos llamadas muy desagradables a Puerto Príncipe y luego a París, para avisar a mis hermanos de la muerte de nuestra madre. Jérôme, fiel a sí mismo, se mantuvo digno aunque profundamente afectado. La conversación con mi hermana fue surrealista. Mientras que yo pensaba que estaba durmiendo en su casa del distrito XVII, resulta que estaba de fin de semana con su novio en Estocolmo. Yo ni siquiera estaba enterado de que se había divorciado el año anterior. Me puso al tanto de su separación y luego, sin darle muchos detalles, le comuniqué el drama que acababa de golpear a nuestra familia. Le dio un ataque de llanto que ni yo ni el tío que dormía con ella fuimos capaces de atajar.

Luego me quedé un buen rato bajo la lluvia, andando sin rumbo como una sombra en mitad de la plaza. La explanada se había inundado. Debía de haberse roto alguna cañería y había arrastrado parte del pavimento. Las fuentes, aún iluminadas, proyectaban muy alto en la oscuridad surtidores de agua dorada que se mezclaban con la lluvia para formar como una niebla flotante.

Empapado, inmerso en la llovizna, tenía el corazón carbonizado, las neuronas fundidas y el cuerpo apisonado. La bruma vaporosa que ahogaba mis pasos borraba los límites de la plaza, el bordillo de las aceras y las marcas del suelo. Y me daba la impresión de que también ahogaba todos mis valores y mis puntos de referencia. Ya no sabía realmente cuál era mi papel en una historia que llevaba tantos años dañándome.

Una caída que parecía no tener fin. Un guion de película negra en la que yo padecía más de lo que infligía.

De pronto, dos faros perforaron la niebla y se acercaron a mí: el Dacia mofletudo de Stéphane Pianelli estaba de vuelta.

—¡Sube, Thomas! —me dijo tras bajar la ventanilla—. Ya me imaginaba yo que no sabrías cómo volver a casa. Yo te llevo.

Al límite de mis fuerzas, acepté el ofrecimiento. El asiento del copiloto seguía empantanado de trastos. Igual que a la ida, me senté atrás, al lado de Ernesto, que seguía dormido.

Pianelli me contó que venía de la agencia del *Nice-matin*. El periódico había cerrado la primera edición del día siguiente antes de que pasara todo, así que por la mañana no habría ninguna noticia sobre la muerte de mi madre. Aun así, el periodista había regresado a la oficina para escribir un artículo destinado a la página web del periódico.

—Ni siquiera menciono las sospechas mínimas que pesan sobre tu padre.

Mientras bordeábamos la costa en dirección a la Fontonne, Pianelli me confesó al fin que se había encontrado con Fanny cuando se iba del hospital, a donde había ido unas horas antes para preguntar por Maxime.

—Tenía los nervios destrozados. Nunca la había visto así.

Se me encendió una señal de alarma en la mente agotada.

—¿Qué te ha contado?

Estábamos parados en el cruce de la Siesta. El semáforo en rojo más largo del mundo...

—Me lo ha contado todo, Thomas. Me ha dicho que ella mató a Vinca y que tu madre y Francis la ayudaron a encubrirlo.

Ahora entendía por qué Pianelli estaba tan afectado antes: no era solo la impresión de las circunstancias en las que había muerto mi madre, sino también la de haberse enterado de un asesinato.

—¿Te dijo lo que le había pasado a Clément?

—No —reconoció—. Es la única pieza del puzle que me falta.

El semáforo se puso en verde. El Dacia se incorporó a la nacional y subió hacia la Constance. Yo estaba molido. Ya no pensaba con claridad. Me parecía que este día no iba a acabarse nunca. Que una ola se lo iba a llevar todo. Demasiadas revelaciones, demasiados dramas, demasiados muertos, demasiadas amenazas que aún sobrevolaban a mis seres queridos. Y entonces hice lo que no hay que hacer nunca. Bajé la guardia. Traicioné veinticinco años de silencio porque quería creer en el ser humano. Quería creer que Pianelli era un tío majo que antepondría nuestra amistad a su función de periodista.

Puse todas las cartas bocarriba: el asesinato de Clément y todas las cosas de las que me había enterado hoy. Al llegar a casa de mis padres, Pianelli aparcó delante del portón con el motor en marcha. Nos quedamos hablando media hora más en el habitáculo del viejo SUV para intentar aclararnos. Con paciencia, me ayudó a reconstruir lo que había pasado esa tarde. Mi madre debía de estar con las antenas fuera mientras yo hablaba con Maxime. Se fijaría, al igual que yo, en las diferencias caligráficas entre la dedicatoria del libro y los comentarios en las evaluaciones de Alexis Clément. Pero a ella, ese detalle sí le había servido para identificar al asesino de Francis. Se citó con él en el cabo de Antibes o lo siguió hasta allí para eliminarlo. En resumen, había tenido éxito donde nosotros habíamos fracasado: desenmascarar al monstruo cuya furia asesina parecía no tener límites.

Una clarividencia que le había costado la vida.

—Intenta descansar —me dijo Stéphane, dándome un abrazo—. Mañana te llamo. Iremos juntos al hospital para ver qué tal está Maxime.

A pesar de esa inusual afabilidad, no tuve ánimos para contestarle y cerré el coche de un portazo. Como no tenía mando a distancia, tuve que pasar por encima del portón. Me acordaba de que se podía entrar en la casa por el garaje del sótano, que mis padres no cerraban con llave nunca. Cuando llegué al cuarto de estar, no me molesté siquiera en encender la luz. Dejé la mochila encima de la mesa y también la pistola de Francis. Me quité la ropa mojada y crucé el salón como un sonámbulo antes de dejarme caer en el sofá. Me acurruqué debajo de una mantita de lana y me entregué al sueño.

Había jugado y perdido en todas las mesas. La adversidad me había machacado. Sin estar preparado, acababa de pasar el peor día de mi vida. Esta mañana, al aterrizar en la Costa Azul, era muy consciente del cataclismo que se me venía encima, pero no había previsto que fuera ni tan intenso ni tan cruel y devastador.

17
El jardín de los Ángeles

Puede que cuando muramos, puede que solo la muerte
nos dé la clave y la continuación de esta aventura
malograda.

ALAIN-FOURNIER

Domingo 14 de mayo de 2017

Cuando abrí los ojos, el sol del mediodía triunfaba en el cuarto de estar. Había dormido del tirón hasta más de la una de la tarde. Un sueño denso y profundo que me había permitido desconectar del todo de la negra realidad.

Me despertó la melodía del móvil. No llegué a tiempo para contestar, pero oí el mensaje de voz recién grabado. Desde el móvil de su abogado, mi padre me informaba de que lo habían soltado y que volvía a casa. Quise llamarlo de inmediato, pero me había quedado sin batería. Como mi maleta se había quedado en el coche de alquiler, busqué en vano por toda la casa un cargador compatible con mi teléfono, hasta que me di por vencido. Desde el fijo llamé al hospital de Antibes, donde no conseguí localizar a nadie que pudiera darme noticias de Maxime.

Me di una ducha y me vestí con lo que encontré en el armario de mi padre: una camisa Charvet y una chaqueta de vicuña. Salí del cuarto de baño y me tomé tres expresos seguidos mientras miraba por la ventana el mar declinando sus tonalidades de azul. En la cocina seguían estando mis cosas viejas, en el mismo sitio que el día anterior. Encima de la banqueta, la caja de cartón grande, en equilibrio, y encima de la mesa de madera maciza, mis redacciones, mis boletines escolares, las casetes y la antología de Tsvetáyeva, que volví a abrir para releer la hermosa dedicatoria:

Para Vinca.
Me gustaría no ser sino un alma sin cuerpo para no dejarte nunca.
Quererte es vivir.
Alexis

Hojeé el libro, primero por encima y luego con mayor atención. *Mi hermano femenino,* publicado por la editorial Mercure de France, no era, como siempre había creído, una antología de poemas. Era un ensayo en prosa que alguien (Vinca o la persona que se lo había regalado) había anotado profusamente. Me detuve en una de las frases subrayadas.

Es [...] la única brecha en esa entidad perfecta que son dos mujeres que se aman. Lo imposible no es resistir a la tentación del hombre, sino a la necesidad del hijo.

Esa reflexión me caló hondo: «... esa entidad perfecta que son dos mujeres que se aman». Me senté en una banqueta y seguí leyendo...

«Dos mujeres que se aman...» El texto (que databa de principios de la década de 1930) estaba maravillosamente escrito y era una especie de exaltación poética del amor lésbico. No era un manifiesto, sino una reflexión ansiosa sobre la imposibilidad de que dos mujeres puedan traer al mundo un niño que sea hijo biológico de las dos amantes.

Y entonces entendí lo que había pasado por alto desde el primer día. Y que lo cambiaba todo.

A Vinca le gustaban las mujeres. En todo caso, Vinca había querido a una mujer, Alexis. Un nombre mixto. Aunque en Francia era exclusivamente masculino, en los países anglosajones era sobre todo femenino. Ese descubrimiento me dejó confundidísimo, aunque me preguntaba si no habría errado el tiro otra vez.

Llamaron a la entrada. Convencido de que era mi padre, abrí el portón y salí a la terraza para recibirlo. Pero en lugar de Richard, me encontré cara a cara con un joven muy delgado, de rasgos delicados y con una mirada de una claridad turbadora.

—Corentin Meirieu, soy el asistente del señor Pianelli —se presentó, quitándose un casco de bici y sacudiéndose el pelo pelirrojo encendido.

El aprendiz de periodista apoyó el vehículo contra la pared: una bicicleta de bambú muy rara con un sillín de cuero apoyado sobre unos muelles.

—Mi más sentido pésame —me dijo, poniendo una cara compungida que desaparecía detrás de la barba densa y pelirroja que no pegaba nada con su rostro juvenil.

Le ofrecí entrar a tomar un café.

—Me encantaría, si tiene algo que no sean cápsulas.

Vino conmigo a la cocina y, mientras comprobaba el paquete de arábica que había al lado de la cafetera, tamborileó sobre una carpeta de cartón que llevaba pegada al pecho.

—¡Tengo información para usted!

Mientras yo preparaba el café, Corentin Meirieu se sentó en una banqueta y sacó un fajo de documentos anotados. Al ponerle la taza delante, vi la primera plana de la segunda edición del *Nice-matin* que llevaba en la bolsa. Una foto de la senda costera cruzada con las palabras «Miedo en la ciudad».

—No ha sido fácil, pero he sacado datos interesantes sobre la financiación del liceo —me anunció.

Me senté enfrente de él y con un ademán de la cabeza le indiqué que siguiera.

—Tenía usted razón: la financiación de las obras del Saint-Ex depende íntegramente de una cuantiosa e inesperada donación que el centro recibió hace muy poco.

—¿Qué significa «hace poco»?

—A principios de año.

«Unos días después de la muerte de Francis.»

—¿Y quién la hizo? ¿La familia de Vinca Rockwell?

Se me había ocurrido que Alastair Rockwell, el abuelo de Vinca, nunca había aceptado la desaparición de su nieta y que podría haber organizado una especie de *vendetta post mortem*.

—Qué va —contestó Meirieu, poniéndose azúcar en el café.

—Entonces ¿quién?

El *hipster* consultó sus notas.

—La donación la ha hecho una fundación cultural estadounidense: la fundación Hutchinson & DeVille.

De entrada, no me decía mucho. Meirieu se bebió el café de un trago.

—Como su nombre indica, la fundación la sostienen dos familias. Los Hutchinson y los DeVille hicieron fortuna en California durante la posguerra con una correduría de bolsa que actualmente posee cientos de agencias por todo el continente americano.

El periodista siguió descifrando sus notas.

—La fundación tiene un papel de mecenazgo artístico y cultural. Financia sobre todo colegios, universidades y museos: St. Jean Baptiste High School, Berkeley, UCLA, el Moma de San Francisco, el Museo de Arte del Condado de Los Ángeles...

Meirieu se remangó la camisa de tela vaquera, tan ajustada que daba la sensación de ser una segunda piel.

—Durante el último consejo de administración de la fundación, se sometió a voto una propuesta inusual: por primera vez, un miembro presentaba la idea de invertir fuera de los Estados Unidos.

—¿La ampliación y reforma del liceo Saint-Exupéry?

—Exactamente. Fueron unos debates muy animados. El proyecto en sí era interesante, pero incluía extravagancias como crear un paseo junto al lago llamado el jardín de los Ángeles.

—Stéphane me dijo que era una rosaleda enorme.

—Sí, eso es. La intención del impulsor es convertirlo en un lugar de recogimiento dedicado a la memoria de Vinca Rockwell.

—Qué locura, ¿no? ¿Cómo pudo aprobar la fundación semejante delirio?

—Precisamente, gran parte del consejo de administración era contrario, pero una de las dos familias ya solo está representada por una única heredera. Al ser psiquiátricamente inestable, varios miembros del consejo no confían en ella. Pero según los estatutos, cuenta con un gran número de voces y pudo obtener algunos votos más para ganar por escasa mayoría.

Me froté los párpados. Tenía la sensación extraña y paradójica de no entender nada y, al mismo tiempo, de no haber estado antes tan cerca de la meta. Me puse de pie para ir a buscar mi mochila. Tenía que comprobar una cosa. Dentro encontré el anuario del curso 1992-1993. Mientras iba pasando páginas, Meirieu continuó sus explicaciones:

—La heredera que domina la fundación Hutchinson & DeVille se llama Alexis Charlotte DeVille. Supongo que la conoce usted. Fue profesora en el Saint-Ex cuando usted estudiaba allí.

«Alexis DeVille... La carismática profesora de literatura inglesa.»

Me quedé de una pieza, con la mirada fija en el retrato de aquella a quien todo el mundo a la sazón llamaba señorita DeVille. Incluso en el anuario, su nombre quedaba oculto tras las iniciales A. C. Por fin había encontrado a Alexis. A la asesina de mi madre y de Francis. A la que había intentado matar a Maxime. Y a la que, indirectamente, había empujado a Vinca hacia su funesto destino.

—Desde hace algún tiempo, pasa seis meses al año en la Costa Azul —precisó Meirieu—. Compró la antigua Villa Fitzgerald en el cabo de Antibes. ¿Sabe dónde es?

Me abalancé fuera antes de acordarme de que no tenía coche. Vacilé en cogerle la bicicleta al periodista, pero en lugar de eso bajé al sótano por el garaje y levanté el toldo de plástico que protegía mi *mobylette* vieja. Me senté en el sillín y, como cuando tenía quince años, intenté arrancar la 103 con el pedal.

Pero aquel sitio era frío y húmedo, y el motor estaba gripado. Encontré la caja de herramientas y regresé junto al ciclomotor. Desmonté el antiparasitario y aflojé la bujía con una llave. Estaba negra y sucia. Tal y como había hecho cientos de veces antes de marcharme al colegio, la limpié con un trapo viejo y la froté con papel de lija antes de volver a colocarla. Los movimientos me salían solos. Los tenía grabados en algún rincón de la memoria, recuerdos lejanos de una época no tan lejana en que la vida, sin embargo, me parecía cargada de promesas.

Intenté arrancar otra vez. Parecía que iba un poco mejor, pero seguía sin aguantar el ralentí. Plegué la pata de cabra, salté encima del sillín y me dejé caer cuesta abajo. El motor se ahogaba al principio, pero al final petardeó. Me lancé a la carretera rezando para que la *mobylette* aguantase unos kilómetros. No necesitaba el ralentí.

Richard

Las imágenes me golpean la cabeza por dentro. Intolerables
e irreales. Más insoportables que las peores pesadillas. La
cara de mi mujer reventada, hundida, machacada. El bello
rostro de Annabelle convertido en una careta de carne sanguinolenta.

Me llamo Richard Degalais y estoy cansado de vivir.

Si la vida es una guerra, no solo acabo de sufrir un ataque.
En las trincheras de la existencia, me acaban de meter una
bayoneta en el vientre. Me veo obligado a capitular en la batalla más dolorosa.

Me quedo quieto en medio de las partículas doradas que
espolvorean la luz del salón. Ahora, mi casa está vacía y siempre lo estará. Me cuesta admitir la realidad de esta prueba.
He perdido a Annabelle para siempre. Pero ¿cuándo la perdí
de verdad? ¿Hace unas horas en el cabo de Antibes? ¿Hace
unos años? ¿O varias décadas? O puede que lo más exacto
sería decir que en realidad no he perdido a Annabelle porque
nunca fue mía...

Me tiene hipnotizado el revólver que hay encima de la
mesa, delante de mí. No sé qué pinta aquí esa arma. Una
Smith & Wesson con culata de madera, como las de las películas antiguas. Tiene el tambor lleno: cinco balas del calibre
38. El arma me llama. Una solución obvia y expeditiva. Es

cierto que, a corto plazo, la perspectiva de la muerte me alivia. Olvido esos cuarenta años de matrimonio extraño durante los que he vivido junto a esa mujer indescifrable que, según ella, me «quería a su manera», que era como decir que no me quería.

Lo cierto es que Annabelle me toleraba y, al fin y al cabo, era mejor que nada. Vivir con ella me hacía sufrir, pero vivir sin ella me habría matado. Teníamos nuestros apaños secretos que me presentaban a los ojos del mundo como el marido vividor (y es cierto que lo era) y a ella la protegían de los chismes y de los curiosos. Nada ni nadie tenía influencia sobre Annabelle. Se salía de todas las definiciones, de todas las normas, de todas las conveniencias. Esa libertad me fascinaba. Al fin y al cabo, ¿acaso lo único que amamos del otro no es su misterio? Yo la quería, pero su corazón no estaba a mi alcance. La quería, pero no he sido capaz de protegerla.

Me apoyo el cañón del *Chief Special* en la sien y, de repente, respiro mejor. Me gustaría saber quién ha puesto esta arma en mi camino. ¿Thomas, quizá? Ese hijo que no es hijo mío. Ese hijo que tampoco me quiso nunca. Cierro los ojos y veo su rostro, junto con decenas de recuerdos concretos de cuando era pequeño. Imágenes teñidas de admiración y de dolor. La admiración ante ese niño inteligente, curioso y demasiado formal; el dolor de saber que yo no soy su padre.

«Aprieta el gatillo de una vez si eres un hombre.»

No es el miedo lo que me lo impide. Es Mozart. Las tres notas de arpa y oboe que me avisan de que he recibido un SMS de Annabelle. Me sobresalto. Suelto la pipa para correr hacia el móvil. «Richard, tienes correo, A.»

En efecto, el mensaje se acaba de enviar ahora mismo desde el teléfono de Annabelle. Salvo que es imposible, porque está muerta y se había dejado el móvil en casa. La única explicación es, pues, que antes de morir dejara programado el envío de este mensaje.

«Richard, tienes correo, A.»

¿Correo? ¿Qué correo? Consulto mi correo electrónico en el móvil, pero no encuentro nada concluyente. Salgo de casa y bajo por la avenida de cemento hasta el buzón. Al lado de un folleto de *sushi* a domicilio, encuentro un grueso sobre azul clarito que me recuerda a las cartas de amor que nos escribíamos en una época muy lejana. Abro la carta, que no lleva sello. Puede que Annabelle la dejara ayer por la tarde o, más probablemente, que la haya traído un mensajero privado. Leo la primera frase: «Richard, si recibes esta carta es que Alexis DeVille me ha matado».

Tardo un tiempo infinito en leer las tres páginas. Lo que descubro me deja confundido y traumatizado. Es una confesión *post mortem*. Y, a su manera, también viene a ser una carta de amor que concluye así: «Ahora el destino de nuestra familia está en tus manos. Tú eres el último con la fuerza y el coraje necesarios para proteger y salvar a nuestro hijo».

18
La noche y la doncella

Finalmente, dispusimos de algunas
piezas del rompecabezas pero,
por muchas combinaciones que hiciéramos
con ellas, seguía habiendo huecos,
[...] países que no sabíamos nombrar.

JEFFREY EUGENIDES

1.

La *mobylette* había pasado a mejor vida. Detrás del manillar, pedaleaba como un loco. De pie, levantado del sillín, como si estuviera subiendo el Mont Ventoux con un lastre de cincuenta kilos.

Desde la calle, la casa Fitzgerald, situada en el bulevar Bacon, pegado al cabo de Antibes, parecía como un búnker. A pesar de su nombre, el escritor estadounidense nunca había vivido allí, pero las leyendas son duras de roer, en la Costa Azul y en todas partes. Cincuenta metros antes de llegar a mi destino dejé el ciclomotor abandonado en la acera y pasé por encima de la baranda que bordeaba la orilla. En esa parte del cabo, las playas de arena rubia dan paso a una costa muy recortada y casi inaccesible. Moles rocosas que el mistral ha ido esculpiendo y acantilados que se sumergen en el mar. Me arrastré por las rocas y, jugándome el cuello, escalé la vertiente abrupta por la que se podía acceder a la parte trasera de la villa.

Anduve unos pasos por el borde de cemento encerado de la piscina (un rectángulo alargado color cielo que dominaba el mar y se prolongaba con una escalera labrada en la piedra que conducía a una plataforma pequeña). La finca Fitzgerald, pegada al acantilado, tenía los pies literalmente metidos en el agua. La villa era uno de esos edificios modernistas construidos durante los años locos, cuyo arquitecto oscilaba entre la influencia *art déco* y los toques mediterráneos. La fachada geométrica estaba pintada de blanco y la remataba una azotea con pérgola. A esa hora del día, el cielo y el mar se confundían en el mismo azul resplandeciente: el color del infinito.

Debajo de una galería con arcos se encontraba el salón de verano. Fui siguiéndola hasta encontrar una puerta acristalada medio abierta por la que me colé en la casa.

Aparte de las vistas sobre el mar en lugar del Hudson, la habitación principal se parecía un poco al *loft* donde yo vivía en Tribeca: un espacio depurado y cuidado hasta el mínimo detalle. Un interior como los que aparecen fotografiados en las revistas y los blogs de decoración. En la biblioteca vi más o menos los mismos libros que en mi casa, que reflejaban una cultura común: clásica, literaria e internacional.

Reinaba también la limpieza inquietante de los interiores donde no viven niños. Esa frialdad un poco triste de las casas que no irriga la sustanciosa médula de la vida: risas de niños, peluches y piezas de Lego por todos los rincones, migas de galleta pegadas encima y debajo de las mesas...

—Definitivamente, en tu familia es costumbre meterse en la boca del lobo.

Giré sobre los talones y me encontré con Alexis DeVille a diez metros de mí. Ya la había visto de lejos el día anterior, en la ceremonia del 50.º aniversario del Saint-Ex. Vestía con sencillez (vaqueros, camisa de rayas, jersey de cuello en pico y zapatillas Converse), pero era de esas personas que resultan estilosas y distinguidas en cualquier circunstancia. Una prestancia que reforzaba la presencia de los tres perrazos que llevaba a la zaga: un dóberman con las orejas recortadas, un amstaff de pelo rojizo y un rottweiler de cabeza plana.

Al ver a los perros, se me tensó todo el cuerpo. Lamentaba haber ido sin nada para defenderme. Había salido de casa de mis padres en un arrebato, dejándome llevar por la rabia. Y además, siempre había creído que mi arma era el cerebro. Una lección que aprendí de mi profesor, Jean-Christophe Graff, pero teniendo en cuenta lo que Alexis DeVille les había hecho a mi madre, a Francis y a Maxime, me di cuenta de que había pecado de impulsivo.

Ahora que había remontado hasta el origen de la verdad, me sentía desamparado. En el fondo, no esperaba nada de labios de Alexis DeVille. ¿Acaso no lo había entendido ya todo? En la medida en que se pueda entender algo del sentimiento amoroso... Sin embargo, no me costaba imaginar el mutuo deslumbramiento que sintieron en su momento esas dos mujeres inteligentes, libres y hermosas. La excitación de la complicidad intelectual, la embriaguez de los cuerpos, el vértigo de la transgresión. Aunque me desagradara, Alexis DeVille y yo no éramos tan diferentes. Los dos nos habíamos enamorado de la misma chica hacía veinticinco años y nunca lo habíamos superado.

Alta y esbelta, con una piel perfecta que impedía atribuirle una edad, Alexis DeVille se había recogido el pelo en un moño. Parecía estar muy segura de tener la sartén por el mango. Sus perros no me quitaban ojo, pero ella se permitía el lujo de darme la espalda mientras contemplaba las fotos colgadas por doquier en las paredes. Las famosas fotos sensuales de Vinca de las que me había hablado Dalanegra. Con semejante modelo, el fotógrafo se había superado. Había captado perfectamente la belleza turbia y embriagadora de la joven. El aspecto efímero de su juventud. «Lo que viven las rosas...»

2.

Decidí pasar al ataque.

—Usted quiere creer que sigue queriendo a Vinca, pero es mentira. Uno no mata a las personas que ama.

DeVille dejó de contemplar bruscamente las fotografías para mirarme de arriba abajo con ojos helados y displicentes.

—Sería muy fácil contestarle que matar a alguien es, en ocasiones, el acto de amor más absoluto. Pero el problema no es ese. A Vinca no la maté yo, la mató usted.

—¿Yo?

—Usted, su madre, Fanny, Francis Biancardini y su hijo... En mayor o menor medida, todos son responsables. Todos son culpables.

—¿Eso se lo contó Ahmed, verdad?

Avanzó hacia mí, escoltada por sus cancerberos. Me acordé de Hécate, la diosa de las sombras en la mitología griega, a la que siempre acompañaba una jauría de perros que aullaban a la luna. Hécate, reina y señora de las pesadillas y los deseos reprimidos, que son los parajes de la mente en los que hombres y mujeres resultan más impuros y más frágiles.

—A pesar de los testimonios irrebatibles, siempre he sabido que era imposible que Vinca se hubiera fugado con el tío ese —siguió Alexis, animándose—. Estuve persiguiendo la verdad durante años. Y por un acto cruel del destino, cuando ya no esperaba encontrarla fue cuando me la sirvieron en bandeja de plata.

Los perros se movían y gruñían mirándome. Empecé a sentir pánico. La presencia de los animales me paralizaba. Intenté no mirarlos a los ojos, pero tenían que estar oliendo mi desazón.

—Fue hace algo más de siete meses —precisó Alexis—. En la sección de frutas y verduras de un supermercado. Estaba haciendo la compra y Ahmed me reconoció. Me preguntó si podíamos hablar. La noche en que murió Vinca, Francis lo mandó a su cuarto a recoger algunas cosas y a limpiar todas las huellas que pudieran delatarlos. Al registrar los bolsillos de un abrigo, se topó con otra carta y una foto. Él fue el único que comprendió desde el principio que Alexis era yo. Un secreto que el muy necio estuvo guardando veinticinco años.

Aunque parecía serena, yo notaba que estaba rabiosa e iracunda.

—Ahmed necesitaba dinero para volver a su tierra y yo quería esa información. Le di cinco mil euros y me lo contó todo: los dos cuerpos emparedados en el gimnasio, los horrores de esa noche de diciembre de 1992 que tiñó el Saint-Exupéry de sangre y la impunidad de su bando.

—Para que una historia sea cierta, no basta con contársela una y otra vez. La única responsable de la muerte de Vinca es usted. El culpable de un crimen no siempre es quien ha empuñado el arma, lo sabe de sobra.

Alexis DeVille, contrariada, contrajo el rostro por primera vez. Como si obedecieran a una orden interna de su diosa, los tres perros se me acercaron y me rodearon. Un sudor repentino me heló la parte inferior de los riñones. Empezaba a tener un miedo incontrolable. Normalmente, conseguía que la fobia no se impusiese, razonaba conmigo mismo y me convencía de que mis temores eran irracionales y exagerados. Pero en este caso concreto, los perros eran animales feroces y adiestrados para atacar. A pesar del miedo, seguí adelante:

—Me acuerdo de usted por entonces. Del magnetismo y el aura que desprendía. Todos los alumnos la admiraban. Empezando por mí. Una profesora joven, de treinta años, brillante, guapa, que respetaba a los alumnos y sabía sacarles lo mejor. Todas las alumnas de letras de 1.º de preparatoria querían ser como usted. Simbolizaba cierto tipo de libertad y de independencia. Para mí, representaba la victoria de la inteligencia sobre la mediocridad del mundo. El equivalente femenino de Jean-Christophe Graff y...

Al oír el nombre de mi antiguo profesor, soltó una carcajada malévola.

—¡Ja! ¡El pobre Graff! Otro necio, pero de otra clase: un necio culto. Tampoco él se enteró de nada. Estuvo años persiguiéndome con sus pretensiones. Me escribía versos y cartas apasionadas. Me idealizaba como usted idealizaba a Vinca. Es muy propio de hombres como usted. Se cree que ama a las mujeres, pero ni nos conoce ni quiere conocernos. Ni nos escucha y ni quiere escucharnos. ¡Para usted solo somos un soporte para sus ensoñaciones románticas!

Y para sustentar sus argumentos, citó a Stendhal en referencia al proceso de cristalización del amor:

En el momento en que empiezas a sentir interés por una mujer, ya no la ves tal como es, sino tal y como te conviene que sea.

Pero yo no iba a dejar que se saliera con la suya con esos razonamientos suyos de intelectual. Había destruido a Vinca por quererla y me había propuesto que lo reconociera.

—Al contrario de lo que dice, sí que conocía a Vinca. En todo caso, antes de que apareciese usted en su vida. Y no la recuerdo como una chica que bebiera alcohol y se empapuzara de pastillas. Usted hizo cuanto pudo para dominarla mentalmente y lo consiguió. Era una presa fácil para usted: una joven exaltada que estaba descubriendo el placer y la pasión.

—O sea, que la pervertí, ¿es eso?

—No, creo que la empujó hacia las drogas y el alcohol porque le alteraban el juicio y se volvía manipulable.

Los perros, enseñando los dientes, me rozaban y olfateaban las manos. El dóberman me pegó el hocico en lo alto del muslo, obligándome a retroceder hasta el respaldo de un sofá.

—La empujé a los brazos de Richard porque era la única forma de poder tener un hijo juntas.

—Lo cierto es que ese hijo lo quería usted. ¡Solo usted!

—¡No! ¡Vinca también lo quería!

—¿En esas condiciones? Lo dudo mucho.

Alexis DeVille se exaltó:

—No puede juzgarnos. Ahora, que las parejas de mujeres aspiren a tener hijos es algo que se admite, se acepta y, a menudo, se respeta. Las mentalidades han cambiado. Pero a principio de los noventa, todo eso se negaba y se rechazaba.

—Tenía dinero, podía haberlo conseguido de otra manera.

Se defendió:

—¡No tenía nada, precisamente! Los verdaderos progresistas no son quienes parecen. La supuesta tolerancia de la familia DeVille de California es mera apariencia. Todos sus miembros son unos hipócritas, cobardes y crueles. Desaprueban mi forma de vivir y mi orientación sexual. En aquella época, me habían cerrado el grifo desde hacía años. Al elegir a Richard, matábamos dos pájaros de un tiro: el niño y el dinero.

La conversación no avanzaba. Cada uno se mantenía en su postura. Quizá porque de nada servía buscar una responsabilidad. Quizá porque ambos éramos culpables e inocentes, víctimas y verdugos. Quizá porque la única verdad era reconocer que en 1992, en el liceo Saint-Exupéry de Sophia Antipolis, hubo una chica fascinante que volvía locos a quienes dejaba entrar en su vida. Porque cuando estabas con ella, tenías la ilusión de que, por el mero hecho de existir, ella era la respuesta a esa pregunta que todos nos hacemos: ¿cómo atravesar la noche?

3.

Una tensión malsana saturaba el aire. Los tres perros me tenían ahora acorralado contra la pared y ya no les cabía duda de que dominaban la situación. Yo notaba el peligro inminente, el corazón desbocado, el sudor que me pegaba la camisa al cuerpo, el avance ineludible hacia la muerte. Con un solo ademán, con una sola palabra, DeVille tenía el poder para acabar con mi vida. Ahora que mi investigación había concluido, me daba cuenta de que la alternativa se limitaba a una sola elección: matar o que te maten. A pesar del miedo, seguí adelante:

—Se las podía haber apañado para adoptar un niño o para gestarlo usted.

Presa de un fanatismo destructor y exaltado, se acercó mucho a mí y me apuntó con el índice amenazador a pocos centímetros de la cara:

—¡No! Yo quería un bebé de Vinca. Un niño que tuviera sus genes, su perfección, su encanto, su belleza. Una prolongación de nuestro amor.

—Sé lo de las recetas de Rohypnol que le facilitaba usted gracias al doctor Rubens. Qué amor tan raro el suyo, que para alcanzar la plenitud necesitaba convertir a su amada en toxicómana, ¿no?

—Maldito hijo de...

A DeVille se le aturullaban las palabras. Incluso a ella le costaba cada vez más controlar la agresividad de los perros. El pecho se me cerró, noté una punzada en el corazón y me dio un vahído. Intenté ignorarlo y di otra vuelta de tuerca:

—¿Sabe qué fue lo último que me dijo Vinca antes de morir? «Alexis me obligó, yo no quería acostarme con él.» He pasado veinticinco años equivocado sobre lo que significaba esa frase y eso le costó la vida a un hombre. Pero ahora ya sé que significaba «Alexis DeVille me obligó a acostarme con tu padre, pero yo no quería hacerlo».

Me costaba respirar. Me temblaba todo el cuerpo. Tenía la sensación de que la única forma de escapar de esa pesadilla era desdoblándome.

—Ya lo ve, Vinca murió sabiendo a ciencia cierta lo mala persona que era usted. Y por muchos jardines de los Ángeles que construya, nunca conseguirá reescribir la historia.

Loca de rabia, Alexis DeVille dio la señal de ataque.

El amstaff atacó primero. La fuerza explosiva del perro me hizo perder el equilibrio y caí hacia atrás. Al caer al suelo, me golpeé la cabeza con la pared y luego con la esquina afilada de una silla metálica. Noté cómo se me hundían los colmillos en el cuello, buscando la carótida. Intenté empujar al animal, en vano.

Hubo tres disparos. El primero acabó con el perro que me estaba destrozando la nuca y ahuyentó a sus dos acólitos. Los otros dos se produjeron cuando yo todavía estaba en el suelo. En lo que tardé en recobrar el sentido, vi el cuerpo de Alexis DeVille girando junto a la chimenea en un torbellino de sangre. Me volví hacia la puerta acristalada. La silueta de Richard se recortaba a contraluz.

—Te pondrás bien, Thomas —me aseguró con voz reconfortante.

La misma que ponía cuando, a los seis años, tenía pesadillas por las noches. No le había temblado el pulso. Sujetaba con firmeza la culata de madera del Smith & Wesson de Francis Biancardini.

Mi padre me ayudó a incorporarme sin dejar de vigilar que alguno de los perros no volviera para atacarnos. Cuando me puso la mano en el hombro, fui de nuevo, por un instante, aquel niño de seis años. Y pensé en esa especie en vías de extinción que reunía a los hombres de la generación anterior a la mía, como Francis y él. Hombres curtidos, rudos, con un sistema de valores de otra época. Hombres de los que ahora se renegaba porque su virilidad se considera vergonzante y anticuada. Pero hombres con los que tuve la suerte de encontrarme dos veces en el camino. Porque no habían dudado en ensuciarse las manos para salvarme.

Hundiéndose en un profundo baño de sangre.

Epílogo(s)
Después de la noche

La maldición de la gente buena

Los días posteriores a la muerte de Alexis DeVille y a la detención de mi padre fueron los más raros de mi vida. Todas las mañanas estaba convencido de que las investigaciones de la policía llevarían a reabrir el caso de la desaparición de Vinca y de Clément. Pero desde su celda, mi padre consiguió acotar el peligro con maestría. Aseguró que había iniciado hacía meses una relación amorosa con Alexis DeVille. Su mujer, según contó, la había descubierto y había ido en busca de su amante armada con una escopeta. Al sentirse amenazada, Alexis se defendió y eliminó a mi madre antes de que mi padre la matara a ella. La historia se mantenía en pie. Ofrecía móviles claros y verosímiles a todos los implicados. Su primer acierto fue circunscribir los asesinatos al ámbito «pasional». Al abogado se le hacía la boca agua pensando en el juicio. La violencia con la que Alexis DeVille había matado a mi madre (además de sus antecedentes psiquiátricos y el episodio de los perros atacándome) casi hacía que el acto de mi padre pareciese una venganza legítima y abría la puerta no ya a una exculpación, pero sí a una pena leve. Pero sobre todo, la hipótesis del crimen pasional tenía la ventaja de no vincular esos hechos con Vinca ni con Clément.

Aunque esa sucesión de circunstancias me parecía demasiado buena para ser verdad.

*

Durante unas semanas, sin embargo, creí que la suerte iba a seguir sonriéndonos. Maxime había salido del coma y su salud mejoraba de manera espectacular. En junio, lo eligieron diputado y mencionaron su nombre unas cuantas veces en la prensa como posible secretario de Estado. Como las investigaciones sobre su agresión consideraban que las inmediaciones del gimnasio eran la escena de un crimen, la zona quedó acordonada y la demolición no empezó en la fecha prevista. Y más tarde, cuando el *board* de la fundación Hutchinson & DeVille decidió, a la luz de los acontecimientos, retirar la donación al liceo Saint-Exupéry, las obras se retrasaron *sine die* y la dirección se dedicó a elaborar una argumentación en las antípodas de la que había mantenido hasta ahora. So pretexto de motivos ecológicos y culturales, los representantes del Saint-Ex hicieron hincapié en los peligros que entrañaría modificar ese enclave natural, que perdería irremediablemente parte de su espíritu, al que todos los agentes educativos se sentían tan vinculados. *Quod erat demonstrandum.*

*

Cuando detuvieron a mi padre, Fanny retomó el contacto conmigo. En el hospital, nos pasamos una velada entera en la habitación de Maxime, aún inconsciente, contándonos la verdad verdadera sobre aquella noche de 1992. Saber que ella no había sido responsable de la muerte de Vinca la ayudó a retomar el control de su vida. Al poco tiempo, cortó con Thierry Sénéca y pidió cita en una clínica de fertilidad de Barcelona para iniciar una fecundación *in vitro*. Desde que Maxime empezó a mejorar, nos veíamos a menudo en su habitación del hospital.

Durante unos días creí sinceramente que los tres nos libraríamos del trágico destino al que nos condenaban los dos cadáveres emparedados. Durante unos días, de verdad creí que habíamos logrado superar aquella «maldición de la gente buena».

Pero no contaba con la traición de alguien en quien no debería haber confiado: Stéphane Pianelli.

*

—Ya sé que no te va a hacer gracia, pero voy a publicar un libro que cuenta la verdad sobre la muerte de Vinca Rockwell —me anunció sin inmutarse el periodista un día de finales de junio, mientras estábamos sentados junto a la barra de un bar del casco antiguo de Antibes donde me había invitado a tomar una birra.

—¿Qué verdad?

—La única verdad —contestó tan tranquilo Pianelli—. Nuestros conciudadanos tienen derecho a saber lo que le pasó a Vinca Rockwell y a Alexis Clément. Los padres de los alumnos del Saint-Ex tienen derecho a saber que han matriculado a sus hijos en un centro donde hay dos cuerpos emparedados desde hace veinticinco años.

—Pero Stéphane, si haces eso, Fanny, Maxime y yo acabaremos en la cárcel.

—La verdad tiene que salir a la luz —sentenció golpeando la barra con la palma de la mano.

Y, para liarme, se engolfó en una perorata sobre una cajera que había perdido el trabajo por culpa de un error de unos pocos euros y de la tolerancia con la que, según él, los jueces trataban a los políticos y a los patronos. Enlazó con el eterno discurso (el mismo que repetía *ad nauseam* desde el último año de liceo) sobre la lucha de clases y el sistema capitalista, que era «una herramienta de esclavización al servicio de los accionistas».

—¿Y eso qué tiene que ver con nosotros, Stéphane?

Me miró desafiante, con una mezcla de seriedad y regocijo. Como si desde el primer día hubiese querido crear esta relación de fuerzas. Y noté, por primera vez quizá, cuán profundo era el odio visceral que Pianelli alimentaba contra lo que nosotros representábamos.

—Matasteis a dos personas. Tenéis que pagar.

Bebí un trago de cerveza y procuré adoptar un tono desenfadado.

—No te creo. No vas a escribir ese libro.

Entonces se sacó del bolsillo un abultado sobre y me lo alargó. Era un contrato que acababa de firmar con una editorial parisina para publicar un documento titulado *Un caso extraño: la verdad sobre Vinca Rockwell.*

—Pero, hombre, si no tienes ninguna prueba de lo que sostienes. Ese libro va a acabar con tu credibilidad de periodista.

—Las pruebas están en el gimnasio —se rio—. Cuando salga el libro, ahí estaré para que protesten los padres de los alumnos. Presionarán tanto que a la dirección no le quedará más remedio que tirar la pared.

—Los asesinatos de Vinca y Alexis Clément han prescrito.

—Es posible, aunque eso es bastante discutible en derecho, pero los de tu madre y Alexis DeVille, no. Cuando lleguen a los tribunales, la justicia verá la relación entre todos esos asesinatos.

Conocía la editorial. No tenía mucho prestigio y sí fama de ser poco rigurosa, pero tenía medios suficientes para promocionar bien el libro. Si Pianelli llegaba a publicarlo, tendría un efecto devastador.

—No entiendo por qué nos condenas, Stéphane. ¿Para vivir tu minuto de gloria, es eso? No es propio de ti.

—Es mi trabajo y punto.

—¿Tu trabajo consiste en traicionar a tus amigos?

—Para ya, mi trabajo consiste en ser periodista, y nunca hemos sido amigos.

Me acordé del cuento del escorpión y la rana:

—¿Por qué me has picado? —le pregunta la rana al escorpión en mitad del río—. Por tu culpa, vamos a morir los dos.

—Porque forma parte de mi naturaleza —le contesta el escorpión.

El periodista se pidió otra caña y me removió el cuchillo en la herida.

—¡Es una historia fascinante! ¡Los Borgia en versión actual! ¿Qué te apuestas a que Netflix saca una serie?

Me quedé mirando cómo ese perdedor se refocilaba con la destrucción de mi familia y me entraron ganas de matarlo.

—Ahora entiendo por qué te dejó Céline —dije—. Porque eres un pobre hombre, un mierdecilla...

Pianelli intentó arrojarme la cerveza a la cara, pero yo fui más rápido. Retrocedí un paso, le solté un puñetazo en la cara y un gancho en el hígado que lo dejó de rodillas.

Cuando salí del bar a la oscuridad, mi adversario estaba en tierra, pero el que había perdido era yo. Y esta vez ya no tenía a nadie para protegerme.

Jean-Christophe

Antibes, a 18 de septiembre de 2002

Querido Thomas:

Después de tantos meses de silencio, le escribo para decirle adiós. En efecto, cuando estas líneas hayan cruzado el Atlántico, yo ya me habré ido de este mundo.

Antes de desaparecer, no quería dejar de saludarle por última vez. Ni de reiterarle lo feliz que me hizo ser profesor suyo y con qué alegría recuerdo nuestras conversaciones y los momentos que pasamos juntos. Usted ha sido el mejor alumno que he tenido en toda mi carrera, Thomas. No el más brillante, no el que sacaba mejores notas, pero sin lugar a dudas el más generoso, el más sensible y el más atento con los demás.

Por favor, ¡no se ponga triste! Me voy porque ya no me quedan fuerzas para seguir adelante. Tenga la certeza de que no es por falta de coraje, pero la vida me manda una prueba que no puedo afrontar. Y de que la muerte se ha impuesto como la única forma de salir con honor del infierno en el que he caído. Ni siquiera los libros, fieles compañeros, pueden hoy ayudarme a mantener la cabeza fuera del agua.

El drama que vivo es de lo más anodino, pero no por insignificante deja de ser menos doloroso. He pasado muchos años amando en secreto a una mujer sin atreverme a sincerarme con ella para evitar que me rechazara. Durante mucho tiempo, mi único oxígeno era verla vivir, sonreír, hablar. Nuestra complicidad intelectual me parecía inigualable, y la sensación que tenía a veces de que nuestros sentimientos eran recíprocos ha sido lo que me ha mantenido con vida cuando las cosas me iban mal.

Confieso que en varias ocasiones me he acordado de su teoría de la maldición de la gente buena y he albergado, ingenuamente, la esperanza de desmentirla, pero la vida no me ha correspondido.

Desgraciadamente, estas últimas semanas he comprendido que ese amor nunca será recíproco y que esa persona no era en absoluto quien yo creía. Definitivamente, no voy a ser de esos que consiguen forzar su destino.

Cuídese, querido Thomas, y sobre todo ¡no se ponga triste por mí! No me siento capaz de prodigarle ningún consejo, pero elija bien sus batallas. No todas merecen la pena. Aprenda a aferrarse a los demás en ocasiones y logre tener éxito donde yo he fracasado, Thomas. Comprométase con la vida, porque la soledad nos acaba matando.

Me gustaría desearle suerte en el futuro. No tengo la menor duda de que usted sabrá triunfar donde yo he fallado: la búsqueda fructuosa de un alma gemela para hacer frente a las turbulencias de la existencia. Porque como ya dijo uno de nuestros escritores favoritos, «no hay nada peor que estar solo entre los hombres».

Mantenga su nivel de exigencia. Mantenga lo que hacía de usted un chico distinto a los demás. Y protéjase de los capullos. Siguiendo el ejemplo de los estoicos, no olvide que la mejor forma de defenderse de ellos es procurar no parecerse a ellos.

Y aunque mi destino parezca contradecirlo, sigo estando convencido de que en nuestras flaquezas reside nuestra mayor fuerza.

Un beso,

Jean-Christophe Graff

La maternidad

Antibes, clínica Jeanne-d'Arc
  9 de octubre de 1974

Francis Biancardini empujó suavemente la puerta de la habitación. Los rayos anaranjados del sol otoñal se vertían a través de los ventanales que daban a la terraza. A esa hora vespertina, lo único que turbaba el sosiego de la maternidad era el rumor lejano de los niños saliendo del colegio.

Francis entró en la habitación. Llevaba los brazos cargados de regalos: un oso de peluche para su hijo Thomas, una pulsera para Annabelle, dos paquetes de *biscotti* y un tarro de cerezas amarena para las enfermeras que se encargaban de ellos. Dejó los obsequios en la mesa rodante intentando no hacer ruido para no despertar a Annabelle.

Cuando se inclinó sobre la cuna, el recién nacido le clavó la mirada recién estrenada.

—¿Cómo estás, peque?

Cogió al bebé en brazos antes de acomodarse en una silla para disfrutar de ese momento, mágico y solemne a la vez, que sigue al nacimiento de un niño.

Sentía una profunda alegría enturbiada de pena e impotencia. Cuando Annabelle saliera de la clínica, no volvería a casa con él. Regresaría junto a su marido, Richard, que sería el padre legal de Thomas. Una situación incómoda con la que no le quedaba más remedio que conformarse. Annabelle era la mujer de su vida, pero también era un ser fuera de lo común. Una enamorada absoluta que tenía un concepto del compromiso muy personal y que ponía el amor por encima de todo.

Francis acabó por dejarse convencer de no revelar su relación. «Que nuestro amor sea clandestino también contribuye a que sea tan valioso —afirmaba ella—. Exponer nuestro amor a los ojos del mundo lo hace vulgar y le hurta parte de su misterio». Él le veía otra ventaja: esconder su bien más preciado a sus enemigos potenciales. No merece la pena enseñar al mundo lo que de verdad nos importa porque eso nos hace más vulnerables.

*

Francis suspiró. El personaje arisco que le gustaba interpretar era un montaje. Aparte de Annabelle, nadie lo conocía de verdad. Nadie sabía la violencia y el instinto mortal que albergaba. Esa furia se desencadenó por primera vez en 1961 en Montaldicio, cuando tenía quince años. Fue una noche de verano, junto a la fuente de la plaza. Los jóvenes del pueblo se habían emborrachado. Uno de ellos se acercó demasiado a Annabelle. Aunque ella lo rechazó varias veces, el mozo siguió tocándola. Hasta ese momento, Francis se había mantenido apartado. Los otros eran mayores que él. Eran pintores y vidrieros de Turín que habían ido allí para construir y reparar los invernaderos de una finca del pueblo. Pero cuando comprendió que no iba a intervenir nadie, se acercó al grupo y le dijo al tipo que se largara. Por aquel entonces no era muy alto y podía incluso parecer que era algo lento. Cuando se rieron en sus narices, agarró al agresor por el cuello y le soltó un puñetazo en la cara. A pesar de su aspecto, era fuerte como un toro y estaba lleno de rabia. Empezó a golpear al joven operario y siguió haciéndolo sin que nadie lograra separarlos. Desde muy pequeño había tenido problemas de habla que siempre le habían disuadido de dirigirse a Annabelle. Las palabras se le quedaban atascadas en la garganta. De modo que esa noche habló con los puños. Al partirle la cara al pobre hombre le estaba enviando un mensaje a Annabelle: «Conmigo nunca nadie te hará daño».

Cuando paró, el hombre estaba inconsciente, con la cara ensangrentada y todos los dientes sueltos en la boca.

El asunto causó un gran revuelo en la comarca. Durante los días que siguieron, los *carabinieri* intentaron interrogar a Francis, pero se había marchado a Francia.

Cuando se volvió a encontrar con Annabelle, años más tarde, ella le agradeció que la hubiese defendido, pero le confesó que también le daba miedo. A pesar de todo, fueron intimando, y gracias a ella, Francis logró domesticar su agresividad.

Mientras acunaba a su hijo, Francis se dio cuenta de que Thomas se había quedado dormido. Se atrevió a besarlo delicadamente en la frente. El olor dulce y embriagador del bebé lo conmovió y le recordó, a la vez, el aroma del pan de leche y del azahar. Entre sus brazos, Thomas parecía diminuto. La serenidad que emanaba de su hermoso rostro estaba cargada de promesas de futuro. Pero qué frágil parecía esa maravilla tan pequeña...

Francis se dio cuenta de que estaba llorando. No de tristeza, sino porque tanta fragilidad lo aterraba. Se enjugó una lágrima de la mejilla y, con toda la delicadeza de la que era capaz, volvió a dejar a Thomas en la cuna.

*

Abrió la puerta corredera del ventanal y salió a la terraza de la habitación de aquel hospital de Saint-Tropez. Se sacó el paquete de Gauloises de un bolsillo de la cazadora, encendió un pitillo y, en un arrebato, decidió que ese sería el último. Ahora tenía a su cargo a una familia, tenía que cuidarse. ¿Durante cuánto tiempo necesitan los hijos a su padre? ¿Quince años? ¿Veinte años? ¿Toda la vida? Mientras aspiraba el humo amargo del tabaco, cerró los ojos para disfrutar mejor de los últimos rayos de sol que se abrían paso entre las hojas de un majestuoso tilo.

El nacimiento de Thomas lo investía de una gran responsabilidad que estaba dispuesto a aceptar.

Criar a un hijo y protegerlo era un combate de muy largo recorrido que requería estar alerta en todo momento. Lo peor podía suceder cuando menos se esperaba. No se podía bajar nunca la guardia. Francis no tenía intención de escaquearse. Era un hombre curtido.

El sonido de la puerta corredera sacó a Francis de sus reflexiones. Se volvió para mirar a Annabelle, que se acercaba a él con la sonrisa en los labios. Cuando se refugió en sus brazos, él notó que todos sus miedos se disipaban. Mientras una tibia brisa los arropaba, Francis decidió que durante el tiempo que Annabelle siguiera a su lado, podría enfrentarse a cualquier cosa. La fuerza bruta no sirve de nada sin la inteligencia. Y juntos siempre irían un paso por delante del peligro.

Un paso por delante del peligro

A pesar de que la amenaza del libro de Pianelli nos sobrevolaba, Maxime, Fanny y yo continuamos viviendo como si no existiera. Ya habíamos superado la edad de vivir con miedo. La edad de querer convencer o de justificarnos. Nos prometimos una sola cosa: pasara lo que pasase, en adelante le plantaríamos cara juntos.

Vivíamos al día, disfrutando los unos de los otros, mientras nos acechaba una tormenta que quizá, tal y como deseaba yo en secreto, no llegaría a desencadenarse nunca.

En mi fuero interno había cambiado algo que me hacía sentir más seguro de mí mismo. La preocupación que me devoraba a fuego lento había desaparecido. Al descubrir que tenía unas nuevas raíces, me había convertido en otro hombre. Por supuesto, lamentaba algunas cosas: no haberme reconciliado con mi madre antes de que muriera, haber esperado a que Richard estuviera en la cárcel para sentirme más cercano a él. Y también no haber podido hablar con Francis sabiendo quién era en realidad.

Las trayectorias de mis tres «progenitores» me daban mucho que pensar.

Tenían un recorrido singular donde no faltaban el miedo, la precipitación y las contradicciones. En ocasiones les había faltado coraje, pero otras habían hecho gala de un sentido del sacrificio que inspiraba respeto. Habían vivido, habían amado y habían matado. A veces se habían extraviado en sus pasiones, pero sin ninguna duda, siempre habían intentado dar lo mejor de sí mismos. Lo mejor para no tener un destino corriente. Lo mejor para conciliar los proyectos personales y el sentido de la responsabilidad. Lo mejor también para conjugar la palabra *familia* con su propia gramática.

Ser descendiente de esta estirpe me obligaba no ya a imitarlos, sino a defender ese legado y a aprender algunas lecciones.

De nada servía negar la complejidad de los sentimientos y de los seres humanos. Nuestras vidas eran múltiples, a menudo indescifrables, minadas de aspiraciones opuestas. Nuestras vidas eran frágiles, valiosas e insignificantes a la vez; y las bañaban ora las heladas aguas de la soledad, ora el tibio regato de la fuente de la eterna juventud. Nuestras vidas, ante todo, nunca estaban del todo bajo control. Cualquier nadería podía darles un vuelco. Una palabra susurrada, una mirada brillante, una sonrisa que se demora podían elevarnos o lanzarnos al abismo. Y a pesar de esta incertidumbre, no nos quedaba más alternativa que fingir que dominábamos ese caos, con la esperanza de que las inflexiones del corazón sabrían hallar el lugar que les correspondía en los designios secretos de la Providencia.

*

La noche del 14 de julio, para celebrar el alta hospitalaria de Maxime, nos juntamos todos en casa de mis padres. Olivier, Maxime, las niñas, Fanny e incluso Pauline Delatour, que había resultado ser una chica inteligente y divertida con la que me había reconciliado. En la barbacoa preparé unos filetes a la brasa y también perritos calientes para darles gusto a las niñas. Descorchamos una botella de Nuits-Saint-Georges y nos acomodamos en la terraza para ver los fuegos artificiales que disparaban desde la bahía de Antibes. Apenas había empezado el espectáculo cuando sonó el carillón de la entrada.

Dejé a mis invitados y encendí las luces de fuera antes de bajar por la avenida hasta el portón. Detrás de la verja estaba esperándome Stéphane Pianelli. No tenía muy buena cara: pelo largo, barba crecida y mirada ojerosa e inyectada en sangre.

—¿Qué quieres, Stéphane?

—Hola, Thomas.

Le apestaba el aliento a alcohol.

—¿Me dejas pasar? —preguntó, agarrándose a los barrotes de la verja de hierro forjado.

Esa verja que no iba a abrir simbolizaba la barrera que de ahora en adelante siempre habría entre nosotros. Pianelli era un traidor. Nunca sería uno de los nuestros.

—Que te den por culo, Stéphane.

—Vengo a darte una buena noticia, artista. ¡No voy a hacerte la competencia publicando mi libro!

Se sacó del bolsillo una hoja doblada en cuatro que alargó entre los barrotes.

—¡Tu madre y Francis la verdad es que eran la leche! —exclamó el periodista—. Menos mal que encontré este artículo antes de publicar el libro. ¡Habría quedado como un gilipollas!

Desdoblé el papel mientras las tracas y los cohetes de los fuegos artificiales estallaban en el cielo. Era una fotocopia de un artículo antiguo del *Nice-matin* con fecha de 28 de diciembre de 1997. Cinco años después del drama.

Vandalismo y destrozos
en el liceo Saint-Exupéry

El centro del parque tecnológico de Sophia Antipolis ha sido objeto de varios actos de vandalismo durante la noche de Nochebuena. Los mayores destrozos se han producido en el gimnasio del liceo internacional.

La directora de las clases preparatorias, la señora Annabelle Degalais, descubrió los daños la mañana del 25 de diciembre. Las paredes de la sala de deportes estaban cubiertas de pintadas e inscripciones injuriosas. El o los vándalos también rompieron varios cristales, vaciaron los extintores y deterioraron las puertas de los vestuarios.

La directora, que ya ha denunciado los hechos, está plenamente convencida de que dichos individuos son ajenos al internado.

La gendarmería ha abierto una investigación y ha procedido a realizar las comprobaciones habituales. En espera de que prosigan las investigaciones, la dirección de la ciudad escolar ya ha emprendido las tareas de limpieza y las obras necesarias para que el gimnasio vuelva a estar en funcionamiento cuando los alumnos regresen de las vacaciones el día 5 de enero.

Claude Angevin

El artículo incluía dos fotos. En la primera se podía ver el alcance de los daños que había sufrido el gimnasio: la pared con pintadas, el extintor tirado por el suelo y los cristales rotos.

—Los cuerpos de Vinca y de Clément no aparecerán nunca —dijo rabioso Pianelli—. Era obvio, ¿verdad? Tu madre y Francis eran demasiado inteligentes y demasiado maquiavélicos para no guardarse las espaldas. Te voy a decir una cosa, artista. Tú y tus amiguitos podéis dar gracias a vuestros papás por haberos sacado de toda esta mierda.

En la segunda foto se veía a mi madre de pie, con los brazos cruzados, traje de chaqueta estricto, moño tirante y expresión impasible. Detrás de ella, la silueta recia de Francis Biancardini con su eterna cazadora de cuero. Estaba posando con una paleta de albañil en una mano y un cincel en la otra.

Lo evidente se me metió por los ojos. En 1997, cinco años después de los asesinatos y unos meses antes de dimitir de su cargo, mi madre y su amante decidieron evacuar los cuerpos de la pared del gimnasio. No se planteaban seguir viviendo con esa espada de Damocles sobre la cabeza. Para justificar la intervención de Francis, simularon esos actos de vandalismo. Las obras de reparación se realizaron en las vacaciones de Navidad. El único momento del año en que el liceo estaba casi vacío. Lo que significaba vía libre para que Francis (esta vez sin la ayuda de Ahmed) se llevara los cuerpos y se deshiciera de ellos definitivamente.

Con el miedo que nos daba que descubrieran los cadáveres, ¡y resulta que hacía veinte años que habían salido del liceo!

Un poco aturdido, volví a mirar la foto de Francis. Los ojos penetrantes parecían atravesar al fotógrafo y, a través de él, a todos los que se le atravesaran algún día en el camino. Una mirada de acero, algo bravucona, que decía: «No me da miedo nadie porque siempre voy a ir un paso por delante del peligro».

Pianelli se había marchado sin decir esta boca es mía. Subí por la avenida despacio para volver con mis amigos. Tardé un buen rato en ser plenamente consciente de que ya no corríamos ningún peligro. Al llegar arriba, releí por última vez el artículo. Al mirar atentamente la foto de mi madre, me fijé en que llevaba un manojo de llaves en la mano. Seguramente, las llaves de ese dichoso gimnasio. Las llaves del pasado, pero también las que me abrían las puertas del futuro.

El privilegio del novelista

Uno no escribe para ser escritor.
Escribe para acercarse en silencio
a ese amor del que carecen todos los amores.

CHRISTIAN BOBIN

Colocados delante de mí, un Bic Cristal de treinta céntimos y un bloc de notas cuadriculado. Mis únicas armas desde siempre.

Estoy sentado en la biblioteca del liceo, en mi sitio de entonces, en el retranqueado con vistas al patio adoquinado y a la fuente cubierta de hiedra. La sala de estudio está inmersa en un olor de cera y de cirio derretidos. Los viejos manuales de literatura cogen polvo en los estantes que hay a mis espaldas.

Después de que Zélie se jubilara, la dirección del liceo decidió ponerle mi nombre al pabellón donde se encontraba el club de teatro. Decliné la oferta y sugerí en su lugar el de Jean-Christophe Graff. Pero accedí a escribir y pronunciar un breve discurso de inauguración para los estudiantes.

Destapo el boli y empiezo a tomar notas. En toda mi vida no he hecho otra cosa. Escribir. Con ese movimiento doble y opuesto: construir muros y abrir puertas. Muros para contener la crueldad destructiva de la realidad, puertas para escaparse a un mundo paralelo (la realidad no tal y como es, sino como debería ser).

No siempre funciona, pero a veces, durante unas horas, la ficción realmente es más poderosa que la realidad. Ese es quizá el privilegio de los artistas en general y de los novelistas en particular: ser capaces, a veces, de ganarle la batalla a la realidad.

Escribo, tacho y reescribo. Las páginas ennegrecidas se van acumulando. Poco a poco, otra historia va tomando cuerpo. Una historia alternativa para explicar lo que de verdad sucedió esa famosa noche de 1992, entre el 19 y el 20 de diciembre.

Imagíneselo... La nieve, el frío, la noche. Imagine el momento exacto en que Francis regresó al cuarto de Vinca con intención de emparedarla. Se acercó al cuerpo que descansaba en la tibieza de la cama. Levantó a la muchacha y, con su fuerza de toro, la llevó como se lleva a las princesas. Pero no para conducirla a un castillo encantado. La llevó hasta una obra de construcción oscura y helada que olía a cemento y rezumaba humedad. Estaba solo. Solo lo escoltaban sus demonios y sus fantasmas. Le había dicho a Ahmed que se fuera a casa. Colocó el cuerpo de Vinca en una lona puesta en el suelo y encendió todos los focos de la obra. El cuerpo de la joven lo tenía hipnotizado y no lograba decidirse a cubrirlo de cemento. Unas horas antes, se había deshecho del cuerpo de Alexis Clément sin plantearse nada. Pero ahora no es lo mismo. Ahora es demasiado duro. Se la quedó mirando mucho rato. Al cabo, se acercó a ella para taparla con una manta, como si aún pudiese coger frío. Y por un instante, mientras le corrían las lágrimas por las mejillas, se imaginó que seguía viva. El espejismo era tan intenso que le pareció ver que el pecho se le levantaba ligeramente.

Hasta que comprendió que Vinca estaba respirando de verdad.

«Me cago en Dios.» ¿Cómo era posible? Annabelle le había golpeado la cabeza con una estatua de hierro colado. La chica tenía el estómago lleno de alcohol y de pastillas. Es cierto que los ansiolíticos ralentizan el ritmo cardíaco, pero él en persona, hacía un rato, no le había notado el pulso al examinarla. Apoyó la oreja en el pecho de la joven y oyó latir el corazón. Y era la música más hermosa que había oído nunca.

Francis no lo dudó. No iba a rematar a la chica de un palazo. Eso sí que no podía hacerlo. Se llevó a Vinca a su 4 × 4 y la acostó en el asiento de atrás. A continuación, condujo hasta el macizo del Mercantour, donde tenía una cabaña de caza. Una especie de chalecito en el que a veces pasaba la noche cuando iba a cazar gamuzas en la zona de Entraunes. Normalmente tardaba dos horas en llegar, pero por las condiciones del tráfico el trayecto duró más del doble. Estaba amaneciendo cuando llegó a la frontera de Alpes de Alta Provenza. Acomodó a Vinca en el sofá del refugio de caza, encendió el fuego en la chimenea, metió mucha leña de reserva y puso agua a hervir.

Mientras conducía había pensado mucho y llegado a una conclusión. Si la chica se despertaba, la ayudaría a desaparecer y a empezar de cero. En otro país, con otra identidad y otra vida. Como en un programa de protección de testigos. Solo que no le iba a pedir ayuda a ningún organismo oficial. Decidió llamar a la puerta de la Ndrangheta. Los mafiosos calabreses lo rondaban desde hacía un tiempo para que les blanqueara dinero. Les iba a pedir que sacaran a Vinca. Sabía que estaba metiendo el dedo en un engranaje demoníaco, pero le gustaba pensar que la vida solo te manda pruebas que puedes soportar. «El bien acarrea el mal, el mal trae consigo el bien.» La historia de su vida.

Francis se preparó una taza grande de café, se sentó en una silla y esperó. Y Vinca se despertó.

Y los días, los meses y los años fueron pasando. En algún lugar, una mujer que había dejado tras de sí una tierra carbonizada regresaba a la vida, como si naciera por segunda vez.

*

Así pues, en algún sitio, Vinca estaba viva.

*

Esta es mi versión de la historia. Se basa en elementos e indicios que he recabado mientras investigaba: los supuestos vínculos de Francis con la mafia, las transferencias a Nueva York y mi encuentro fortuito con Vinca en Manhattan.

Me gusta pensar que esta historia es la auténtica. Aunque puede que solo haya una posibilidad entre mil de que las cosas sucedieran así. En el estado actual de la investigación, nadie podría refutar radicalmente esta versión. Es mi contribución de novelista al caso de Vinca Rockwell.

Concluyo el texto, guardo mis cosas y salgo de la biblioteca. Fuera, el mistral arrastra las hojas amarillentas que revolotean en el sol otoñal. Me siento bien. La vida me da menos miedo. Podéis atacarme, podéis juzgarme, podéis arruinarme. Siempre tendré al alcance de la mano un viejo Bic mordisqueado y un bloc de notas arrugado. Mis únicas armas. Tan irrisorias como poderosas.

Las únicas con las que siempre he podido contar para ayudarme a atravesar la noche.

ST EXUPERY COLLEGE

CLASS OF
-1992-

25 YEARS REUNION

Celebrate the good old days

MAY
13
SATURDAY

Lo verdadero de lo falso

Nueva York ha sido para mí una auténtica historia de amor, por eso la trama de mis primeras novelas se situaba en América del Norte. Luego, poco a poco, algunas emigraron a Francia. Hace varios años que me apetecía contar una historia que transcurriese en la Costa Azul, que es la región de mi infancia. Y, concretamente, en torno a la ciudad de Antibes, donde tengo tantos recuerdos.

Pero no basta con querer, escribir una novela es un proceso delicado, complejo e incierto. Cuando empecé a escribir sobre ese campus paralizado por la nieve, esos adultos paralizados por los jóvenes que fueron, supe que había llegado el momento. Así fue como el sur de Francia acabó siendo el decorado de *La huella de la noche*. He disfrutado muchísimo recreando esos lugares en dos épocas distintas.

Lo cual no significa que la novela sea la realidad ni que el narrador se confunda con quien lo ha creado: lo que ha vivido Thomas en estas páginas solo le pertenece a él. Aunque el camino de la Suquette, *Nice-matin*, el Café des Arcades o el hospital de La Fontonne existen de verdad, en la novela aparecen distorsionados. El colegio y el liceo de Thomas, así como sus profesores, familiares y amigos, son pura invención y en nada se parecen a mis recuerdos de juventud. O sea, que puedo asegurarles que todavía no he emparedado a nadie en un gimnasio...

Referencias

Página 15 [cita inicial del cap. La senda de los contrabandistas]: transcripción musical de los versos de Matthias Claudius *(La muerte y la doncella)* en el segundo movimiento del cuarteto para cuerda n.º 14 en re menor D. 810, *La muerte y la doncella,* de Franz Schubert, traducción al castellano de Amaya García; página 27 [Forever young]: Bernhard Lloyd, Marian Gold y Frank Mertens, título del álbum *Forever Young* del grupo Alphaville, WEA – Warner Music Group, 1984; página 29 [cita inicial del cap. 1]: Haruki Murakami, *1Q84, Primer libro: abril-junio,* Tusquets, 2012, traducción de Gabriel Álvarez Martínez; página 36 [cita inicial del cap. 2]: George Orwell, *1984,* Debolsillo, 2013, traducción de Miguel Temprano García; página 40 [Ratatouille]: respuesta del personaje Anton Ego en la película *Ratatouille,* de Brad Bird, producción de Pixar Animations Studio (© Disney), 2007, traducción de Lucía Rodríguez Corral; página 46 [Puisque tu pars]: Jean-Jacques Goldman, *Puisque tu pars,* EPIC – Sony Music Entertainment, 1988; página 46 [ídem]: Mylène Farmer, *Pourvu qu'elles soient douces,* Polygram Music, 1988; página 50 [Living is easy with eyes closed]: «*Living is easy with eyes closed*», John Lennon y Paul McCartney, «Strawberry Fields Forever» del álbum *Magical Mystery Tour* del grupo The Beatles, EMI, 1967; página 60 [cita inicial del cap. 3]: P.D. James, *No apto para mujeres,* Ediciones B, 2016, traducción de Juan Godó Costa; página 70 [cita inicial del cap. 4]: Albert Camus, *El extranjero,*

Alianza Editorial, 2012, traducción de José Ángel Valente, traducción de la cita de Amaya García; página 71 [Ejercicio n.º 1]: ejercicio: © Jean- Louis Rouget, 2014, maths-france.fr; página 89 [cita inicial del cap. 5]: Vladimir Nabokov, *Mashenka*, Anagrama, 1994, traducción de Andrés Bosch Vilalta; página 104 [cita inicial del cap. 6]: Françoise Sagan, *Golpes en el alma*, Plaza y Janés, 1978, traducción de Ana María de la Fuente, traducción de la cita de Amaya García; página 117 [cita inicial del cap. 7]: Jesse Kellerman, *The Genius,* G.P. Putman's Sons, 2008, traducción de la cita de Amaya García; página 122 [La fotografía debe atrapar en el movimiento]: Henri Cartier-Bresson, *Images à la sauvette,* Verve, 1952, traducción de la cita de Amaya García; página 129 [cita inicial del cap. 8]: Tennessee Williams, *The Milk Train Doesn't Stop Here Anymore* (El tren lechero ya no para aquí), Dramatist's Play Service, 1964, traducción de la cita de Amaya García; página 144 [cita inicial del cap. 9]: Hervé Bazin con ocasión de la publicación de *Vipère au poing,* traducción de la cita de Amaya García; página 144 [castillo de la Constance]: http://quartiermauresconstance. weebly.com/la-suquette.html; página 149 [los bastidores de la vida]: los «bastidores de la vida», Antoine de Saint-Exupéry, *Correo del sur,* Salamandra, 2000, traducción de la cita de Amaya García; página 151 [Me gustaría no ser sino un alma]: carta de Juliette Drouet a Victor Hugo, 30 de junio 1837, traducción de la cita de Amaya García; página 153 [François de Malherbe]: François de Malherbe, «Consolation à M. Du Périer sur la mort de sa fille» (1607), en *Œuvres poétiques de Malherbe*, edición de Prosper Blanchemain, Flammarion, 1897, traducción de la cita de Amaya García; página 157 [Martin du Gard]: Roger Martin du Gard, *Jean Barois,* Alianza Editorial, 1973, traducción de Ricardo Anaya Dorado, traducción de la cita de Amaya García; página 158 [cita inicial del cap. 10]: Patricia Highsmith, *Extraños en un tren,* Anagrama, 2015, traducción de Jordi Beltrán Ferrer; página 164 [Sean Lorenz]: *Dig Up the Hatchet,* cuadro de Sean Lorenz, personaje de la novela de Guillaume Musso *Un appartement à Paris,* Pocket, 2018; página 177 [cita inicial del cap. 11]: Richard Avedon, fuente desconocida; página 194 [cita inicial del cap. 12]: Patrick Süskind, *El perfume,* Editorial Planeta, 1997, traducción de Pilar Giralt Gorina; página 187 [fuerza de retorno]: Sigmund Freud, *La interpretación de los sueños,* Planeta DeAgostini, 1985, traducción de Luis López Ballesteros y de Torres; página 217 [cita inicial del cap. 13]: Anthony Burgess, *Poderes terrenales,* El Aleph Editores, 2008, traducción de José Manuel Álvarez Flórez; página 241 [La civilización no es más una membrana muy fina]: cita de Friedrich Nietzsche en la novela *Chaos brûlant* de Stéphane Zagdanski, Le Seuil, 2012, traducción de la cita de Amaya García; página 242 [cita inicial del cap. 14]: Jack London, *Martin Eden,* Ediciones Akal, 2016, traducción de María José Martín Pinto; página 262 [cita inicial del cap. 15]: Marco Aurelio, *Meditaciones,* Editorial Gredos, 1977, traducción de Ramón Bach Pellicer; página 277 [cita inicial del cap. 16]: René Char, «Moulin premier», poema incluido en *Le Marteau sans Maître suivi de Moulin premier,* Gallimard, 2002, traducción de la cita de Amaya García; página 283 [cita inicial del cap. 17]: Alain-Fournier, *Meaulnes el grande,* Alianza Editorial, 2012, traducción de Ramón Buenaventura, traducción de la cita de Amaya García; página 284 [Mi hermano femenino]: Marina Tsvetáyeva, *Mi hermano femenino. Carta a la amazona,* Flores Raras, 2018, traducción de Josa Fructuoso; página 293 [cita inicial del cap. 18]: Jeffrey Eugenides, *Las vírgenes suicidas,* Anagrama, 2014, traducción de Roser Berdagué Costa; página 298 [Stendhal]: Stendhal, *Del amor,* Planeta DeAgostini, 2003, traducción de Gregorio Lafuente, traducción de la cita de Amaya García; página 311 [no hay nada peor que estar solo]: Stefan Zweig, *Carta de una desconocida,* Acantilado, 2014, traducción de Berta Conill Purgimón; página 322 [cita inicial del cap. El privilegio del novelista]: Christian Bobin, *La Part manquante,* Gallimard, 1989, traducción de la cita de Amaya García; página 324 [el bien acarrea el mal]: Denis Diderot, *Jacques el fatalista,* Alfaguara, 2004, traducción de Félix de Azúa. Ilustraciones al principio y fin de la obra: ©Matthieu Forichon.

ÍNDICE